グリアーレ
ウヴァル
ロア
カナタ

ルイ
ラジェストラ
ブリーナ
ロザリンド
シャトラン

「――『虚ろならざる魔腕《うつろならざるかいな》』」

魔術漁りは選び取る 1

らむなべ　ill. EEJU

CONTENTS

第一部 戦場漁りのカナタ

プロローグ

「うわぁ……綺麗《きれい》だぁ……！」

顔に泥をつけた少年は赤い小石を拾い上げて目を輝かせていた。

口から出る率直な感想はあまりにこの場には似つかわしくないもの。

焦げ臭くて土臭くて錆《さび》臭い、嫌な臭《にお》いしかない戦場。

少年の周囲には先程まで戦っていた鎧《よろい》姿の誰かが転がっている。

何人もの人が命懸けで何かのために戦った場所で、少年は生きるために色々なものを漁《あさ》っていた。

傭兵《ようへい》団の下っ端……それ以下の〝戦場漁り〟。

金目になるもの、なりそうなもの、ならないもの。戦闘が終わった場所に飛び込んで武器や装飾品、小物などを漁るのだ。

親を失い、寄る辺のない彼を拾った傭兵団の収入の足しになるように。

自分の、生きる価値を示すように。

……けれど、その拾った小石だけはただ彼の趣味で拾うものだった。

「カナタ逃げよう！　魔術師が前に来た！　下がるよ!!」

「ロア」

カナタ……そう呼ばれた少年が立ち上がろうとすると、誰かが彼の足を摑《つか》む。

その手は逞《たくま》しさを感じさせるが、力はあまりに弱々しく、べっとりと赤い液体に塗《まみ》れていた。

「あ……う……け……」

「……ごめんね」

言葉にもならない声を上げて、カナタの足を摑んだ誰かは今度こそ物言わぬ肉となった。

摑んだ手は最後の力を振り絞ったのか、もう何も感じない。

カナタが足を動かすと、ぬるり、と血で滑ってそのまま離れた。

「カナタ！　何やってんの！」

「見てロア、今日は三つも拾えた……！」

「まーたそんなゴミ拾ってるのこのお馬鹿は!?」

どこからか走ってきた少女ロアはそのくすんだ赤髪を揺らしてカナタと呼ぶ少年の手を引いた。

カナタはゴミと呼ばれた赤い小石をポケットにしまいながら手を引かれるまま走り出す。

すると、二人から少し離れた場所で爆発音が鳴り響いた。

「ロア……爆発だ」

「だから魔術師が前に来たって言ったでしょ？　あんたの好きなゴミ出してた魔術師じゃない？　はん！　こんな辺鄙《へんぴ》な場所に来るくらいだからどうせへっぽこよ！　恐《こわ》くないから安心して！」

「あそこの戦いが終わったらもうちょっと拾えるかな……？」

「知るか！　少しは恐がれ！」

カナタはポケットにしまった小石を再び取り出した。

ゴミと言われるその小石——魔術滓《ラビッシュ》はロアの言う通り紛れもないゴミである。

色こそ物珍しく感じるが宝石のような輝きはなく、時間が経《た》てば消えてしまう。

その正体は魔術師が魔術を使った際、余計だった魔力の塊。

魔術師にとっては未熟さの証《あかし》であり、精神が乱れた証拠なので疎まれてさえいる。

何の役にも立たず、ただ消えるまで邪魔なだけのまさにゴミだった。

当然、金の足しになどなりはしない。

それでもカナタはこの魔術滓《ラビッシュ》が好きだった。

「あんた……ゴミばっかりでノルマは!?」

「それは大丈夫！　ほら、パンパン！」

カナタは肩から下げているボロ布で作られたポシェットをぱんぱんと叩《たた》く。

きちんと収穫があったのは本当なのか、動く度にがしゃがしゃと音がしていた。

「ならいいけど！　さぼったらお頭にどやされるんだからね！」

「うん、わかってる……」

「ここを追い出されたら終わりなんだからね！」

「……わかってるよ」

遠くに聞こえる金属音、時折響く爆発の音。

何かが燃えて焦げたにおいが鼻につく。

ここは戦場だ。カナタ達《たち》がいるのは戦いがある程度終わった場所ではあるものの、それでも戦線が下がったり敵が移動したりすれば巻き込まれる可能性だってある。

安全とは言い難い環境だが、彼等《ら》はここで生きていくしかない。

他に頼れる所は無く、奴隷制度のある国に身を売るギャンブルはごめんだ。

それに、

「俺、お頭の所で働くの結構好きだもん」

「はぁ!?　あんた変態!?」

「へんたいって何？」

「……あんたにはまだ早い」

カナタは身を寄せているこの傭兵団が気に入っていた。

だからこそ仕事はしっかり終わらせている。

今持っている赤い小石……魔術滓《ラビッシュ》集めに難癖をつけられないためにもだ。

戦場漁りとして放り出されるようになってもう二年……中々に手際はいいほうだと自負している。

戦場が好きなわけではない。生きるためにいなければいけないというだけ。

そして、この場所で見つけられる綺麗なもので誰にも奪われないものは魔術滓《ラビッシュ》しか無かった。

それはただの魔力の残りかすで、何の意味も無いただの欠片《かけら》ではあっても――

「わぁ……ほら見てロア。火属性の魔術滓《ラビッシュ》は日の光にかざすともっと綺麗に見えるよ。ほら見て見て」

「それは日の光が綺麗なだけでしょ、やっぱ変態よあんた」

――いつ見たかわからない光のように綺麗だったから。

カナタの趣味

カレジャス傭兵団《ようへいだん》は少数精鋭の傭兵団である。

団長含め傭兵として戦場で戦うのは十人、加えて今は十五人の戦場漁《あさ》りの子供が身を寄せている。

スターレイ王国の南部に拠点を持っているそれなりに名の知れた傭兵団だ。

今回は村同士の些細《ささい》な言い争いから領主同士の対立にまで発展したというくだらない理由で始まった戦であり、カレジャス傭兵団は片方の領主に雇われて参戦していた。

「ガキの喧嘩《けんか》以下だな……ったく……」

焚火《たきび》に照らされるキャンプ地にて、カレジャス傭兵団の団長ウヴァルは酒を呷《あお》りながら愚痴る。

傭兵という第三者の立場からすれば今回の戦は実にくだらなく、やる意味を感じない。

小さな領地同士の戦であり、少しすればどちらかが矛を収めると踏んで受けた仕事だったが……

その予想は外れ、どちらも意地を張り続けて無駄に長引いている。

今日に至っては敵の領主が魔術師まで出してきた事にウヴァルはあほらしさを感じていた。ただでさえ強面《こわもて》の顔がさらに険しくなっていく。

「ウヴァル、お前が受けた仕事だろう」

「わあってる……だがよ、こんなちっこい領地同士の戦いがここまでになるなんて誰が思ったよ？」

「まぁ、それは確かに、な」

対面でウヴァルの愚痴を聞くのは美しい橙《だいだい》色《いろ》の髪を持つ副団長のグリアーレ。

魔力の扱いに長《た》けた魔剣士で、女性ながらウヴァルと共にこの傭兵団を率いている。

横目に見ると酒を飲んで馬鹿騒ぎをする傭兵の仲間達《たち》。肩を組んで陽気に踊る者達もいれば、腕《うで》相撲《ずもう》をして賭けを始めている者達もいる。

正直言ってグリアーレ自身もうんざりしているが、団員達からまだ不平不満が出ていないのは幸いと言えるだろう。

「魔術師まで出てきたが……どうする？　やらせるか？」

「……やらせねえと食えねえだろうがよ」

酔って馬鹿騒ぎする傭兵達とはほんの少し離れた場所……今日の収穫を自慢し合う戦場漁りの子供達のほうにグリアーレは目を向ける。

そこには焚火を囲んで一緒に食事をしているカナタとロアもいた。

「カナタも飽きないなあ……そんなゴミばっか拾ってさ」

不格好なスプーンで今日のスープを掬《すく》いながらロアは言う。

隣ではカナタが焚火の明かりで火属性の小石……魔術滓《ラビッシュ》を照らしていた。

「べ、別にいいだろ。ちゃんとお頭に渡す分の戦利品は漁ってきてるんだからさ」

「いやいいんだけど、もったいないなあって。それ探してる暇あるんだったらもっと漁れるでしょ？そうすればあんたの取り分だって多くなるってのに」

戦場漁りの子供達は傭兵の大人達に代わって戦場で手に入れた剣や金品を拾い、ノルマとして渡す事で衣食住を約束してもらっている。収穫が多ければ個別で報酬もあり、カナタの向かいに座る子供は今日の収穫が多かったのかお腹《なか》いっぱいになる量のパンや干し肉に笑顔を見せていた。

カナタにはパン一つとスープだけで干し肉はない。少なくはないが物足りない、そんな中途半端な量だった。

「何言ってるんだ。これはお頭に渡さなくてもいいんだぞ？　取り分で言えば全部取り分になってるみたいなもんだ」

「何それ……そんな事言ったら、魔術滓《ラビッシュ》はすぐに消えちゃうんだから、消えちゃったら取り分ゼロって事じゃない」

「そ……それは……うぐぅ……」

「負けるのはや……。もう少しまともな屁理屈《へりくつ》を用意しなさいよね……」

ロアに言い負かされながらもカナタは魔術滓《ラビッシュ》を眺め続けていた。

火属性の魔術滓《ラビッシュ》だからか、焚火の明かりによく映える。まるで宝石のようだが、宝石のような価値は一切ない。

魔術滓《ラビッシュ》は魔術に使った余計な魔力が形になっただけの残りかすに過ぎず、時間が経《た》てば大気の魔力に溶けて消えていく。宝石のような繊細な輝きも無いので宝石と偽る事さえできず、悪事にさえ使えないのだが……カナタにとっては集めるのがやめられない魅力があった。

そう、いわば趣味のようなものだ。他者に理解されなかろうと本人にとっては価値がある。

「綺麗《きれい》な石が好きなら宝石狙えばいいじゃない」

「宝石持ってる兵士なんてあんまいなくないか？」

「そりゃそうだけど……魔術滓《ラビッシュ》だって魔術師がいないと手に入らないんだから同じようなもんじゃない？」

「ふふん……わかってないねロア。宝石はみんな狙うけど魔術滓《ラビッシュ》は誰も狙わないでしょ？　こっちのが漁りやすい！」

「言ってて悲しくならないのそれ？　いや、カナタがいいならいいんだけどさ……」

言い負かしたような、自分から負けにいったような。

カナタが複雑な思いでいると、二人の頭上に気配を感じる。振り向くと、いつの間にか団長のウヴァルが樽《たる》ジョッキ片手にこちらを覗《のぞ》き込《こ》んでいた。

「はっ！　カナタてめえまーたそんなゴミ集めてんのか!?」

「お、お頭！　い、いいだろ！　ちゃんとノルマ分は渡してるんだから！」

「ああ、別にいいぜ。ノルマさえこなしてんなら文句はねえ。こっちとしても金にならないもん渡されても困るから勝手に持っていったらいいさ」

まだ十歳程度の子供に絡む、がたいのいい男という危ない構図。

カナタは急な絡みに少し顔が引きつっている。他の戦場漁りの子供達もウヴァルが来た途端少し静かになっていた。隣に座るロアも目を付けられないように大人しくしている。

「何が楽しいんだこんなもん眺めて。宝石じゃああるまいしよ」

「だ、だってわくわくするだろ……」

「あん？」

威嚇のように聞こえる返しにカナタは少し肩を震わせる。もちろんウヴァルに威嚇しているつもりはない。疑問で聞き返しただけである。

それでも迫力のある顔面が威嚇しているように見せてしまっていた。

「ラ、魔術滓《ラビッシュ》は魔術から零《こぼ》れる魔力なんだ……だからさ、これを眺めてると俺みたいな奴《やつ》でもこのちっちゃな塊の中にある魔術の欠片《かけら》に触れられるような気がして楽しいんだよ……！」

「はーん……？」

「俺なんかが魔術を勉強できないってわかってるよ。でもさ……このちっちゃな塊の中にほんの少し夢を見たっていいだろ？　わ、悪いかよ！」

拳骨《げんこつ》くらいは覚悟して強気に出るカナタ。

一方、それを聞いていたウヴァルは樽ジョッキに注がれた酒をぐいっと飲み干す。

「別にいいんじゃねえのか。夢見るのは自由だ。夢見るのは、な。こっちとしてはノルマを果たせるんならいくらでも夢見てやる気だしゃあいい」

「ノルマはちゃんとやるよ！　ちゃんと頑張るさ！」

「おー、たりめえだ。ノルマ達成できないならそんなゴミ集めとっくにやめさせてる。カナタだけじゃねえぞ。お前らの服も、メシもただじゃねえ……しっかり働けよ。働けばカナタみたいなゴミ集めをしようが何しようが興味ねえからよ」

ウヴァルはノルマを大きく超えて浮かれていた子供達含めて釘《くぎ》を刺す。

歪《ゆが》んだ鎧《よろい》の隙間に手を入れたり、瓦礫《がれき》の下に潜り込んだりなど……戦場漁りは体の小さい子供のほうが都合がいい。

自分の食い扶持《ぶち》を稼ぐ手段を意識させながら、ウヴァルはカナタが握っている魔術滓《ラビッシュ》をじっと見つめた。

「な、なんだよお頭……？　あ、あげないぞ！」

「いるか馬鹿！　お前以外に誰が欲しがるんだよそんなゴミ！　明日には消えるだろうが！」

盗《と》られないように魔術滓《ラビッシュ》を隠そうとしたカナタに、ウヴァルは酒臭い息を吹きかける。

「うえ！　くっさ！」

「大人の香りだ！　ぎゃっはっは!!」

団長を苦手にする者も多いが、魔術滓《ラビッシュ》の事だけはウヴァルに同意するかのように周りの子供達も頷《うなず》いていた。

「ロマンあると思うんだけどなあ……むう……」

周りの反応が不服なのか、カナタはぶすっとしながら魔術滓《ラビッシュ》を再び眺め始めた。


カナタの魔術滓《ラビッシュ》集めが趣味になったのは戦場漁りを始めたのと同じ二年前の事だ。

父親は行方《ゆくえ》知れず。母親は買い物のために町を訪れた際、貴族の子供を庇《かば》ってカナタの目の前で死んでしまった。

元いた村の人達は悪い人ではなかったものの、両親のいない子供を長く置いておけるほど裕福なはずもなく……一年と少しでカナタはこのカレジャス傭兵団へと身を寄せる事となった。当時八歳という年齢で。

記憶の中の両親は善良で、住んでいた村で大人の悪意に晒《さら》される事もほとんどなかった。意地の悪い子供のいたずらが何回かあった程度で悲観するほどではなかったとカナタは思っている。

彼を不幸に陥れるような思惑があったわけでもなく、ただただ理不尽な不運によってカナタは一人になってしまった。

誰も恨めない。何を恨んだらいいかもわからない。

拾われた事を幸運に思えるわけもなく、生きているだけで幸運だと言われてもピンと来るはずもない。目の前で親を失って誰が幸運だと思えるだろうか。

子供にとって目まぐるしく環境が変わっていき、そんな感情の矛先を見つけられなかった日々の中で興味を抱いたのが、初めて戦場漁りとしての仕事をした際に見つけた魔術の残りかすである魔術滓《ラビッシュ》だった。


「今日のは……ここが……こうなってる……。はは、変な形……」

夜も更けてボロ布を継《つ》ぎ接《は》ぎした寝袋にくるまりながら、カナタは木炭で石に何かを書いていた。

近くでパチパチと音を立てる焚火の明かりを頼りに、今日拾った魔術滓《ラビッシュ》を覗き込んでいる。

「同じ魔術を使ってるのかな……？　最近火属性のばっか手に入るや……」

カレジャス傭兵団で教えられた規律や教育……それらを前向きに吸収できたのは傭兵団が戦場漁りを根気よく教育する方針であった事もそうだが、興味を抱けるものができた事が大きい。

最初は周りの子供達とぎくしゃくしていたが、魔術滓《ラビッシュ》を拾っている変わり者というキャラのおかげで今はそんな事もない。

ここで働くのが好きと言えるようになったのも彼にとっては本心である。

たとえ周りから可哀想《かわいそう》と言われる事があっても、カナタはそうは思わなかった。

戦場漁りで食い扶持を稼ぎ、同時に趣味の魔術滓《ラビッシュ》集めもできる。

ノルマさえ守れば無意味なものを拾っても許してくれる団長達の存在もあって……彼にとってこ

こは本当に居心地がよかったのである。

「三日前に書いたやつと繋《つな》げると……円みたいだ」

魔術滓《ラビッシュ》を集めて、消えるまで四六時中眺めていたカナタは魔術滓《ラビッシュ》の中に模様のようなものがある事に気付いていた。

それは時に角《つの》のような、円のような、はたまた動物の足のような。

そのせいか、いつしか魔術滓《ラビッシュ》を魔術の残りかすなのではなく魔術の欠片だと思うようになったのである。

この二年間、集めては消え集めては消えていった中に変な模様があったりすればそれだけで嬉《うれ》しかった。

三日前に拾った魔術滓《ラビッシュ》には中に楕円《だえん》の一部のような模様があり、今日の三つと繋げてみるとぴったり模様が繋がるようになっている。

それがまるでパズルのようで、娯楽をあまり知らないカナタは楽しくなってにやけていた。

「あ、やばい！　消える消える……！」

にやけている間に、魔術滓《ラビッシュ》が薄くなり始める。

魔術滓《ラビッシュ》は魔術に込められた余計な魔力の塊だ。使い手を離れた魔力はやがて消えて、大気の魔力に溶けるのが定め。

カナタが今日拾った魔術滓《ラビッシュ》は使い手がよほど未熟だったのか、明日を待たずに消えかけていた。

カナタは急いで魔術滓《ラビッシュ》の中に見える模様を木炭で書き写す。文字のようなものも見えるが、文字を習っていないカナタには何が描いてあるのか読む事はできない。

「うーん……カナタ……。まだ起きてるの……?」

「ロアごめん! 消えちゃうから後で!」

「後でじゃなくて……ふわぁ……もう寝なよ……」

消える事に焦って少し声量が大きくなったせいか隣で寝ていたロアは寝ぼけたように起きて、すぐにまた眠りにつく。

カナタはロアの言う事を聞かずに消えかけている魔術滓《ラビッシュ》の中を食い入るように覗き込み続けた。

逃がさないように握る手の力がどんどんと強くなるが、消えるのは止まらない。

「あ……! あ……、ああ……はぁ……」

心底残念そうな声を上げながらカナタは魔術滓《ラビッシュ》が消えていくのを見届けた。

力強く握っていた場所にはもう何も無く、木炭で黒くなった手があるだけ。

この二年、これだけが未《いま》だに残念でならなかった。

水が残らない分、冬に降る雪が溶けるよりも寂しい気持ちになる。

無造作に固めた雪玉でさえも水という痕跡を残してくれるというのに魔術滓《ラビッシュ》は本当に消えるだけだ。

「魔力……かぁ……」

カナタは空中をぶんぶんと手で摑《つか》もうとしてみる。

もちろん、どれだけ摑もうとしても黒くなった手の中には何もない。

魔術滓《ラビッシュ》は大気の魔力に溶けて消えるが、魔力などカナタには感じ取る能力もない。

傭兵団の傭兵達は魔力を操る事ができるそうだが、そんな傭兵のみんなを見てもカナタにはピンと来ていなかった。

カナタはポケットに手を伸ばす。

今日拾った三つの魔術滓《ラビッシュ》は同じ使い手のものだったのか、残りも全て消えていた。

この二年、色々な事に慣れたもののこれだけはどうしても慣れなかった。

カナタの好きな宝物はどれだけ拾っても消えていってしまうのである。そんな儚《はかな》さに風情を感じるような感性もまだカナタにはない。ただ寂しくて、悲しいだけだ。

だからこそ魔術滓《ラビッシュ》の中に見えた模様を石に描いて寂しさを少し紛らわせるのだ。

文字は読めなくても、模様として認識すれば描く事はできる。魔術滓《ラビッシュ》が消えて悲しい気持ちを、さっきまで書き写していた石を眺めて落ち着かせる。

「今日はよく描けたから……うん……。仕方ないよな……」

書き写すために拾った石は魔術滓《ラビッシュ》と違って属性の色がついているわけでもない。

満足するまで眺めて、次の仕事があるまで気持ちを紛らわせるためのもの。流石《さすが》に光に当てても綺麗だと思う事はない。

今日書き写したのは前回と合わせてもいい出来だとカナタは自分を納得させる。

半円のような模様に知らない文字。まるで一つの図形の一部のよう。

何を意味するのかはわからなかったが、今日の戦場で聞こえた爆発音と熱が思い浮かぶ。

遠くで唱えられていた魔術はもしかしたら、こんな形なのかもしれない。

そう想像するだけで魔術の断片に触れられたような……そんな気がした。

もちろんこの二年で魔術が使えるようになったなんて事はなく、団長のウヴァルに小馬鹿にされたようにただの夢だとわかっている。

「……ん？」

そう、夢のはずだった。

「なんだろ……俺、字なんて、読めないのに……」

書き写した半円と知らない文字の未完成の図形。

それを眺めている内に、まるでカナタは文字を読むかのように頭の中に言葉が浮かび上がる。

眺めていた間に浮かべていたのは戦場で感じた火の熱と聞こえてきた爆発音。

そしていつものように、自分が魔術を使っている姿。

そんな妄想の間に割って入るように何か言葉が浮かび上がる。


「……〝選択《セレクト》〟？」


かちり、とカナタの中で何かが開く音が聞こえた。

違う文字が浮かび上がる。

記憶の再生などではなく、唐突な空想。

妄想の中に浮かび上がる自分の姿と共に。

「『炎精《フランメ》への……祈り《ベーテン》……？』」

頭の中に思い浮かべた言葉を口にした瞬間、

「え？　え!?　え!?」

カナタがくるまっていた寝袋が発火する。

一体何が起きたのか考えさせてくれる余裕もなく、カナタは寝袋をすぐに脱ぎ捨てた。

カナタは呆然《ぼうぜん》と寝袋が燃えるのを見つめるしかない。

他の戦場漁りの子供達は焚火の近くで寝るのに慣れているからか、寝袋が燃えていても特に起きる様子はなく夢の世界を満喫している。しかしカナタにとっては今起きている出来事のほうが夢みたいだった。

「…………え？　え？」

やがて寝袋は燃え尽きてボロ布以下の灰に。晒された肌に容赦なく吹きすさぶ風がやけに冷たい。

他の子供全員が寝静まった夜の中、場違いにも思えるカナタの呆《ほう》けた声を闇だけが聞いていた。

「カナタ……お、お前……」

「グリアーレ……副団長……。なに、これ……？」

……なんて都合のいい事はなく。

不自然に燃える火を見て、すぐさま駆け付けていた副団長グリアーレにしっかりとばれていた。

カナタの発した疑問にこちらが聞きたいと言いたげな視線で、グリアーレは目を剝《む》きながらカナタを見つめていた。


「あれ？　カナタは？」

翌日、合流した領主軍と共にカレジャス傭兵団は町へと戻った。

町での仮拠点となる宿で荷物を降ろして自由な時間……戦場漁りの子供達にもしばしの休息が与えられた。

しかし、カナタの姿が見当たらず、ロアはきょろきょろと宿の食事スペースを見渡した。

「カナタならさっき呼び出されてたぜ」

「まーた何かやらかしたんじゃないの？　あいつ、趣味の事になると変に意固地だしな」

「ええー……もう……」

一足先に食事スペースでパンを頬張《ほおば》っている同じ戦場漁りの子供達から教えられて、ロアは少し項垂《うなだ》れる。

昨夜《ゆうべ》飛ばされたと言っていた寝袋を町に買いに行こうと誘うはずだったのに、まさか自由時間にまで呼び出されるとは。

同じ戦場漁りの中でもロアは特にカナタを気に掛けている。

カナタにとってロアは一つ年下で弟のような存在であり、初めて世話をした後輩でもあるのだ。

「はぁ……カナタってば……何やったの……？」

子供らしからぬ重々しく、ゆっくりとしたため息には呆《あき》れ半分心配半分。

カナタが何もやらかしていない事を祈るばかりであった。

同刻。グリアーレの部屋には呼び出されて床に座らされているカナタがいた。

平凡な町の宿なので特別華美なわけではないが、団長と副団長だけは個室で邪魔は入らない。

つまり、昨夜の事について色々と聞き出すには十分だという事である。

「あの、グリアーレ副団長……」

「なんだ」

「この、姿勢は……なんでしょう……？」

カナタは背筋を伸ばし、両膝をくっつけるようにして床に座らされている。

目の前には仁王立ちでカナタを見下ろすグリアーレの鋭い目つき。

体の震えが果たして不慣れな体勢からなのか目の前から感じる圧によるものなのか。恐らくどちらもだろう。

「その姿勢は、正座というものだ」

遠くまで響き渡るようなよく通る声がカナタの疑問に答える。

カレジャス傭兵団副団長グリアーレ。美しいだけでなく歴戦の経験が刻まれたような厳しい顔つきに確かな実力で傭兵団の中核を担っている。

奔放なウヴァルと違って面倒見がいいと評判だが、正直今のカナタには恐怖しかない。

「せいざ……？」

「ああ、とある島国から伝わった姿勢でな。長時間その座り方をしていると足が痺《しび》れて動けなくなる。恐らくは、その島国で拷問や尋問の際に罪人などにさせる姿勢だったのだろう」

「そ、そんな恐ろしい姿勢がある国が……というか、その姿勢をさせられてるって事は……今から俺……拷問されるんです!?」

「いいや？　だがお前の答え次第でそうせざるを得ない可能性もある。心優しい私にそんな真似《まね》はさせてくれるなよ？」

グリアーレはにっこりと笑顔を見せている……つもりなのだろう。

その顔に浮かぶぎこちない笑顔は恐怖しか抱かせず、カナタはこくこくと頷くしかできなかった。

「こうして内密に事情を聞こうとしている時点でかなり譲歩しているつもりだ……何故《なぜ》魔術が使える事を隠していた？」

「ち、違う！　違います！　昨日突然！　本当に！　自分でもびっくりして……寝袋も……わざとじゃ……。自分でも……わから、なくて……魔術滓《ラピッシュ》を見てて……そ、れで……」

「……」

グリアーレの射殺すような視線がカナタに突き刺さる。

必死に説明するが、信じてもらえているかどうか不安に駆られてたどたどしくなってしまう。

揺れるカナタの視線はグリアーレの表情から腰に差している剣へと。

カナタは幼くとも戦を知っているし、傭兵団には規律があるのを知っている。もしグリアーレがその気になればカナタの首と胴体など簡単におさらばだ。

しかしそんな不安をよそに、カナタの必死さが伝わったのかグリアーレはすぐに表情を崩した。

「まぁ、そうだろうな。お前が私達の敵となる魔術師だとして……昨夜寝袋だけ燃やす意味がわからん。そんな間抜けに後れを取る気もないからな。信じよう」

「は、はあ……ありがとう、ございます……」

一先《ひとま》ず、最悪の事態にはならないようでカナタは胸を撫《な》でおろす。

しかし質問以上尋問未満の状況は終わらない。

「では、どうやって昨日火を？　焚火の火が燃え移ったなどという嘘《うそ》はついてくれるなよ？」

「じ、実は……」

グリアーレに気圧《けお》されるままカナタは昨夜の出来事を話した。

魔術滓《ラビッシュ》の中に模様のようなものが見える事、今回の戦で漁った魔術滓《ラビッシュ》の模様を繋ぎ合わせた事、頭の中に言葉が浮かんだ事……カナタ自身もわけがわからなかったため答えを求めるように全てを伝えたのだった。

「……信じ難いが」

「っ!!」

グリアーレの言葉に焦り、カナタの全身に嫌な汗が浮かぶ。

カナタが語ったのは全て真実だったが、信じられなかったのであれば嘘をついたのと同じになってしまう。何とか信じてもらおうとカナタは口を開きかけたが、

「お前が見ていたのは〝術式〟だな」

「……へ？」

意外にもグリアーレはすんなりと信じてくれていた。

それどころかカナタ本人にもわからない事を説明してくれる。

「魔術には使い手がイメージしやすいようにする術式というものがあってな……お前が魔術滓《ラビッシュ》の中に見ていた模様というのはその一部だろう。同じ魔術の魔術滓《ラビッシュ》ばかり集めて、模様を繋げた結果……お前でも唱えられてしまうくらい術式が形になってしまった、という事、なのか……？」

「そ、そんな自信なさそうに……グリアーレ副団長、大人なのに……」

「大人だからどうした。魔術の事は少しかじっているが……こんなケースは初めて聞く。大人だろうが子供だろうが知らない事には自信がないものだ」

グリアーレは困ったように橙色の髪をかく。

先程までは恐《こわ》いだけだったが、グリアーレが見せる新鮮な表情にカナタは妙に親近感が湧いた。

「大体、魔力も扱えていない者が魔術など……一足飛びどころの話じゃないぞ。何ステップ無視しているんだという話だ。魔術だろうが他の技術だろうが、本来は順序を踏んで学ぶべきだというのに」

「そんな事言われても俺にも何が何だかわからなくて……唱えたら急に寝袋が燃えたんだもん……」

「ああ、それは信じてやる。私は魔術師じゃないから詳しい事は教えてやれないが……」

グリアーレは間を置いて、面倒臭そうにため息をついた。

「何もわからないままでいられるのも困る。これから空き時間は私が魔力の扱い方を教えてやろう」

「はい……え？　え!?」

「興味本位でむやみやたらに使われてはいつ問題が起きるかわからんからな……魔力の扱い方を学んで何とかコントロールしろ。昨夜のような事を起こさないためにもな」

「〜〜〜〜!!」

グリアーレの言葉でカナタは歓喜に震える。

魔術滓《ラビッシュ》を通じて夢見ていたロマン、というにはまだ遠いかもしれないが間違いなく第一歩となる提案。

喜びを隠し切れずに口元は緩み、両腕は自然とガッツポーズをとっていた。

「ああ、そうだ。昨夜お前が寝袋を燃やした魔術がどんなものか教えろ。コントロールするべき魔術の事は知っておかないとな」

「えっと、『炎精《フランメ》――ごぶっ!?」

昨夜、頭に思い浮かんだ魔術の名称を答えようとすると、突如グリアーレの蹴りがカナタの胸元に突き刺さる。

正座していたカナタの姿勢は当然崩れ、後ろへと転がって勢いよく壁にぶつかった。

「馬鹿か！　わけもわからず唱えて昨夜のような事態になったらどうする！」

「ごほっ！　だ、だってグリアーレ副団長が言えって……！」

「教えろと言ったんだ！　全くこれだから危なっかしい！」

グリアーレは呆れるように二度目のため息をつく。

だがすぐに真剣な表情へと戻った。

「待て……今言いかけた名称はお前が昨夜唱えた魔術なのか？」

「いてて……え？　は、はい……そうです……？」

魔術は威力や効力に応じて五段階に分けられている。

魔術師は通常、魔術を学ぶ際には一番下の第一域から順番に習得していくのだが、

（〝炎精《フランメ》〟と言い掛けたという事は精霊系統……精霊系統の魔術は最低でも第三域からのはず……。

魔力もコントロールできないカナタが唱えられるはずが……どうなっている？）

自らの知識とカナタの状態が噛《か》み合わず、グリアーレの眉間に皺《しわ》が寄る。

しかし、カナタが嘘をつこうにも魔術の詳細を知っていなければこの嘘はつけない。

「あの、グリアーレ副団長……！」

「なんだ？」

グリアーレが顎に手を当てて考えている中、カナタは足をぷるぷると震えさせながら、壁を支えに立ち上がる。

「足が……痺れて……！　これ、どうやって治るの……!?」

「ははは、それが正座の力だ。いい勉強になっただろう？　昨夜のトラブルの罰をこの程度で帳消しにしてやるんだから甘んじて受け入れろ」

「うう……！」

いつもとは明らかに違う両足の感覚。動く度に虫が這《は》うようで辛《つら》い。

カナタは心躍る約束を取り付けたとは思えない、生まれたての小鹿のように震えていた。

「とにかく私が呼んだら来い。稽古をつけてやる」

「は、はい……！」

「ああ、それとウヴァルにだけは絶対にばれないようにしろ」

「え？　お頭？」

「何だ知らなかったか？　あいつは大の魔術師嫌いだ。ばれて追い出されるならまだ優しいほう……不用意に魔術を使えば首から上を容赦なくもがれるぞ。そこらの木の実のようにな」

グリアーレの脅し文句にカナタの表情が青褪《あおざ》めていく。

浮かれていた気持ちが一気に地面に叩《たた》き落《お》とされたような思いになりながら、カナタは部屋へと戻っていった。


二日後、思ったよりも早くカナタはグリアーレに呼び出された。

連日の呼び出しに同じ戦場漁りの子供達からは憐《あわ》れみの視線を向けられていたが、当のカナタ本人はにやけが止まらない。

自分は今から魔力について教えてもらうのだと思えば、休憩時間が削れるくらいはなんて事はない。

グリアーレの部屋に向かう階段の途中、自分が魔術師となる妄想に夢中になってつい足を踏み外しそうになる。それだけカナタは浮かれていた。


「よし、指を出せ。少し斬る」

「ひいいいいいいいい!?　なんでええええ!?」

部屋に入るなりすらっ、と静かな抜剣の音がカナタの血の気を引かせた。

魔力のコントロールのために部屋を訪れたはずなのに、目の前には剣を抜く熟練の剣士が何故か指を落とそうとしている。もし直前にトイレを済ませていなければズボンに不本意な染みを作っていたに違いない。

「何故って……魔力のコントロールを教えてやると言っただろう？」

「説明になっていませんグリアーレ副団長！　何で俺の指を切り落とす必要が!?」

「は？　切り落とすわけないだろう、血が必要なんだ血が」

まるでカナタのほうがおかしいかのようなグリアーレの口調にカナタは震える。

しかし、魔力について教えてほしい一心でカナタはぷるぷると人差し指を前に出した。

「よし、いい子だ」

グリアーレはその指を包み込むように触れて、剣の切っ先を人差し指に向ける。

カナタはつい目をぎゅっと閉じた。開けていても閉じていても恐いのは変わらない。

ちくり、と指に剣が触れて……それでカナタの指は解放される。

「目を開けろカナタ。稽古をつけると言っただろ」

「え……？」

カナタが目を開けると、人差し指には小さな傷ができていてそこから血がゆっくりと流れている。

思ったよりも小さな傷で、戦場漁りをした後にできる怪我《けが》よりも小さかった。

「これは私がやっていた方法だ。貴族達ならもっと効率のいい方法があるんだろうが……そんなものは知らんのでな」

「えっと、これでどうすれば？」

「イメージしろ。その流れ出る血が魔力だと」

「え？」

急にそんな事を言われても指から流れる血は血だ。

戦場が身近なカナタだからこそ、とても魔力とは思えない。

「私は自分の中に流れる魔力を感じるためにこうして血を代用して身に付けた。体の中で流れるものとして血が最適なんだ。そのくらいの血は本人がどうイメージしようがいずれ固まったりして止まるが、魔力はイメージできれば止まらない。魔力を感じ取れれば晴れて第一歩、というわけだな」

「イメージって……もっとないの……？」

カナタは思っていた稽古とは少し違っててつい愚痴っぽく呟《つぶや》いてしまう。

魔術書に書いている事を実践したり、魔道具を使ったりとそれらしい事を期待していなかったといえば嘘になる。

グリアーレはそんなカナタの姿を見て、少し意外そうな表情を浮かべた。

「珍しいな、お前は聞き分けのいい子供だと思っていたが……ふふ、魔力を学べると知って少し我が出てきたか？」

「あ……ご、ごめんなさい……」

自分は何を勘違いしているんだ、とカナタは我に返ったように頭を下げる。

グリアーレは副団長……カレジャス傭兵団の中でも偉い人間というのはカナタも理解している。

そんな立場の人間がたかが戦場漁りの子供のために教えてくれるというのに、生意気に思われるような口を利いてしまった後悔が謝罪をさせた。

戦場漁りは傭兵団の雑用係で傭兵達の下の立場だ。子供だからと甘えていいわけではない。

「いいさ。そういう一面もちゃんとあったんだと安心した。お前は普段の振る舞いこそ子供ではあったが……ノルマをしっかりこなす上に聞き分けもよく、魔術滓《ラビッシュ》の事以外では大人しすぎるくらいだったからな。そういう欲が出るのはいい事だ。夢を失った子供ほど悲しいものはない」

「……？　ありがとう、ございます？」

思ったより何も言われずカナタはほっとする。

同時に、大人しすぎるというのはどういう意味だろうか、とついつい考えてしまった。

(死にたくないなら大人しくしているのは当たり前じゃないのかな……？)

今の自分は傭兵団に拾われて、生かしてもらっているだけ。

そんな価値観のカナタはグリアーレの言葉に首を傾《かし》げていた。

「ともあれ、これができなければどうしようもない。魔術師どころか私達のような魔剣士になるのすら難しいな」

「魔術師のほうが難しいの？」

「魔術師は術式も扱いながら、だからな。魔力だけでいい魔剣士のほうが楽だとは聞く。魔力操作の難易度は一緒だとは思うが、同時にしなければならない作業量の差とも言うべきか……まぁ、詳しい事は今話す必要もあるまい」

確かに、魔力を感じ取れていない今のカナタにそんな説明は必要ない。

スタートラインにすら立っていないのだから。

「ふん……！」

カナタは目を閉じて、指先を意識する。

小さな傷から感じる痛み、指に付いている血液の流れ。

それを、魔力の動きと誤認させる。

自分は指先から魔力を放出しているのだと。

カナタとグリアーレの二人は無言に。

窓の外からは町の喧騒が、扉の外からは下の階で休憩している戦場漁りの子供達のはしゃぐ声が少し聞こえてくる。

意識を指になんてやった事がない。

果たしてこれで合っているのか……集中しても変な雑念がカナタの頭を駆け巡る。

「無理か」

「はっ……」

気付けば休憩時間の半分ほどが経っていた。

グリアーレの一言でカナタは目を開けると、指先の血はすっかり止まっていた。

カナタは目に見えた落胆を表情に浮かべて肩を落とす。

「何をいっちょ前にがっかりしている。大貴族の天才児でもあるまいし……そんなすぐにできてたまるか。私達だってすぐにできたわけではない」

「ほ、ほんと……ですか？」

「ただイメージと言われても難しいだろうからな。一日でできたらそれこそ驚いていたところだ」

グリアーレは落ち込むカナタに視線を合わせるようにしゃがんで、小さな傷のある指に優しく布を巻く。

「今日のところはこれで終わりだ。普段から魔力を意識してみろ。自分で怪我をするのはなしだ。何かあって問題になってはいけないからな。この練習をするのは私がいる時だけだ」

「え、そ、そんな……」

「その代わり、私がいなくても意識できるように課題を出そう」

「か、課題……？」

「この魔力を感じ取る練習はお前がこの前使った魔術を知るためのステップなわけだが……お前は何故魔術を使えるようになりたいんだ？」

「え……」

「そういう事を考えるのも意識するという事に繋がるんだ……少し考えながらやってみろ」

わけのわからない課題を出されてカナタは部屋を後にする。

「はぁ……」

扉の前で深いため息を一つして、重い足取りで宿の階段を下りていく。

当たり前の話だが自分は天才ではなかった。それだけの事だと言い聞かせながら。

妙な経緯で魔術を出したからと、ほんの少しだけ淡い期待を抱いていたのかもしれない。自分は天才魔術師の卵かもしれないと。

いつの間にか部屋を訪れる前の浮かれ具合は消えていて、しっかりとした足取りが現実に戻ったかのよう。

そう……彼は天才などではない。

天才ではなく異質なのだと気付くのは、ほんの少し後の話だった。

湧き上がる欲

「何か……ここってずっと戦ばっかりだねカナタ……」

「うん……」

グリアーレから課題を出された翌日、カナタは新しい寝袋を求めて町へと繰り出していた。

せっかく町まで戻ってきたが、領主の指示ですぐに戦となるらしい。

戦場漁《あさ》りとしては稼ぎ時ではあり、生きるためにはやらなくてはいけないが……それでも恐怖はある。

カナタの隣で俯《うつむ》きながら歩くロアは特に、一向に終わらない今回の戦に嫌気が差し始めていた。

「道を開けよ！　領主様のお通りだ!!」

大通りのほうから聞こえてくる声にカナタとロアが視線を向ける。

横の小道を抜けて、ざわついている大通りへ出ると、二人でも一目で高価なのがわかる豪奢《ごうしゃ》な服を身に纏《まと》い、周囲を騎士で固めたふくよかな男性が馬に乗って大通りをゆうゆうと歩いていた。

活気づいていた大通りは領主とその騎士達《たち》が通るために住民達が道を開けていて、普段とは違うざわつき方に変わっていく。

「皆の者安心せよ！　この不毛な戦を終わらせるべくこのダンレス自らが出向いてやろうとも！」

馬の上から領民に向かって手を振っているが……領民に歓迎されている空気でないのはカナタにもわかる。

表向きは領主を歓迎しているように見えるが、ひそひそと領主への陰口がやたらと聞こえてくるからだ。

「領主……貴族様だね。私達の今回の雇い主、ダンレス・ジャロス子爵」

「そうなの？」

「うん、近い内に戦線に出るって噂《うわさ》だったけど……本当だったんだ」

カナタとロアは人混みの隙間から大通りをゆっくりと通り過ぎるダンレスとその騎士団達の様子を窺《うかが》う。

「馬車に乗らないでこうやって大袈裟《おおげさ》に登場して……戦場に出る事をアピールしてるんでしょ……。どうせ前線に出ずに後ろでうだうだやるだけなのにさ……」

作り笑顔を浮かべながら民衆に手を振ってアピールするダンレスの姿に、ロアは舌打ちをする。

「何でわかるの？」

「戦が長引いてる事を領民がよく思ってないから領主自ら出てアピールしようってんでしょ……。戦を仕掛けたのはこっちの領主で、その戦が長引いて物流とか安定しないんだから……そりゃ領主に怒りたくもなるわ」

「へー……ロアは物知りだなあ……」

「まぁ、ジャロス子爵は結構強い魔術師だから誰も正面切って言えないけどさ」

「え、そうなの」

「興味持つのそこ？　ほら、杖《つえ》が腰にあるでしょ」

呆《あき》れながらロアが指を差す。

手を振るダンレスの腰には剣と短い杖が差してあった。杖には宝石が施されているのか日の光を反射してやたらと眩《まぶ》しい。

「あの杖は魔術学院を卒業した人だけが持ってる魔道具……なんだってさ。グリアーレさんから聞いた事あるの」

「へぇ……確かに豪華だぁ」

「普通は記念品的な意味で飾るらしいけど、あの豚はわかりやすく優秀な魔術師だってアピールできるからそのために持ってるんでしょ……反感買ってる領民に変な手出しされないための威嚇よ威嚇……あー、やだやだ」

大通りの中央を眺めながらそんな話をしているとカナタとロアの肩に手が置かれる。

領主の陰口を吐き出していたからか、ロアはびくっと全身を震わせた。

「誰だー？　俺らの雇い主の悪口を言ってるやつは？」

「お、お頭……」

「びっくりした……」

二人の両肩を叩《たた》いたのは昼間から酒の匂いをさせている団長のウヴァルだった。

無精髭《ひげ》に古傷を刻んだ顔がこちらを覗《のぞ》き込《こ》み、ロアはばつが悪そうに目を伏せている。

「おいガキ……雇い主様に聞かれたらどうすんだ？　俺達はあれから金貰《もら》ってるってわかってねぇのか？」

「ご、ごめんなさい……」

「俺達はああいうのから仕事貰って生活してんだ……聞こえるかもしれないようなとこで話してん

じゃねえ」

「は、はい……ごめんなさい……」

静かに説教をするウヴァルと目を合わせられず、ぶるぶると震えるロア。

戦場漁りは傭兵《ようへい》団に温情で置いてもらっているだけの孤児ばかり。ロアもまた例外ではない。傭兵団の長《おさ》であるウヴァルに見限られれば明日から路頭に迷ってしまう。

ロアは追い出されるかもしれないという恐怖で目をぎゅっと閉じた。

「ロアは俺に説明してくれてただけだよ」

「んん？」

「カ、カナタ……」

「俺が色々聞いたんだよお頭」

そんなロアを庇《かば》うようにカナタが言う。

「ほう……へぇ……」

ウヴァルは興味深そうに、目を逸《そ》らそうとしないカナタのほうに視線をやる。

ひとしきり観察し終わる頃には、領主ダンレスと騎士団は大通りを通り抜けていた。

大通りは徐々に元の状態へと戻っていくが、三人はそこに留《とど》まったまま。

「ならお前が罰を受けるか？」

「うん、いいよ」

「次に手に入れた魔術滓《ラビッシュ》を寄越《よこ》せとかでもか？」

ウヴァルの提案にカナタは一瞬固まる。

カナタにとって唯一の趣味、戦場漁りをやる上での楽しみが突然天秤《てんびん》にかけられた。

「う……う……うん……！」

「庇った割にはずいぶん迷ったなおい」

葛藤しながらぎこちなく頷《うなず》くカナタの様子がよほど面白かったのか、ウヴァルは大声で笑い出す。

周囲の領民が視線を向けたが、このくらいはよくあることで気にする者はいなかった。

「ったく、一瞬見直し掛けたが……お前が男らしくなるのはまだまだ先だな」

「俺は男だよ？」

「そういうこっちゃねえよ。まぁ、その意気に免じて罰は軽いもんにしてやる」

「じゃ、じゃあ魔術滓《ラビッシュ》は大丈夫……？」

「前も言ったが、あんなゴミ頼まれたっていらねえよ」

そう言い残してウヴァルは二人の肩から手を離す。

ぶるぶると震えていたロアは解放された気分なのか、胸を撫《な》でおろしていた。

「金払いのいい雇い主は絶対……どうしても我慢できないなら誰もいないとこでやれ」

「はい……」

「はい」

そう言い残してウヴァルは再び酒屋のほうへと歩いていった。

どうやらまだまだ飲む気らしい。

「あ、そうだお頭。お頭は魔剣士だけど魔術使えないの？」

「あん？　使えるわけねえだろ。魔術はお勉強したお坊ちゃんお嬢ちゃんが使うもんなの。俺様に学があるように見えるか？」

「じゃあ何で魔力が使えるの？」

「何だ急にそんな事聞いて……まさか、お前魔剣士になりたいのか？」

違う、と言い掛けてカナタはグリアーレの言葉を思い出す。

——ウヴァルだけには絶対ばれないようにしろ。

グリアーレの話によればウヴァルは魔術師嫌い……ここで違うと言えばカナタは自分の魔術の事について説明する流れになりかねない。

ぎりぎりのとこで声を留めて、カナタは再びぎこちなく頷いた。

「戦場漁りから傭兵に、ね……全く夢の無い話だこと……」

「あ、お頭！」

ウヴァルは寂しそうに呟《つぶや》いて、カナタ達に背を向ける。

「手本になる奴《やつ》がいたんだよ。正解を知って訓練すればそれだけ早い……ま、俺は天才だったからな。見りゃ十分だったたってわけさ」

そう言い残してウヴァルは酒屋の中へと入っていった。

その背中を見送ると、ロアはカナタの袖をちょいちょいとつまむ。

「ごめんねカナタ……私のせいで罰だなんて……」

「いいよ、俺お頭あんま嫌いじゃないからさ」

戦場漁りの子供達はその風貌のせいかウヴァルを嫌ったり恐《こわ》がっている者も多いが……不思議とカナタは気になっていなかった。

酔っぱらってだる絡みをされるのが玉《たま》に瑕《きず》ではあるが。

「……正解……？」

カナタはウヴァルからのアドバイスを呟き、何か気付く。

「そっか！」

「え？　な、なに？」

今度はカナタに両肩を摑《つか》まれてロアは驚きで目をぱちぱちさせる。

「そっか！　そうだよ！　あ、でも怒られるかな……でもこれならできそうだし……」

「私の代わりに罰受けるのに追加で怒られるような事するわけ……？」

不思議がっているロアを横目にカナタは抑えきれずにやりと笑みを浮かべる。

魔力をどうやって感じ取れるのか。ウヴァルがてきとうにしたであろうそのアドバイスは確かにヒントになっていた。

「……こっそりやるか」

「うわ……あんたそんな悪い顔できるのね……」

「お頭も言ってたろ？　誰もいないとこでやれってさ……！」


その日の夜、同室の戦場漁りの子供達を起こさないようにカナタはこっそりと部屋から抜け出して宿屋の裏手のほうへと出た。

裏庭には傭兵団の洗濯物やベッドのシーツなどが干されていて、周りから裏庭がどうなっているかは見えにくい。夜ならばなおさらだ。

ちなみに……傭兵団の洗濯物はロアの代わりの罰としてカナタがやらされたものである。

「〝選択《セレクト》〟」

裏庭に出てきたカナタは数日前、自分の寝袋を燃やした魔術が頭に浮かび上がる前に唱えた文言を口にする。

すると、寝袋を燃やした魔術の名が頭に浮かび上がった。

これを唱えれば数日前のように魔術を唱える事ができるだろう。

……しかし、今日のカナタの目的はそれではない。

「何で、気付かなかったんだ……！」

頭に浮かび上がる魔術の名。数日前の出来事が実感と共に蘇《よみがえ》り、カナタはつい笑みを浮かべる。

同時に……カナタにその時の感覚が蘇ってきた。

「俺はもう、正解を知ってるじゃないか……！」

グリアーレが教えたのはあくまで一般的な訓練方法だ。

決して非効率なわけではなく、イメージとして魔力と同じく体に流れている血液を利用するのは理に適《かな》っている。

普通はそうして魔力そのものの感覚を掴んでいき、次にその魔力による身体強化を会得し、やがて魔術と順に学んでいくのだが……カナタは違う。

カナタは魔力の感覚を得るよりも、魔力による身体強化よりも先に魔術を行使してしまっている。

それは効率や常識など、どこかへ吹っ飛ばしてしまうような習得方法。

いうなればゴールがスタート地点であるような矛盾だった。

異質ゆえに才能のあるなしとは別の位置にある問題だが……それならそれでやり方はある。

「正直何も意味わからないけど……魔術が唱えられるって事は魔力が絶対あるって事だよな!!」

魔術のエネルギーは魔力。であれば魔術を唱えるという事は必然、魔力を使っている事となる。

通常ならば魔力を扱って魔術を唱えるというゴールを目指すが、カナタはその逆……突然できるようになった魔術を扱える状態から魔力を感じ取ろうとしていた。

「……っ!」

頭に浮かぶ魔術の名前がカナタの好奇心を煽《あお》る。

何も無かった自分に突然芽生えた魔術の行使という万能感。

理解せずとも一足飛びで自分自身を変えられるかもしれない誘惑をカナタは口を引き結んで耐え切る。

魔術滓《ラビッシュ》からほんの少しだけ得ていた興味の源泉を抑え込み、カナタは基本を得る事を選んだ。

……やがて誘惑に耐え切ったカナタへの褒美が訪れる。

胸の奥底から湧き上がってくる何かの存在を、カナタは確かに感じ取っていた。

「これ、が……魔力……！　はは、きもちわる！」

突然現れて、体の中をくすぐるような感覚に笑いながら素直な感想を口にする。

しかし、拒絶はしない。

ようやく得られた魔力の感覚を逃さぬようにカナタはぎゅっと拳を強く握る。

夜風の冷たさも、洗濯物がなびく音も今のカナタには聞こえない。

ただただ、体の中を渦巻く何かを魔力と確信し切るまで、カナタは意識を体の中から離さない。

「っ！　はっ……！　ぁっ……！　ぶはっ！」

いつの間にか息を止めていたようで、カナタは息苦しさでふらつきそのまま地面に座り込む。

夜の涼しさなど関係なく体中が汗ばんでいて、大きく息をすると同時に頭の中に浮かんでいた魔術の名前も消えていった。

しかし、これだけは手放さないとその拳は強く握られたまま。

「逃がさねえ……！」

体にあるのは確かに残った魔力の感覚。まだ自在にコントロールできるとまではいかないが、カナタは自分の中に魔力があるかどうかは確実に掴んでいた。

それが多いか少ないかなど判断できるわけもないが、それでも進歩である事に間違いない。

ウヴァルから偶然得た正解というヒント……魔術という正解から逆走するように魔力を感じ取るという方法は少々常識的ではなかったが、これがカナタにとっての基礎であろう。

「よっし！」

カナタは自分の思い付きが正しかった事に充足感を得てガッツポーズをする。

しかし、そんな喜びも束《つか》の間《ま》……干された洗濯物に交じって橙色《だいだいいろ》の髪が揺れているのが視界の端に見えてしまった。

「…………」

「はっ！　グ、グリアーレ……副団長……」

カナタ自身魔力を感じ取るのに集中していて全く気付かなかったが……いつの間にか宿の壁を背にこちらを真顔で見つめているグリアーレがそこにいた。

ようやくカナタが気付くとグリアーレは穏やかではない笑顔を見せる。

反射的に、カナタはすぐに立ち上がって背筋をピンと伸ばした。

「ふふ、カナタ……励んでいるな？」

「は、はい……」

そう言って無言で近付いてくるグリアーレの圧は凄《すさ》まじい。

怒られる事を覚悟して背筋を伸ばすカナタの耳をグリアーレはぎゅっと引っ張り上げた。

「裏庭から魔力を感じたかと思えば貴様というやつは……！」

「いだだだ！」

「明後日には出立だというのにどうして問題になりかねん事をするのだ！」

「ごめんなさいごめんなさい！　思い付いたらいてもたってもいられなくて……！」

そもそもグリアーレが指導してくれたのは、魔術を暴発させて寝袋を燃やすようなトラブルを起こさせないため。

なので魔術を唱える前段階から魔力を感じ取ろうとするのはカナタにとっては妙案であってもグリアーレからすれば本末転倒……ほとんど根拠のない実験に等しいのである。

「お前の魔術は未知数なんだ。万が一ここの洗濯物が燃えたら誰が！　どう！　言い訳するんだ！」

「お、おへんなひゃい……」

「つたく……」

「いでっ」

耳の次は頬《ほお》を限界まで引っ張られるカナタ。

つねられた頬は少々赤くなっているが、傷になるほどではない。

まるで母親が子供を叱る時の仕置きのようで、口にはできないがカナタは少し嬉《うれ》しかった。

「私を含めて魔力を感知できる者はいる……。他の者からウヴァルの耳に入ったらどうする……追い出されたいのか？」

「ご、ごめんなさい……」

「全く……私が夜に魔力操作の練習をしていたと話を合わせてやる……感謝しろ」

「グリアーレ副団長……！」

呆れながらも口裏は合わせてくれるグリアーレにカナタは少し感動する。

耳と頬を引っ張られた痛みもどこかへ飛ぶ勢いだった。

「早く戻れ。罰として明日の朝食は抜きだ」

「え」

「抜きだ！」

「は、はい！　ですよね！」

カナタはこれ以上の怒号をグリアーレから引き出さないように急いで部屋へと走る。

グリアーレとて庇ってくれるからといって怒っていないわけではないのだ。

口裏合わせのためかグリアーレはカナタを追わず、そのまま裏庭に残る。

「魔術から魔力を逆算したのか……子供というのは発想力があるというか何というか……」

立場上、そして状況的に本人に言えなかったが……カナタが取った手法についてグリアーレはひそかに称賛する。

見本や正解から過程を辿《たど》るというのは無作為に探るよりも合理的と言える。魔力や魔術において滅茶苦茶《めちゃくちゃ》な順序ではあるが。

「意外に筋がいい……のか……？」

自分の考えに自信が持てず、グリアーレは首を傾《かし》げる。

何せカナタのように魔術を扱うのが先というのは見た事がなく……グリアーレ自身も判断がつかないのであった。


「今回の雇い主、ずいぶん急ですね……到着して明後日に出発だなんて、貴族らしくないといいますか」

「なんでも、中央からもっと偉い奴が視察に来るんだとよ。しょうもないきっかけで起きた戦の割に長引きすぎてるからかもしれん」

夜の宿の食事スペースはさながら飲み屋のようでカレジャス傭兵団の面々がありったけの酒を浴びるように飲んでいる。

団長であるウヴァルを合わせて九人のむさくるしい男達の樽《たる》ジョッキは乾く暇もなく、しかし会話の内容は仕事についてで気持ちよく酔っぱらっている様子ではない。

「団長、今回の雇い主……ダンレスだっけ？　今日話したんだろ？　信用できるんですよね？」

傭兵の一人が聞くと、人一倍飲んでいるウヴァルは指を二本立てる。

「金払いはいいからな、追加でこれだけ貰ってる」

「一人銀貨二枚？」

「一人金貨二枚だ」

「はぁ!?　最初の報酬より多いじゃねえか!?」

追加でそれだけ貰えると知って傭兵達の酒がさらに進む……と思いきや、逆に止まっていた。

金貨一枚もあれば家族がしばらく暮らしていけるほどだ。今飲んでいるワインとエールを一晩中どころか一週間飲んでも使い切れない。

しかもそれが明後日の出立における追加報酬。明らかに相場より高すぎる報酬に傭兵達に疑心が生まれる。

「魔術学院出身って事は金持ちなんだろうが……いくらなんでも払いすぎじゃねえか？」

「そもそも報酬が一人金貨一枚だったよな？　うちは戦場漁りもいるから一人分の報酬は多少少なくなっけどよぉ……さらに追加で二枚ってどうなってんだ？」

「さあな……わかるのは、よほど今回の戦を早く終わらせたいらしいってこった」

ウヴァルは真剣な表情で樽ジョッキを空にする。

すかさずエールを追加で注ぐが……泡立つエールをじっと見つめるだけで飲もうとしない。

傭兵達だけでなくウヴァルも今回の仕事について思うところがあるのだろう。

「ひっひ！　視察で来るそのお偉いさんがよほどこええのかね？」

「上にびびるのは貴族も俺達も変わんねえってことだな！　あっはっは！」

上司への愚痴染みた笑いをきっかけに全員の酒を飲むペースが元に戻る。

ウヴァルも疑心ごと飲み込むように、喉を鳴らしてエールを飲み干した。

「おいおい、俺様ほどいい上司はいねえだろうが……毎晩酒を奢《おご》ってやってる優しい上司だぜ」

「いや団長は大した事ねえですけど」

「団長はどっか置いてけばいいしな」

「そのまま殺されてくれてもいいですぜ。俺達で傭兵団続けるんで」

「おいお前ら俺の事舐《な》めすぎだろ」

団長と部下の関係とは思えない酔っ払い達の無礼講。

酒の席での軽口など日常茶飯事であり、ウヴァルも部下にそんな事言われても怒る様子はない。

「団長はいいですけどほら……グリアーレ姐《ねえ》さんはこええから」

「ちげえねえ！　姐さん怒らせたら酒全部戻す羽目になるからな！」

「あれは女の皮を被《かぶ》ったバーサークだからな！」

「あっはっは！　そりゃただの魔物じゃねえか！」

この場にいない副団長グリアーレの話題で盛り上がる傭兵達。

ウヴァルも交じってげらげら笑っていると、

「ふむ、そのバーサークが戻ってくるとは思わなかったのか？」

豪快な笑い声を切り裂くように、流麗な声がその場を支配した。

笑いはぴたりと止まり、こちらに歩いてくるグリアーレと目を合わせる者は誰もいない。

先程の豪快さはどこかへ消え、幼児がコップから水を飲むかのようにちぴちぴと樽ジョッキに口を付けるくらい傭兵達は縮こまっていた。

グリアーレはすっかり大人しくなった傭兵達の周囲をゆっくりと歩き回って、ウヴァルの隣へと座る。その間、誰も視線を合わせる事はできなかった。

「どうだウヴァル？　バーサークが隣に座った気分は？」

「お、おいお前ら！　グリアーレに酒を注《つ》げ！　気が利かねえ連中だな！　早くしろおら!!」

「はい団長!!」

「姐さん！　肩お揉《も》みしましょうか！」

「姐さんはワインっすよね!!」

傭兵達は見事な連携と至れり尽くせりのもてなしでグリアーレの機嫌をとる。

よほどグリアーレを恐れているのか、このまま放っておいたら全員が傅《かしず》きそうな勢いだ。

「ど、どうだった？　戦場漁りのガキ達は？　様子見に行ってたんだろ？」

「やはり戦が長引いている事で不安を抱く子はいるな」

「今回は規模の割に特になげえからな、相手の魔術師がいい仕事しやがる」

「反面、肝が据わっているのか落ち着いてる子もいるのが救いか」

「そうか……」

落ち着いている子と聞いて、ウヴァルの頭に思い浮かぶ顔が一つ。

「落ち着いているといえば……何かカナタは変わったよな？」

「カナタってあの魔術滓《ラビッシュ》集めてるガキっすよね？」

「今日、雇い主の愚痴を言ってるのを見かけてな。ちょいと説教したんだが……いつも一緒にいるロアってガキを庇ったんだよな……」

「いつもはロアがカナタの世話してるイメージっすけど」

「おう、だから驚いたんだよな。魔術滓《ラビッシュ》の事以外にあんま関心ないイメージだったからよぉ」

ウヴァルから見て、カナタは子供らしくない子供というイメージだった。

拾った時は物静かでノルマはこなし、言われた事には逆らわない。

今でこそ魔術滓《ラビッシュ》の事でからかうと子供らしい反応を見せるが、当初は子供らしい我儘《わがまま》を全く言わず、魔術滓《ラビッシュ》を集め始めるまでは世話しているロアにすら心を開いていなかったように見えていた。

「グリアーレ、何か知ってるか？　お前ガキの面倒見るの好きだろ」

「……いや？　町にいる間、女と酒を買う頭しかないお前達とは違って私は子供達の様子を見てはいるが……特に変わった事は起きていない」

グリアーレはカナタが何故《なぜ》か魔術を使えるようになった事、今も魔力を感じ取る実験をしていた事を伏せながらも、普段からの怒りを露《あら》わにする。

その怒り自体は本物だったからか、誰もグリアーレの言葉を疑わなかった。

「やべぇ、副団長様まだお怒りだ」

「姐さん、俺は団長に無理矢理《むりやり》」

「あ、ずりいぞ!?　俺もです俺も！」

「団長からの誘いはただの団員だと断り切れなくて。これが最近よく聞くアルコールハラスメントってやつに違いありませんぜ」

「お前らこちとら団長様だぞ！　切り捨てんのが早すぎんだろ!!」

全員が酔っ払っている上に、グリアーレの機嫌取りに必死だったウヴァルや他の傭兵達は、結局カナタが裏で何をしているのか気付く事はなかった。

二日後には戦場に戻らなければいけないカレジャス傭兵団の夜は、こうして更けていく。

幕間　―世話焼きグリアーレ―

「いいか？　こうやって持つんだ、持ち手をつまむようにな」

「こうやって持つとどうなるの……？」

「持ち方が綺麗《きれい》に見えるだろう？」

「わー、ほんとだ！　グリアーレさん綺麗だね！」

「ふふ、そうか？」

たまにこうして、戦場漁《あさ》りの子供達《たち》に作法を教えることがある。

傭兵《ようへい》団の他の連中は子供達に仕事以外の何かを教えるようなことはほとんどないが、私は世話焼きな性分らしい。

私が買ってきた安物のカップで、テーブルに集まった子供達は私が教えた持ち方を素直に練習していて初々しい。

作法を教える、と言ってもそこまで堅苦しいものではない。

私が教わった貴族教育のほんの一部、普段の生活の所作を少し直す程度だ。これは傭兵団の中でも私しかできないこと。

……私はとある貴族の側妻だった。

貴族といっても領地を持たぬ下級貴族で、ウヴァル達が嫌っている平民を見下すような人ではなかった。馬車も使わず町を歩いて、町の人達と世間話をする……今思うと貴族としては変わった人だったのかもしれない。

私は十五の頃に彼に見初められ、貴族の屋敷へと迎え入れられた。

彼が私に愛を囁《ささや》いた理由はなんとも単純で一目惚《ひとめぼ》れだったらしい。町の女性の中で一番姿勢がよく、特に綺麗に見えたのだと。

彼にはすでに第一夫人である奥様がいらっしゃったが……奥様は私を邪険にすることなく、貴族の作法を丁寧に教えてくれた。もう少し時間があれば、文字も教えてくださったと思う。

「見た目も所作も生き方も、周囲に美しく見られることができたなら……出自や経歴なんて、案外誤魔化《ごまか》せちゃうものよ。見た目を整えてちょっと綺麗な所作ができたら誰も疑わないのよ、貴族社会って案外ちょろいわよねぇ」

奥様のこの言葉は今でも心に残っている。

寛容な方で、当時まだ心細かった私は母や姉のように慕って懐いていた。魔力操作はもちろん、途中で騎士の剣に憧れて剣術をやりたいと言っても快く受け入れてくれて、私はあらゆる意味で運が良かったのだと思う。

私が貴族の側妻になったのは間違いなく運で幸福だったのもまた運だ。たまたま彼が変わった好みを持っていて、私がそれに当てはまっただけのこと。

そんな経験があるからか……いや、甘い考えなのはわかっている。

けれど思ってしまうのだ。戦場漁りの子供達もいつかそんな風に誰かの目に留まることがあるかもしれない、と。

傭兵団を終《つい》の棲家《すみか》と決めるには、子供は可能性に溢《あふ》れているから。

もしかしたら私が貴族に見初められたように……そんな可能性を私は期待してしまっているのだ。

髪を少し整えて、姿勢に少し注意して、今日のように役に立つかわからない作法を教える。

「グリアーレ副団長……こう？」

「ん？　ああ、そんな感じだカナタ……前回はできていなかったが、今回はうまくできてるな」

「うん、ちょっと練習した」

「グリアーレさん、私はどう？」

「おお、やるな。よくできているぞロア」

「えへへ」

そんな役に立つかもわからない作法をこの子達は素直に練習してくれる。

これは私に対する信頼なのだろうか。それとも傭兵団以外に頼れる場所がないから大人しく従っているのか。

こんな風に、私がこの子達の笑顔を素直に受け止められないのは……そう、これが自分のエゴだということがわかっているからだろう。

いつか。いつか。

そんな風に、未来の可能性を作るつもりで私は過去に縋《すが》っているだけかもしれない。

「見て見てグリアーレさん！　こうでしょ!?」

「ん？　どれどれ？」

私は決して、善人ではない。

この子達を見つけてくれる見知らぬ誰かを待っていると言いながら、戦場漁りという危険な仕事をこの子達にやらせている。

傭兵団の意向を覆そうとも思っていない。

それでも――

「ああ、綺麗だな」

いつか君達が旅立つ時、笑って見送れるような人間でいたいとは思うのだ。

衝動

五日後、ダンレスの騎士団に交じって進軍したカレジャス傭兵《ようへい》団は再び戦火にその身を投じた。

たった十人ではあるが、全員が魔剣士であるカレジャス傭兵団の強さは本物だ。

ダンレスが指揮する（名ばかりの指揮官ではあるが）騎士団に交じり、先日敵魔術師によって押し返された戦線を奪還すべく奮戦する。

当然、戦場漁《あさ》りの子供達《たち》も戦場へと赴いていた。

「前より魔術師が出てくるのが早い！　カナタ！　ちゃんと頭を低く！」

「うん！」

戦地となったのはジャロス領の河川近くにある石造りの建物が並ぶ村だった。

地形は平坦《へいたん》だが領境が近く、川上が占領されていないとはいえ、進軍する上で川は厄介な障害物だ。

当然、元から架かっていた橋はとっくの昔に落とされていて、川の向こう側から弓兵の矢と魔術師の魔術が飛んでくる。

「やっぱり川って大事なのかな」

「そりゃそうでしょ！　対岸から一方的に攻撃できるんだから！」

「でもそれはこっちも同じじゃない？」

「最初から構えてるあっちのが有利でしょ！」

「あ、そっか」

一緒に行動するロアに色々と教えてもらいながら、カナタは遮蔽物から遮蔽物へと身を隠す。

ここはすでに前線よりも後方となっているラインだが、魔術の射程は侮れない。

さっきまで敵が陣取っていた村であり、まだ後退していない敵がいてもおかしくはない。

「カナタ！　ノルマは!?」

「うーん……まだ……一応良さそうなのは見つけたけど、高いかどうかわからないや」

今日カナタが拾えた中に金目になりそうなものは少ない。

ボロボロの剣に矢の刺さった木の盾、白いハンカチに色褪《いろあ》せたネックレス、そして今被《かぶ》っている騎士の頭部甲冑《かっちゅう》くらいだった。

「微妙ね……剣と盾はお金にはならなそう」

「でも魔術滓《ラビッシュ》はほら！　ほら！」

「そんなゴミ知るかぁ！　銅貨一枚にもなりゃしないでしょうが！」

魔術滓《ラビッシュ》の数は前回よりも多く、カナタのポケットからはじゃらじゃらと音を立てて七個出てくる。

カナタにとっては戦場で唯一見つけられる自分の楽しみだが、これだけ魔術滓《ラビッシュ》があるという事は魔術師の猛攻が凄《すさ》まじいという事でもあった。

ロアはカナタの手を引っ張りながら、ごくりと生唾を飲み込む。

「大丈夫……大丈夫だからねカナタ」

「え？　う、うん」

「大丈夫大丈夫……私がちゃんと、ちゃんと……！」

自分に言い聞かせるように何度も何度も呟《つぶや》くロア。

カナタの手を握る力は強くなって、走る足は速く、カナタのノルマのためにと金になりそうな物を探す視線が忙《せわ》しなく動いていた。

焦げ臭さに錆《さび》臭さが入り交じったにおいが呼吸を邪魔し、燃えた家から立ち込める煙はそんなロアの必死さすら嘲笑《あざわら》うかのよう。

「ロ、ロア……ロアのノルマは終わってるんだろ？　だったら、早く後ろに戻って……俺なら一人で探すからさ！」

「駄目よ！　あんた一人にさせらんない！　戻るなら一緒！」

「でも――」

瞬間――二人の視界が揺れ、轟音《ごうおん》が耳をつんざく。

その正体は火属性の魔術。不運にも、カナタとロアの近くに着弾した。

二人の体は投げ出され、土の味を舌に感じながらカナタは地面を転がる。

ロアと繋《つな》いでいた手はいつの間にか離れ、カナタは急いで起き上がると泥だらけの顔を拭った。

きーん、と響く耳鳴りに不快感を露《あら》わにしながら辺りを見回す。

幸い、魔術が直撃したわけではない。

「あ……ぅ……！　ぷっ！　ぺっぺっ！　ロア！　ロア！」

「カ、ナタ！　カナタ！　大丈夫!?　カナタ！　返事して!!」

二人は共に無事。しかし爆発音のせいで耳はやられ、聞こえてくる雄々しい叫びが子供の声をかき消していく。

煙で視界も悪く、互いの位置もわからない。二人が互いを捜している間も刻々と戦は続いていく。

「ロア！」

「カナタ……カナタぁ……！　どこ……！」

捜す相手を先に見つけたのはカナタのほうだった。

崩れた家の壁を背に、涙ぐんだ声で名前を呼んでいるロアをカナタは見つける。

同時に――

「っ!?」

飛んでくる魔術が視界に入った。

先程の魔術とは違い、明らかにロアへ直撃する軌道。

いや正確にはロアが寄り掛かっている家だった瓦礫《がれき》への。

どちらにせよロアが巻き込まれるのは間違いない。

(どうする!?　どうするどうするどうするどうするどうする!?)

一瞬、カナタの足は止まってしまう。

今のカナタには知る由もないが、先程近くに着弾したものも、ロアに向かっていっているものも、他者の魔力を使う事で行われる〝増強魔術〟。

他者の魔力を練り込み、魔術の効力はそのままに規模を通常よりも大きくするもので、当然その規模に応じて破壊力も高くなる。

その魔術の大きさがカナタを恐怖させ、本能が足を止めさせた。

――このまま何もしなければ自分は助かる。

そんな誘惑がカナタの耳に聞こえた気がした。

自分の命より大切なんてものはないんだから。

力のない子供は、ただ見ている事しかできないのだから。


「あ……」

そう――母親が死んだ時のように。

「ちがう‼」

力のない？　力ならある！

カナタはごちゃごちゃとうるさい命惜しさの本能を振り切って叫ぶ。

「〝選択《セレクト》〟‼」

まだ素の状態では自信のない魔力のコントロール。言葉を鍵に急がせる。

頭に魔術の名前が浮かび、湧き上がってくる魔力をカナタは感じ取った。

魔剣士であるカレジャス傭兵団の傭兵達がやるように見様見真似《みようみまね》で魔力を全身に張り巡らせて、

「うあああああああああああああああ‼」

半ば泣きかけている声でカナタはがむしゃらに駆け出す。

利口な理屈を振り払って、走れば手に入る安全ごと蹴り飛ばしてロアのほうへ、つまりはこちらに向かってくる魔術に立ち向かうように。

これはかっこいいヒーローの華麗な救出劇などではない。ただの衝動だ。

この衝動がどこからくるものなのかカナタ自身にもわからない――――！

「ロアあああ‼　掴《つか》まってええええ‼」

「カ、カナタ⁉　カナ――え？」

顔を上げたロアは煙の中に、自分を救わんと迫る影を見た。

同時に、ロアも自分に向かってくる巨大な火炎に気付く。

それは命を呑《の》み込《こ》む激流のような。はたまた命を食らう口のような。

魔力を使えないロアでは逃れられないであろう死が体を硬直させてしまった。

「んだあああああああああ!!」

魔術滓《ラビッシュ》以外に見せる欲望がカナタに叫ばせる。

つい最近わけもわからず手に入れた力をきっかけに……カナタの我が儘《わがまま》は年相応に爆発し、固まったロアの様子が走る足により力を入れさせた。

「ぶ……はぁっあああああ!!」

「カ、カナタ……!」

ロアがいた所を灼熱《しゃくねつ》の火炎が通り過ぎる。瓦礫は呑み込まれ、燃えるよりも先にその威力によって破壊された。

先程とは違って爆発というよりも火炎の渦。あまりに近い死の温度を背中に感じながら、カナタはロアを抱える勢いのままその場から逃げ出した。

普通ならば絶対に間に合っておらず、ロアを抱える事もままならなかった。

魔力を扱ったからこその間一髪……その確信を手放さないかのようにカナタは強く、強く拳を握る。

「カ、ナタ……ありがとう、だけど……これ魔力で、だよね……何で使えるの……?」

「あ」

死から逃れた安心感からか、ロアはそんな至極真っ当な疑問をカナタにぶつける。

まだ十歳のカナタは体が出来上がっておらず、年上のロアを抱えるなど普通ならば難しい。ましてやそのまま魔術を躱《かわ》すなんてなおさらだ。

傭兵達を見ているロアならばその変化が魔力によるものだと気付いて当然。

カナタはロアを助け出せた安堵《あんど》も束《つか》の間《ま》、グリアーレにまた怒られる事を想像して顔を青褪《あおざ》めさせていた。

「俺、隠し事向いてないのかな……」

「え、じゃあの夜から……？」

「うん、そう……」

戦いが静まり、傭兵団に合流すべく歩きながらカナタはロアに今までの経緯を説明した。

いつものように魔術滓《ラビッシュ》の中にある模様をなぞっていたら突然頭の中に言葉が浮かぶようになった事、グリアーレにはばれていて魔力のコントロールについて指導してもらっている事などなど。

ロアはカナタから見せられた模様の描かれた石を手に取って注意深く観察する。寝袋を燃やした夜に木炭で模様を書き写していた石だ。

「これが魔術滓《ラビッシュ》の中にあった模様なの……？　これ絵？　文字？」

「正確には一部だけどね、色んな魔術滓《ラビッシュ》の模様を合わせるとこうなったんだ……多分、文字だと思うけど読めなくてさ」

「この文字は読めないけど魔術の名前はわかるの……？」

「うん、ロアも頭に思い浮かんだりしない……？」

ロアは色んな角度から石を見てみるも、せいぜい半円で未完成という事しかわからない。

当然カナタのように頭に文字が思い浮かぶ事もなく、ふるふると首を横に振る。

「そっか……」

「あ、だから町でお頭にあんな質問してたの？　魔力がどうこうって……」

「そう、魔剣士なら何かヒントくれるかなってさ」

「何かカナタらしくないなって思ったらそういう……お頭には話してあるの？」

「いや、なんか……お頭は魔術師嫌いらしくて……グリアーレ副団長が黙っとけって」

「え、そうなんだ」

周囲にはまだ燃えている木や砕けて転がっている家の壁だったもの、そして何度見ても慣れない倒れている死体を避けて二人はゆっくりと歩く。

戦場だった場所で金目のものを探すのは戦場漁りにとっての日常……とはいえ、大丈夫かどうかは話が別だ。

ロアの気分が悪くなって、二人は少し腰を下ろす。

「ハンカチ使う？　拾ったやつ」

「駄目よ……それはあんたが拾ったやつだもん……。大丈夫よ、少し休んだらちゃんと歩くから……あ、これ返すわね……」

差し出したハンカチを拒否されながら、ロアに模様を書き写した石を返される。

カナタはこれを見せれば他の人も寝袋を燃やした夜のように言葉が思い浮かぶと思っていたがどうやら違うようで、自分だけが何故《なぜ》こうなったのかは謎のままだ。

「お頭は魔術師嫌いだから隠してるのよね……そもそも今のカナタは魔術師なのかしら……？」

「え、ど、どうだろ……？　正直よくわかってないんだよね、グリアーレ副団長に危ないって言われてあれから一回も使ってないし……」

「ふーん……」

ロアは憔悴《しょうすい》した様子ながらカナタのほうをじっと見ている。

その赤髪は先程魔術の余波で転がったり、逃げ回ったりとしていたせいか泥で黒ずんでいた。

「他の魔術滓《ラビッシュ》の模様も書き写したらもっと別の魔術も使えるようになっちゃうのかしら」

「え、どうだろ……こんな事初めてだったから自分でもよくわかってないんだよ。今までだって隠れて色んな属性の魔術滓《ラビッシュ》の中を覗《のぞ》いたりしてたんだけど、その時は何も思い浮かばなかったし……模様を繋げたりしたからなのかな？」

カナタが魔術滓《ラビッシュ》を集め出したのは二年前に初めて戦場漁りをした頃から。

無気力だったカナタが唯一興味を持ったのが魔術滓《ラビッシュ》であり……この二年、魔術滓《ラビッシュ》を拾った際に中の模様を描いたりして遊んでいたのだが、今までこんな事は起きていない。

魔術滓《ラビッシュ》が消えるまで眺めて、書き写して、消えかけるのを惜しむ。その繰り返しだった。

「でも、そうなったら楽しいだろうなって思うよ。そりゃ急に火が出た時はびっくりして声もほとんど出なかったけど……できるならやってみたいじゃない？」

「うん、そうね」

カナタが満面の笑みを見せるとロアも笑い返す。

しかしその笑みの中には少しだけ寂しさが混じっていて。

「……もしそうなったら、カナタは私がいなくても大丈夫になっちゃうわね」

「え、そう、なるのかな？」

「ええ、町でだってさっきだって……まるでカナタじゃないみたいだった」

「へへ……そうかな……」

「カナタは私が世話しなきゃって……思ってたのに」

ロアは少し唇を噛《か》んで、カナタが何か言う前に立ち上がる。

「さ！　お頭達と合流しよ！　ちゃんと荷物はある？」

「う、うん、大丈夫。ロア、その……」

「この事秘密、でしょ？　大丈夫、ちゃんと黙っててあげるわよ」

カナタが荷物を背負っている間にロアは先に歩き出す。

目指すは主戦場となっていた川の方角。カレジャス傭兵団が加勢したダンレス軍は見事勝利し、この地を奪還していた。

川の流れる音や話し声などが聞こえ始め、カナタとロアは足を早める。

見えてきた川の流れは緩やかで向こう岸まで大した距離があるわけではないが、敵の攻撃をさばきながらと考えると厄介な川幅だ。

戦いに勝利したダンレス軍はすでに陣地を設営していて、カレジャス傭兵団も少し離れた場所ですでにテントを張っている。

派手に設営されている陣地から少し離れたテントに向かって歩いていくと、見慣れた傭兵達の顔が見えてカナタとロアはようやく安堵した。

「む、カナタとロアか」

走ってくる二人に一番に気付いたのは副団長のグリアーレ。

カナタとロアに気付くとグリアーレはこっちに来るよう手招きしていた。

いつもなら漁ったノルマを渡すために団長のテントのほうを指差されるはずだが、今日はどうやら違うらしい。

他の傭兵もテントから外に出ていて、戦場漁りの子供達と一緒にいてこちらに手を振っている。

どうしたんだろう、と走りながらもカナタとロアは顔を見合わせる。

「ざけてんじゃねえぞごらああ!!」

すると団長のテントの中から怒号が聞こえ、突然の事にカナタとロアはびくっと立ち止まってしまった。

カナタとロアが固まっていると、テントから追い出されるようにして甲冑姿の騎士とその従騎士らしき男の二人が出てくる。

その二人に続き、テントから出てきたウヴァルが怒りで歪《ゆが》んだ形相で騎士のほうに詰め寄った。

「こっちが魔術師じゃないからってわからないとでも思ったか!?　ありゃ第三域の増強魔術だろうが！　味方がいるかもしれない場所に向けて撃っていい魔術じゃねえって事くらいわかんねえのか!?」

「申し訳ない。俺も配属されたばかりでな、こんな方針だとは――」

「てめえ言ったよな……俺の指揮下に入れってよ。指揮下に入った俺達を誘導して、豚魔術師の的扱いってか？　教えてくれよ騎士様よ!?　うまく誘導して的が一つ～！　的が二つ～！　なあおい……的一つ誘導するにつきいくら貰《もら》う気だったんだ!?　ああん!?」

額に血管が浮かぶほど憤っているウヴァル。

騎士が詰め寄られているのを横目に、カナタとロアはこそこそグリアーレの近くへと駆け寄った。

「な、何があったんですか……？」

「私達が戦場で戦っている最中……味方側の方向から私達がいる所に魔術が飛んできてな……。子爵が放った火属性魔術にあわや巻き込まれるところだったんだ」

「味方に魔術って……」

「無論、敵もいたから敵を狙ったのだとは思うが……それでも私達は危ないところだった。第三域の増強魔術で炎の津波のような魔術だったからな。いくら私達でも呑み込まれれば危ない」

グリアーレは騎士に詰め寄るウヴァルを顎で指す。

怒りはしばらく収まらなそうだ。

「だからこうして、怒り狂ったウヴァルが私達を指揮していたダンレス軍の騎士に抗議しているというわけだ」

「火の……」

「魔術……」

カナタとロアは顔を見合わせる。

偶然か、先程二人の近くに着弾した魔術もロアを呑み込みかけた魔術も火属性だった。

グリアーレにそれを話すと、グリアーレの表情が険しくなる。

「お前達にもか……？」

「は、はい、でも私達がいるのはわからなかったと思うし……流石《さすが》に偶然だと思いますけど……」

ロアがそう言うとグリアーレは冷や汗を額に流しながらウヴァルのほうをちらっと見る。

そしてしゃがむと二人の耳元に口を近づけた。

「お前達からはウヴァルに言うな。私からそれとなく話をしておく。今それを伝えてしまうと……あの騎士を殺してしまいそうだ」

いくらお頭でもまさか、とカナタとロアは言いたくなったが冗談に聞こえない。

今まさにウヴァルは剣を抜いてもおかしくないほどヒートアップしているからだ。

二人は元から言う気はなかったが、こくこくと繰り返し頷《うなず》く。

戦場漁りをやっている以上、どんな危険も自己責任ではある。

よく見てみれば他の傭兵達もピリピリしており、その雰囲気にあてられて戦場漁りの子供達も怯《おび》えている。

敵からの攻撃ならともかく、味方の魔術で死にかけたというのはいくら傭兵でも笑えない。

「金払いがよかったのは殺しちまえば報酬を払う必要もないからか!? ああ!?」

「ウヴァル団長、君の怒りはもっともだ。だが信じてほしい。俺はカレジャス傭兵団を魔術の射線上に誘導する気は全くなかった。君らを俺の指揮下に入れるというのも、俺が新人だからだろうとしか思っていない」

「今日の戦いでどう信じろってんだ!!」

ウヴァルは騎士の男の首を摑む。

傍《そば》に立っていた従騎士の男が剣に手をかけるが、首を摑まれている騎士はそれを制止した。

「俺の名はファルディニア。この名に誓おう。君の怒りを受け止め、理不尽を排するために動く竜の背に相応《ふさわ》しい男である事を」

「……。ちっ!」

ファルディニアと名乗る男がウヴァルの目を真《ま》っ直《す》ぐ見てそう言うと、ウヴァルは舌打ちしながら手を放す。

竜はスターレイ王国の象徴。星降り注ぐ夜に泳ぐ空想の王。

国の象徴を引き合いに出して誓うのであれば、それは国家に捧《ささ》げる信念の吐露だ。

いくらウヴァルが怒り心頭であってもその言葉の重さは無視できない。

「俺達は傭兵だ。雑に扱われるのは仕方ねえ。危険な役目も状況次第じゃ請け負ってやるさ。だがな、味方から狙われるのは貧乏くじとはちげえ話だ！　あんたのご希望通り次も指揮下に入ってやる。だが、次疑わしいと感じたら……わかってるな？」

「少なくとも、俺は君達の味方だと約束する」

「とっとと行け。あの豚のご機嫌取りにな」

ファルディニアがウヴァルに頭を下げると、従騎士もぎょっとした顔をしながらも躊躇《ためら》いがちに頭を下げる。

ウヴァルがテントに戻るのを見送ると、ファルディニアはカナタ達のほうにも同じように頭を下げて、グリアーレを含め傭兵達の冷たい視線に晒《さら》されながらダンレス陣営へと戻っていった。

「あの騎士にとっても不本意だった可能性が高いな」

「わかるんですか？」

ロアが聞くとグリアーレは頷く。

「騎士は継承権のない若い貴族や、より位の高い家に仕えている下位の貴族がなる場合が多いのだ。あの立ち振る舞いといい……あの二人も貴族だろう。それが私達傭兵に頭を下げたんだ。まともな人物である可能性は高いのさ」

「へぇ……」

「平民出身で騎士になる奴《やつ》もいるにはいるが、よほど腕が立つ事に加えて人格を認められたりしないとな……つまり、うちの団長には無理だって事だ」

「あはは」

グリアーレの冗談でぴりぴりとした空気が少しだけ緩む。

ファルディニアの後ろ姿を見ていたカナタまで釣られて笑ってしまう。

「私は少しウヴァルと話してくる。何とか飯の前までには落ち着かせるさ。男共！　子供達や他の事は任せたぞ!!」

「ほい来た姐《ねえ》さん!!」

「お任せを!!」

グリアーレは傭兵達に指示を出すとすぐさまテントに入っていく。

話し声は少し聞こえてくるが、先程よりもウヴァルは落ち着いているらしく、やたらめったらな声量で怒鳴るような事はない。

「カナタ、ご飯作るの手伝わないと」

「あ、うん……今行くよ」

カナタはウヴァルのいるテントと去っていくファルディニアの後ろ姿を交互に見る。

そしてポケットの中に入れていた大量の魔術滓《ラビッシュ》を取り出した。全てが赤く、その色は火属性を示している。

「…………」

一瞬、手を傾けて地面に零《こぼ》しかけるも、寸前でカナタは拳を作って止める。

そのままポケットにしまい直して今日のご飯を作るためにロアのほうへと走っていった。

ポケットの中ではじゃらじゃらと魔術のゴミと呼ばれる小石が踊っている。


「っと……」

ぴりぴりとした空気のまま夜になり、戦場漁りの子供達は眠りについた。

心なしか、普段よりも互いに距離が近い。普段はどさくさでお互いの取り分を盗まれないように一定の距離を保っているのだが、先程の出来事があってそれどころじゃないのだろう。今日はトラブルのせいか戦場漁り達が拾ってきたものも、宝石や装飾品など金目のものとわかるもの以外は回収されず、それがかえって子供達にも事態が緊迫している事が伝わってしまっている。

いつもカナタの近くで寝るロアも今日は一層距離が近い。

今日は戦場で危険に晒されたのもあって心細いのか、カナタの真隣で眠っている。

一方カナタは町で買った新しい寝袋にくるまれながら今日回収した魔術滓《ラビッシュ》の模様をいつも通り石に書き写していた。

カナタは普段通り……よりも機嫌がいいくらいで表情はどこか綻んでいる。

「んー……」

他の子供達はどうか知らないがカナタは嬉《うれ》しかった。

仲間に飛んできた魔術に怒るウヴァルの団長らしい姿や自分達を心配してくれるグリアーレの難

しい顔、そして戦場漁りを気に掛けるように近くにいてくれた傭兵達。

傭兵と戦場漁りは互いに利益ありきの関係とはいえ、仲間のために怒ったり心配したりする様子はまるで大きな家族みたいじゃないか、と。

ぴりぴりとした空気の中、言い出す事こそできなかったが……カナタは自分達の安全のために怒ったり、心配してくれる人がいると実感できた事が嬉しかった。

……もう自分達を無条件で愛してくれる人などいないと知っているから。

「あれ……これ、同じだ……」

いつものように木炭を使って石に魔術滓《ラビッシュ》の模様を書き写していると、カナタはある事に気付く。

自分が寝袋を燃やした夜に書き写したものと、今日拾った魔術滓《ラビッシュ》の模様に一致するものがあった。

つまり、今日も同じ魔術が使われていたという事だ。

(文字は、わからないけど……この円の欠片《かけら》みたいな模様も……。こっちとこっちが同じ……)

同じ火属性。そして魔術滓《ラビッシュ》の中に描かれた同じ模様。

いくら火属性が得意な魔術師が大勢いるとして、使う魔術まで被るものなのだろうか？

カナタが魔術滓《ラビッシュ》を見比べながら疑問に思っていると、足音が聞こえてくる。

見張りの誰かが来たのかな、とカナタはくるまっていた寝袋からそっと頭を半分だけ出す。

――すると、砂が落ちるような音と同時に焚火《たきび》の火が消えた。

「!!」

そして、カナタを包む闇が濃くなる。

焚火が消えた上に雲で月が隠れたのかと思えば、月は堂々と夜空を照らしたまま。

カナタはようやく自分を照らす月明かりを遮ったのが何者かの影だと気付いて、

「敵襲!!」

「ちっ……!」

喉がはち切れんばかりに叫びながら、隣のロアに手を伸ばそうとする何者かの足目掛けて飛びつく。

カナタに突然組み付かれた何者かはバランスを崩して倒れ込む。体格からして戦場漁りの子供の誰かではない。掴んだ足からして大人の男だ。

カナタの声と男が尻もちをついた音で戦場漁りの子供達は寝ぼけまなこで起き始めるが、すぐに逃げるにはまだ目が覚め切っていない。

「……大人しく寝ていればいいものを」

「う、ぐっ……!」

カナタは起き上がろうとする男の足にしがみつき、何とか時間を稼ごうとする。

少し時間を稼げば傭兵の誰かがすぐに駆け付けるだろうが、男の力はカナタの想像を遥《はる》かに超える。

確実に魔力で強化されているであろう脚力で、足にしがみついているカナタを地面に叩《たた》きつけようと足を上げた。

「セ、〝選択《セレクト》〟!!」

今日もやった魔力のコントロールで全身を強化する。

カナタの体は思い切り地面に叩きつけられるが、張り巡らされた魔力のおかげか何とか痛みだけで済む。しかし流石に組み付いた手は男の足から離れてしまった。

視界に叩きつけられた地面が映り、そこがへこんでいる事にカナタは痛がりながらぞっとする。

「カナタ……？」

「ロア起きて!!」

「え……きゃあああ!!」

男はカナタの様子を訝《いぶか》しむように短剣を抜く。

今の一撃でも普通に立てるカナタに違和感を抱いたようで、他の子供達には見向きもしない。

「なるほど、魔剣士見習いが交じっていたか……迂闊《うかつ》」

カナタが魔力を張り巡らせているのを見て男は自分の中で納得し、狙いをカナタに絞った。仕事の邪魔になる相手と判断したという事だろう。

よく見れば全身が黒い服。服の下には鎖帷子《くさりかたびら》といったところか。

まさに夜に紛れるための装備であり、カナタは男が抜いた短剣の輝きを頼りにじりじりと下がる。

カナタが肩越しに後ろを見た瞬間、男は踏み出してきた。

「だが所詮は子供だろう！」

同じく魔力を張り巡らせている者同士だが、大人と子供の身体能力差……そしてカナタは魔力を張り巡らせている大人相手との戦闘経験が皆無であった事が勝敗を分ける。

余裕のある男に対し、カナタは必死になって足を動かしてもすぐに距離を詰められる。

「わあああああ!!」

「筋はいい。だが幼い。あと数年違えば撃ち合えただろうに」

カナタは魔術滓《ラビッシュ》を投げつけながら何とか距離を離そうとするが、男は悠々と距離を詰めて短剣を振りかぶる。

「よくやったカナタ」

「ごぶっ!?」

瞬間——突風のようにその横を駆け抜ける影があった。

闘牛の突進よりも強烈な拳が男の鳩尾《みぞおち》に突き刺さり、男は短剣を放す。

カナタはすぐさまその短剣に飛びつき、男が拾えないように回収した。

「グ、グリアーレ副団長……！」

「よく時間を稼いでくれたぞカナタ」

月明かりに照らされる橙《だいだいいろ》色の髪が燃えるようにカナタの前で揺れる。

カナタの声に反応し、一番に駆け付けたのは副団長グリアーレ。

よほど急いでくれたのか装備は腰に差す剣のみだった。

「貴様、どこの者だ」

「ごほっ……。ごほっ！　……っ！」

男は咳《せ》き込みながら懐からハンカチを取り出し、そのままグリアーレに投げつける。

「もうし、こむ……！」

「なるほど、この場を無事に切り抜けるのは不可能と判断したか。流石、夜に子供を襲うような輩《やから》だ。こちらの善意に託した決闘の申し込みとはな。……だが、受けてやろう。私も戦士の端くれだからな」

グリアーレは投げつけられたハンカチに触れる。

そこを狙って男は動いた。グリアーレはハンカチを拾おうとかがんで隙だらけ。

卑怯《ひきょう》などではない、と男は言い訳するように心の中で叫ぶ。

グリアーレがハンカチに触れたという事はその瞬間、決闘は受諾されたという事……自分はその始まった瞬間を狙っただけだとグリアーレに手を伸ばした。

「は、れ」

しかし、音もなくその手は闇に消える。

腕から先にあるべき手はどこかへ飛んでいって、グリアーレの頭や首を掴める手はもはやない。

「夜に子供を襲うような輩だ。そういう手もとるだろうな」

カナタだけは夜闇の中に輝く一瞬の軌跡を見た。

グリアーレは魔力で身体強化をして戦う魔剣士、そして日夜戦う傭兵。

戦場の理不尽さに比べればこの程度、不意を突かれた内に入らない。

「決闘の作法を知っているという事はそれなりの騎士だろうに」

「う、があああ‼」

「選ぶ道を間違えたな」

その声は夜に紛れる者らしくない。グリアーレの挑発に怒りを覚えたのか、男は半ばやけになって突っ込んでくる。

グリアーレは冷静に身をひるがえし、その首筋を剣の柄《つか》で殴った。男は勢いのまま地面に倒れるように滑り込み、そのまま動かなくなる。斬られた腕からはどろっと血が流れていた。

「さあ、止血してやろう。話を聞かせてもらわないとな」

グリアーレは拾ったハンカチを男の腕にきつく巻く。

淀《よど》みなく行われた一連の流れにカナタはぽかんと呆《ほう》けるしかなかった。


「私が何故あの男やお前よりも速かったかわかるか？」

「ううん」

「それはだな……」

謎の男による敵襲によって傭兵達の半数が尋問に加わった。

残り半数は戦場漁りの子供達の安全のため、傭兵用のテント内で寝る事となったのだが……突然のトラブルに対処しようとしたカナタだけは、グリアーレと共に尋問が終わるのを待つ事となった。

グリアーレはカナタに顔を近付けて、小声でぼそぼそと伝える。

「えっと、特に強化したい部分に魔力を集中させるって事……？」

「そうだ。さっきなら、私は両足に集中させて速度を上げた。言うのは簡単だが、極端に強化された筋力に慣れていないとバランスを崩すから難しいんだ。魔力操作が完璧にできていないのならバランスどころじゃない。馬車酔いのようになってしまう」

「ふんふん……何でそんな小声なの？」

「万が一、ウヴァルに聞こえたらまずいだろう。お前も少し声を抑えろ」

ウヴァルのテント裏で尋問を待っている間、カナタはグリアーレに魔力操作についてさらに先の段階を教わっている。

グリアーレにとってカナタは意味不明の危険物を抱えた子供扱いだったが……今日、不器用なりにもカナタが咄嗟《とっさ》に動けた事でグリアーレの評価は少し変わっていた。

「さっきの動きを見ても、全身への魔力操作は中々できている。お前の事だから宿で怒られた後も毎日練習していたな」

カナタはグリアーレに図星を突かれて表情が固まる。

今日まで魔術《まじゅつ》滓《ラビッシュ》もなく、他に趣味もないカナタにとってやる事といえばそれくらいしかない。

「ウウン、オレワカンナイ」

「安心しろ、最初から子供が大人の言う事全てを守るなんて思っていない。町からの移動中は暇だったろうしな……トラブルを起こしたなら捨ててきたが、起こしていないのだから許そう」

許そう、と言いつつグリアーレはカナタの頬《ほお》を引っ張り上げる。

「ゆ、許ふはふしゃ!?」

「それはそれとして私の言う事を聞かない事に今むかついた」

「ほんなー!」

少しの間、カナタの頬はグリアーレのおもちゃにされて解放された。

カナタがつねられた頬を手ですりすりと擦《さす》っていると、何事もなかったかのようにグリアーレは魔力操作についての話に戻る。

「今のような時も、顔に魔力を集中すればある程度の痛みは軽減できたりする」

「え、今言うのずるっ……」

「大人はずるいものだ。ほら、やってみろ」

グリアーレが顎で指示するが、カナタは少し警戒するように頬を手で隠す。

「もう一回……つねる……？」

「つねらんつねらん。集中しやすい所ならどこでもいい」

「よかった……〝選択《セレクト》〟」

カナタは呪文を唱えて、意識を集中させる。

すでにカナタの中での認識は謎の文言から呪文へと。

何もできない自分から魔力を使える自分に変えるスイッチへと変わっていた。

「………………」

グリアーレは不可解そうに眉間に皺《しわ》を寄せてその様子を黙って見守る。

魔力がある事には驚いていない。問題は、何故段階を踏まずに突然魔術を使えるようになったか。

あの日、カナタが寝袋を燃やしたのを見た衝撃を忘れる事ができない。

「こ、こう？」

カナタから問われて、はっ、と我に返る。

目の前のカナタは手に魔力を集中させている。

「あ、ああ……できている。やるじゃないか」

「よかったー……手は何かやりやすいね」

「やりやすいかどうかは人によるんだ。お前にとって手は魔力を感じ取りやすく、操作しやすい場所なんだろうさ」

「へぇ……」

木炭で真っ黒になっている手を眺めて、カナタは笑顔を見せる。

自分にできる事が一つ増えて嬉しがる姿は何とも子供らしい。

「ちっ……やっぱりか」

「!!」

尋問を終えたのか、ウヴァルがテントから出てくる。カナタはその声に慌てて魔力を抑えた。

警戒態勢という事でグリアーレが魔力を発しているからか、どうやらカナタが魔力を使っていた事はばれていないようだった。

「カナタ、ちょい聞かせろ」

「は、はい！」

ウヴァルは険しい表情でカナタと視線を合わせるようにしゃがむ。カナタだけ残されているのは今回の事態を未然に防いだと言っていい張本人だからだ。

しかし当のカナタは何も悪い事をしていないというのに、ウヴァルのその恐ろしい表情につい背筋を伸ばしてしまう。

よく見ればそこらに血の跡があって、テントの中で何が行われたのかは恐《こわ》くて聞く事はできない。

カナタの緊張はさらに増して無意識に生唾を飲み込んでいた。

「今日仕掛けてきたあの男が何してたかわかるか？」

「え、っと……よくわからないけど、ロアに何かしようとしてて……それで飛びついた……」

「ロアだけか？」

「う、うん……そうだと思い、ます……」

「よく敵だとわかったな？」

「た、焚火が消えたから……お頭とか傭兵のみんなだったらそんな事しないかなって……」

そこまで聞くとウヴァルは深いため息をついて、カナタの頭をがっと掴む。

カナタは何をされるかわからず、少し肩を震わせながら目をつむった。

「よくやった」

「……え？」

ウヴァルのその声にカナタは目を開く。

「他のやつは寝てたのによく起きてたな」

「う、うん、魔術滓拾《ラビッシュ》った夜はいつも……眺めてるから……」

「はっ！　ゴミ眺めて起きてたってか！　初めてお前の趣味が役に立ったなおい!?」

「わ、わ、わ」

ぐしゃぐしゃと乱暴に頭を撫《な》でられ、カナタの頭が揺れる。

勢いが強すぎて視界がぐわんぐわんと定まらなくなるくらい撫でられたが……何故か嫌だとは思わなかった。

「グリアーレ、朝になったらあの豚んとこ乗り込むぞ」

「了解」

「契約不成立だ、くそったれ。前金に手を付けてなくてよかったぜ」

ウヴァルは忌々《いまいま》しそうに表情を歪めて遠くに見えるダンレス陣営を睨《にら》みつける。

傭兵は金で雇われるもの……しかし、金で全てを受け入れるわけではない。

選択

「おーおー！　我がカレジャス傭兵《ようへい》団ではないか！　全員揃《そろ》って朝からどうしたのだ？」

夜が明けて、カレジャス傭兵団はダンレス陣営が設営した陣幕を訪れた。

陣幕の中には巨大なテントがあり、そのテントの前で今回の雇い主――ダンレス・ジャロス子爵は食事をしていた。

白いテーブルクロスをかけた優雅なテーブル、ダンレスの体がはみだしそうだが一目で高価だとわかる椅子、テーブルの上にはパンにスープ、肉汁滴るステーキが置かれていてまるで戦場ではないかのよう。

戦場漁《あさ》りを含めたカレジャス傭兵団は全員通されて、そのテーブルから少し離れた場所まで案内される。

「おお、そうだそうだ。報告は聞いている。我々の魔術がそちらに飛んでいって危なかったらしいな……カレジャス傭兵団の指揮をとっていたのは新人の騎士でな。私の通達を事前に聞いていなかったようで食い違ってしまったようだ。君達《たち》が無事でよかったよ、こうして顔を見せてくれたのは私を安心させてくれるためかな？」

グリアーレの後ろでダンレスの言葉を聞いていたカナタは初めて眉をひそめた。

――違う。

ウヴァルやグリアーレといった今まで接してきた大人達とは全く違う。

その言葉には感情がなく、元から予定されていた台詞《せりふ》を読み上げたかのような気持ち悪さを感じた。自分達に対して弁明する気もなければ何かを誤魔化《ごまか》そうという気すらなく、食事の合間の些事《さじ》に過ぎないと。

カナタが衝撃を受けていると、ダンレスは張り付けたような笑顔を浮かべて食事を再開した。

ナイフでステーキを切り分けて、フォークで刺すと一口でそれをたいらげる。こちらを見るその視線には明確な蔑みがあって……カナタの隣にいたロアはぎゅっと、カナタの袖を掴《つか》んだ。

「お食事中通してもらってすいませんねジャロス子爵……戦場での事は気にしないでください。戦場での事ですからね、不測の事態は当然あります」

「ふっふっふ！　流石《さすが》は傭兵の方々、わかっていますな」

「ですが、戦場以外での事は流石に無視できませんな」

「ほう？　一体何の事でしょう？」

ウヴァルは懐から袋を取り出し、ダンレスの近くにいた騎士へと放り投げる。

ダンレスの指示でその騎士が袋を開けると、中には報酬だったはずの金貨が入っていた。

「前に貰《もら》った前金だ。一人金貨二枚……きっちり人数分が入ってる。確かに返したぜ」

「おやおや、一体どういう事かね？」

「とぼけないでもらおう。昨日うちのガキを攫《さら》おうとしたお貴族さんよ」

大袈裟《おおげさ》に、とぼけた仕草を見せるダンレス。

脂でテカる唇をナプキンで拭いて、なおもナイフとフォークを動かしながら話を続ける。

「身に覚えのない事を理由に今更離れようなど……いささか勝手ではないかね？　あなた方は評判

のいい傭兵団のはずですが、気まぐれでこんな事をするのかねぇ？」

「誰が気まぐれでこんな事すると思いますか。昨夜《ゆうべ》、うちのガキを攫おうとした奴《やつ》を尋問したら吐きましたよ。あんたからの命令で来たってね」

「なんと！　そんなならず者の話を信用するなどいけませんよ？」

芝居がかったダンレスにウヴァルは呆《あき》れたようにため息をつく。

「あのな……うちに人攫いを仕向けてくる時点であんたしかいないんだよ。戦争のお相手がわざわざ傭兵団のほうを狙う意味がわからんだろうが。野盗だとしたらもっとありえん。ああいう輩《やから》は群れるからな。夜にこっそりと、あんたや俺達じゃなくてうちのガキを狙ってる時点で……よからぬ考えを持った味方しかいねえんだよ」

「ほう？　よからぬとは？」

「そうだな、たとえば……戦場に魔術をばらまいてた時に見つけた外見のよさそうなガキを奴隷として隣国に売り飛ばすため、とかな」

その声で戦場漁りの子供達の表情に恐怖が浮かぶ。

現在、スターレイ王国では奴隷身分はもちろん奴隷の売買も禁止されているが……他国はその限りではない。

奴隷身分といっても国ごとに扱いは様々だが当然いい待遇を受けられる可能性は低く、カレジャス傭兵団の戦場漁りの中にはそんな博打《ばくち》をするのが嫌でここにしがみついている子供だっているのだ。どんな扱いを受けるかわからない奴隷よりは下働きのほうがましだからと。

当事者であったロアの顔は青褪《あおざ》めて、カナタの袖を力強く摑む。

カナタが起きてなかったらと想像するだけでロアは倒れそうだった。

「なんっと恐ろしい！　王をも恐れぬような卑劣な不正を想定する警戒心……それが傭兵団を率いる秘訣《ひけつ》というわけですかな？」

「ああ、そうかもな。生憎《あいにく》、誰も彼も信用できるような生活を送っちゃいないもんでね」

ウヴァルとダンレスは互いに睨《にら》み合《あ》う。カレジャス傭兵団にとって周囲は敵だらけだ。

しかしダンレスが率いる私兵の騎士団以外にも連れてこられた民兵などがいて、ダンレスの命令全てに従うような忠誠心や士気があるわけではない。

なによりカレジャス傭兵団側は依頼主に不信を抱き、不測の事態まで起きている。高額な前金も全て返していて筋は通している以上、分が悪いのはダンレスのほうだった。

この状況でカレジャス傭兵団を感情的に処すような命令をしようものなら、領民達の中にある領主への不信がさらに膨れ上がるだろう。

「……」

「……」

ウヴァルとダンレスの視線の間にはしばらくの無言の時間。

テントの周りにはダンレスの私兵である騎士団も控えている。

ぴりぴりとした空気が陣幕の中で広がり、次の瞬間には誰かが剣を抜くかと思われた。

……しかし、ダンレスはわざとらしい笑顔を浮かべる。

「ふむ、仕方ありませんなぁ。安くない前金よりも傭兵団の仲間の安全と仕事のため……ウヴァル団長殿はずいぶんご立派な団長でいるようだ」

「お褒めに与《あずか》り光栄ですよジャロス子爵。それに、ここまで戦線も押し上げたわけですし……我々の力などなくともいずれ勝利できるでしょう」

「ええ、ええ、あなた方の助力のおかげですとも」

グリアーレの後ろに隠れていたカナタは空気が緩んだ事にほっとする。

報酬はなくなった。魔術滓《ラビッシュ》も当分拾えないのは残念だが、昨夜のような事が起きるよりは遥《はる》かにましだと思ったからだった。

「それじゃあ失礼する。送らなくて結構だ。俺達の拠点として借りていた宿もしっかり引き払うから安心してくれ」

「ええ、それはもちろん信頼していますとも」

ダンレスはにっこりと笑顔でウヴァルが投げた袋を騎士から受け取る。

信頼している、という言葉とは裏腹にしっかりと中身の金貨の枚数を確認していた。

袋の中にはしっかりと前金として貰った金貨二十枚がある。

ウヴァル達は高すぎる前金を警戒し、念のために全員が使わないようにしていたのだった。

「さあ、帰ろう」

「お、終わったんですか……？」

ロアが不安そうにグリアーレに問うと、グリアーレは笑顔を浮かべる。

ダンレスのものとは違う心からの笑顔を。

「ああ、話はついた。今回は仕方ない」

「よかったぁ……」

ロアが胸を撫《な》でおろしているのを見てカナタもほっと息をつく。

先程までの緊張は消えて、傭兵団のいつもの空気が戻ってくる。

陣幕の外に出るために全員が振り返ったその時、

「おやぁ？」

わざとらしく、それでいて人を小馬鹿にするような声が背中に届いた。

まだ何かあるのかとウヴァルは苛立《いらだ》ちを抑えて振り返る。もうこんな所からは一秒だって早く離れたいのだ。

「おやおやおやぁ？」

「なんだいジャロス子爵。まだお話でも？」

カナタも振り返って、ダンレスを見る。

そこにはあまりに醜悪な笑顔を浮かべて子供達を見つめるダンレスがいた。

話しているウヴァルなど目もくれず、獲物を逃がさないと言いたげな。

そして――

「前金は傭兵団の人数分だったはずでしょう？　おかしいですねぇ！　足りませんねぇ！　この袋には金貨二十枚しか入っていない。子供達の分が含まれていませんがぁ？」

事実を捻《ね》じ曲《ま》げる屁理屈《へりくつ》と理不尽でウヴァル達を呼び止めた。

――そういう事か、とウヴァルは自身の不覚に顔を歪《ゆが》めて舌打ちする。

何が起きているのか、カナタにはまだわからなかった。

「おいダンレスさんよ……まさかそんな詭弁《きべん》でいちゃもんつける気かい？」

気だるそうなウヴァルにダンレスは顎肉に指を当てながら芝居がかった声色を続ける。

「詭弁？　いいや？　ウヴァル団長殿の仰《おっしゃ》る通り、私が前金として渡したのは傭兵団一人につき金貨二枚のはず……だがどうした事か！　この袋には二十枚しかない！　子供達の分が足りないようですな？」

「何を言ってんだ。最初から俺達傭兵の分しかあんたは渡していなかったろうが」

「いやいや……取り決められた報酬は傭兵団一人につき金貨二枚。あなたもそれに同意したはずですぞ？　文字が読めないからと口約束で取り付け、信頼第一だと前金で払ったというのに……これでは足りませんなあ？」

平民でも文字を読める者はいるがそれは少数であり、ウヴァルは読めない。

だからこそウヴァルは口頭で契約内容を確認し、前金という形で踏み倒されないようにするのだが、今回はそれを逆手にとられてしまう。

カナタを含め、戦場漁りの子供達はまだ話が見えていなかった。

「それとも、そこの子供達は傭兵団の一員ではないと仰るのかな？　であれば、その子供が何者かに害されたところで私と契約を切る理由としては不十分になりますなぁ？　どうやら、傭兵団の一員ではないようだからの」

「!!」

「となれば、これは一方的な契約放棄という事になる……カレジャス傭兵団は信頼の置ける傭兵団という噂《うわさ》でしたが、まさか傭兵団とは無関係な出来事で契約を破棄されてしまうのはちょっとねぇ……。他の方々が私のように一方的な契約破棄で迷惑を被らないよう、カレジャス傭兵団は信用できない連中だと広めるしかないなぁ……そう、それこそこの国中に届くように」

下衆《げす》が、とウヴァルは心の中で恨み言を吐き捨てる。

ダンレスにとってはどちらに転んでもいい。

このまま戦が続いてカレジャス傭兵団がダンレスの指揮下に入り続ければ、子供達を攫う機会はいくらでもある。昨日のようにどさくさに紛れて傭兵達を狙い、排除すればそれでもいい。このまま脅しに屈してくれればそれはそれで楽に子供達が手に入る。

村や町から攫うよりも事件として話題にされる事もなく、孤児院を運営して面倒な監査に怯《おび》える事もない。安全に手に入る奴隷候補として戦場漁り達は最初から目を付けられていたという事だ。

「前金がやたら高かったのはそういう事かい……俺達が何も言わなければそれでよし、俺が直訴したらこうした話に持っていくつもりだったってわけだ……」

「ふむ、先程からウヴァル団長殿は被害妄想が激しいようだ……さて、どうするかね？　そこの子供達十五人分の前金を返してもらっていないが……足りない分は？」

にやけた顔でダンレスはウヴァルに向けて手を伸ばす。

ウヴァルはそんなダンレスを睨みつけるが、後ろの騎士が警戒するだけだった。

(ガキを逃がせるような状況じゃねえし、グリアーレは逃げられるだろうが……グリアーレがガキを置いて逃げるわけねえしなあ……)

何も思い付かず、ウヴァルは乾いた笑みを浮かべる。

なんて事はない。決して珍しくもない、貴族に搾取される弱者の構図。

上に立つ人間が必ずしも清廉潔白で立派な人物であるなんて事はない。

むしろ上級階級で生き残るために、もしくは上り詰めるためにその知恵は回り……悪意に満ちた狡猾《こうかつ》さまで備えれば、文字が読めない平民を騙《だま》すなど簡単だ。

今回もどこかで常に行われている搾取の一つに過ぎない。

滅茶苦茶《めちゃくちゃ》でくだらない言葉遊びのような理屈だが、話の筋は通ってしまっている。

「グ、グリアーレ副団長……どういう事？　俺達前金なんて貰ってないよ？」

ウヴァルが立ち尽くす中、事態を呑《の》み込《こ》めていないカナタは痛烈な表情を浮かべるグリアーレの服を引っ張る。

「……ああ、つまり騙されたのさ。あの貴族の狙いはお前達だったというわけだ」

「え……」

「前金がやたらと高かったのは子供達の分を出させないためだったわけか……全く、私がいながらなんて情けない」

グリアーレは沈痛な面持ちをしながらカナタの頬《ほお》を撫でる。

頬をつねられた時とは打って変わって優しく、それはまるで別れを惜しむかのよう。

「私達……奴隷になって……売られる、の……？」

ロアは青褪めながらか細い声で呟《つぶや》く。

グリアーレはカナタだけでなくロアも安心させるように優しく撫でた。

「いいや、大丈夫。大丈夫だから、な」

「……やだ」

カナタの脳裏に記憶がフラッシュバックする。

母親が目の前で、貴族の女の子を庇《かば》って死んだ時の記憶が。

同じだ。嫌な感じがする。母親がいなくなった時と同じだ。

母と一緒に町に買い物に行っただけだった。

路地裏から聞こえてきた悲鳴に向かって、手を繋《つな》いでいたはずの母は走り出した。

追いかけて見た光景は、女の子を庇ってならず者から刃物を突き立てられた母親の姿。

その女の子が貴族だとわかったのはそのすぐ後だった。その女の子のお付きであろう騎士が姿を現して、母から女の子を奪うように抱き上げていた。

女の子は泣きじゃくっていたが無事だった。母は血を流して黙ったままだった。

「……やだ」

奪われる。また理不尽に大切なものが奪われる。

自分は見ている事しかできない。母親が血を流している姿をただ見ているだけ。

力がないから。何もできない子供だから。

また、自分がいていい場所が消えてしまう。

「ジャロス子爵様。どうか、どうかご容赦ください」

「……はぁ？」

「お……頭……」

数秒、今と記憶を重ねて呆《ほう》けていたカナタが次に見たのは信じられない光景だった。

ウヴァルはダンレスに向かって頭を地面に擦《こす》り付けるようにひれ伏していた。

カナタはその背中を見て呆然《ぼうぜん》とし、ダンレスは馬鹿にするようにせせら笑う。

「後生です。俺は馬鹿で間抜けな男です。昔は悪い事もしていた、でもこいつらは何も悪い事してない奴等《ら》です。ただ不幸だっただけな奴等です。どうか、貴族の慈悲を」

「慈悲……？　はて、前金を返せない奴等にかける慈悲なんてあるとは思えんがねえ？」

「こいつらは何も悪い事はしてねえ。俺が馬鹿で情けない団長だったせいです」

「ふっふっふ！　そんなわかりきった事はいいんだよ……！」

ダンレスは頭を地面につけて乞うウヴァルを見て満足そうに食事を再開し始めた。

まるでその姿が料理をおいしくしているといわんばかりに残ったパンとスープにがっつく。

「ぷふー……君が馬鹿で間抜けな男なんて事はわかりきっているんだ。私は前金を返してほしいだけ、返せないのなら残りの十五人分を私に預けるだけでいい。それともカレジャス傭兵団の評判を落とすほうを選ぶのかな？」

「……そうなったら、ガキ共は食っていけません」

「なら孤児院にでも入れればいいんじゃないかなあ？　貴族の息がかかってない孤児院をいつまで探せるか知らないけれど、お金があればいくらでも探せるさ！　それか野盗にでもすれば？　ああ、そうなったら私が領主として討伐しに行ってあげるさ」

「……この人数を受け入れる孤児院なんて、わかるでしょう……売り物にされる」

誰の目から見ても、ダンレスがウヴァルとまともに取り合う気がないのは明らかだった。

ダンレスの私兵である騎士達の数名もウヴァルが頭を地面に擦り付ける姿を見て同じように笑っている。

「一番楽な道を選びなよウヴァル団長殿。お荷物《こどもたち》を渡すだけで……君達は何も失う事なく帰れるんだよ？　むしろプラスだ。この戦が終わったら私がカレジャス傭兵団は素晴らしい傭兵団だと宣伝してやろうじゃないか」

「それだけはできません」

ダンレスの誘惑に対して思考する間もなく断るウヴァル。

降りかかる理不尽に対する怒りを抑えて、ゆっくりと顔を上げた。

「大人がガキを見捨てるなんて事は、一度だって少なくなきゃいけねえんです」

それはウヴァルにとっての信条だったのか。力強く朝の空気に響く。

しかし、ダンレスはその時点でウヴァルへの興味を完全に失ったかのようだった。

「ま、決まったら言ってよ。金かガキかさ」

「ジャロス子爵様……どうか、どうか！」

「譲歩はしないよ。貴族として舐《な》められるわけにはいかないからねえ」

食事を続けるダンレスと頭を下げ続けるウヴァル。

――なんだこれ、とカナタはその光景を見つめていた。

自分達を食い物にしようとするダンレスが優雅に食事をしていて、自分達を守ろうとしているウヴァルが地面に頭を擦り付けている。

――そして、自分はただそれを見つめている。

あの時と同じだ。あの時もそうだった。

ただ自分は見ているだけで、正しい事をした人がいなくなる。

女の子を助けた母にずっといてほしかった。それでも母はきっと間違っていなかった。

自分は生き残っている。何もしなかったから。

今もそう……何もせずに待っている。

そうだ、生きていられればそれでいい。

目を逸《そ》らせばいい。目の前で起きている理不尽から。

生きていられれば誰かが助けてくれる。ずっとそうだった。

母が死んで村に引き取られた。一年後にはカレジャス傭兵団が引き取ってくれた。

何もしないで、流されて、不幸だからと誰かがとずっと助けてくれた。

黙っているだけで生きられた。だからきっと今度も。

そうだ、生きられる。奴隷になっても。

そうだ、生きてさえいれば。もしかしたら楽しい事もあるかもしれない。

「…………違う、だろ……」

頭に巡るそんな思考を、カナタは湧き上がる怒りと共に握り潰す。

生きられたんじゃない。生かしてもらったんだ。

誰かもわからない子供を、できるだけ、何とか助けてやろうっていう人達がいてくれたから。

「いいわけ、ないだろ……！」

助けても何の得もないけれどそれでも。それでもと。

世の中には悪意が溢《あふ》れているけれど、同じように善意も溢れている。

そう信じさせてくれる人達がなけなしの思いを向けてくれたから。

なら――そうやって生かしてもらった自分は今見ているだけでいいのか？

「見てるだけで……いいわけないだろっ……！」

いいはずがない。それで生きていると胸を張っていいはずがない。

――きっと自分の母も、そういう人だったから女の子を助けるために走り出したんだろ！

「カ、カナタ……？　カナタ!?」

「お、おい!?」

そう心の中で叫んだ瞬間、カナタは歩き出していた。

呼び止めるロアの声を背中に、子供達を守るようにして前に立つグリアーレの隣をすり抜けて。

地面に頭を擦り付けるウヴァルの横すらも無言で横切って、ダンレスのテーブルの前に立った。

「ほほう！　偉い偉い！　なんと殊勝な子だ！　自ら私の所に来る子もいるようだぞ？」

「カナタ……！　てめえ下が――」

ウヴァルがその背中に手を伸ばそうとするより早く、カナタはテーブルに何かを放り投げる。

少しの風で揺れて落ちるは戦場で拾った白いハンカチ。

カナタはそれを、ダンレスの料理に向かって放り投げていた。

「……何の、真似《まね》かねっ……？」

「何の真似かって？　あんたらのほうが詳しいだろ」

残ったステーキの上にハンカチが落ち、その場にいた者のほとんどが絶句する。

傭兵団の仲間達も、ダンレス側の騎士達すらも。

ハンカチを相手に投げる……それはこの国において決闘の申し込みの意味を持つ。

昨夜、ロアを攫おうとした男がグリアーレにやったように。

「拾いなよ貴族様。それとも……ふんぞりかえった尻が椅子にはまって立てないのか？」

「ぶ……！　ふっはっはっは！　ずいぶんと勇気のあるガキじゃあないか。嫌いじゃない……嫌い、じゃないよ？　本当さあ！」

嫌いじゃないと言いつつもダンレスの額には青筋が浮かんでいる。

今ダンレスを抑えているのは貴族として最低限の度量を自分の兵達に見せようという見栄《みえ》のみ。

その瞳は誰が見てもわかるくらいに怒りに満ちていて、いたぶる相手をウヴァルから目の前のカナタへと完全に変えたようだった。

「決闘の意味がわかっているんだろうねえ？　遊びじゃ済まされない……済ませてはいけない！　本当にその意味がわかっているのか!?　その小さくて役に立たないような頭でぇ!?」

魔術師としてのダンレスの魔力が顔を出す。

しかし威圧するような声も魔力も少年を怯《ひる》ませる事はできなかった。

……少年は初めて選ぶ。

見ているだけでも逃げるでもなく、時間稼ぎをするでもない。

数多《あまた》ある道の中からもっとも苦難となる道を。


「わかってるさ――〝選択《セレクト》〟」


守られる子供としてではなく、その意思は一人の人間として。

――少年は初めて、理不尽という敵に立ち向かう事を選んだ。

「失礼致しますラジェ――いえファルディニア様」

「貴様、いい加減慣れろ……」

不貞腐《ふてくさ》れたように簡素なベッドの上で寝転がるのは、昨夜《ゆうべ》カレジャス傭兵《ようへい》団に謝罪をしに行っていた新人騎士ファルディニアだった。

その従騎士であるシャトランが兜《かぶと》を外しながらファルディニア部隊のテントに入り、ベッドの脇まで駆け寄る。シャトランはファルディニアよりも年上のようで髭《ひげ》の似合う壮年の男性だった。

「何をやる気を失《な》くしておられるのですか。トラブルです」

「あの豚の私兵ならトラブルの一つや二つ起こすだろうよ……なあシャトラン……。俺は面倒で仕方がないぞ……もう黒でよくないかあれ？」

「そんな事を言っている場合ではありません。先程カレジャス傭兵団がダンレスに直訴して……」

がばっ、とファルディニアはバネのような勢いで起き上がる。

その目は先程の不貞腐れたものとは違って真剣で、それでいてどこか戸惑っているのか複雑だ。

「あの傭兵団か。それで？」

「ジャロス子爵の卑劣な提案に不満を抱いた傭兵団が決闘を仕掛けました」

「なに!?」

テント内がざわつく。ここにダンレスの私兵は一人としていない。

ジャロス領に来る前に急遽《きゅうきょ》ダンレス陣営と合流したファルディニアの部隊であり、隔離されるようにファルディニアの部隊は丸ごと分けられて陣幕からやや離れた場所でテントを設営していた。

もっとも、それで都合がよかったのはダンレスだけではないのだが。

「あの団長か。目が腐っていなかった……だが魔剣士では……！」

「いえそれが昨日の彼ではなく……」

「む？　ではあの副団長の女か？」

「いえ……戦場漁《あさ》りの、子供です」

「……なに？」

聞き間違いかとファルディニアは聞き返す。

しかし返ってくる言葉は同じまま。

「戦場漁りの子供が決闘を仕掛けたのです。どこで教わったのか、決闘の作法も知っており……今頃は……！」

シャトランの話を聞いたファルディニアは跳ぶようにベッドから下りる。

鎧《よろい》を着て剣を差し、顔つきは凛々《りり》しく変わっていた。

「お前ら！　急いで準備しろ！」

「「はっ!!」」

部下達《たち》も雰囲気の変わったファルディニアに続いて用意する。

二分と経《た》たずに準備を終えてテントから出ると、ダンレスの陣幕の中から炎が舞い上がった。

「くっ……！　子供相手になんと大人げない！　急ぐぞシャトラン！」

「騎馬部隊！　先行!!」

従騎士であるシャトランを先頭にファルディニアの部隊は陣幕へと急ぐ。

味方の陣幕に行くとは思えない臨戦態勢のまま彼等《ら》は馬を走らせた。


「大人の恐《こわ》さを……教えてもらえなかったようだねえ！　この子供はぁ!!」

「!!」

ステーキの上に落ちたハンカチを摑《つか》むように腕を振り下ろして、ダンレスはその勢いのままテーブルを叩《たた》き割《わ》る。

決闘の作法は簡単だ。申し込むほうがハンカチを相手に向かって投げつけ、申し込まれたほうはハンカチを手に取ればそれで成立。テーブルを叩き割りながらもダンレスがハンカチを摑んだ事でこの決闘は始まった事になる。

「カナタ！」

「つかやろう……！」

決闘を邪魔してはならない。ましてや仕掛けた側の身内とあらば。

ウヴァルの悔やむ表情もグリアーレの悲痛な叫びも、ましてやカナタが子供であるという事も関係ない。

申し込むのなら覚悟を、受け入れるほうも覚悟を。

それがこの国における決闘の作法であり伝統。邪魔すれば当然罰も重い。

「ふんっ!!」

「うっ!?」

ダンレスの投げたナイフとフォークを横に跳んでカナタは躱《かわ》す。

その間にダンレスは腰に差してある杖《つえ》を抜く。

宝石によって装飾されたその杖はダンレスの誇りであり矜持《きょうじ》。栄えある魔術学院を卒業した魔術師としての証《あかし》そのもの。

……カレジャス傭兵団はこの国でも有数の傭兵達だ。傭兵全員が魔剣士という実力者の集団であり、その名前はある程度の貴族の耳にも入るくらいには知られている。

そんな彼等が、ダンレスの不条理な要求に何故《なぜ》抗《あらが》えなかったのか。

戦闘集団である傭兵達を前にしてダンレスは何故不遜な態度を取り続けられたのか。

それは魔術師と魔剣士の差にこそある。

「子供でその動き……魔剣士見習いのようだけども……魔術師と正面から戦う愚かさは教えてもらえなかったのかな!?」

「そんなに太っていてこの動き……!」

「太っているのではない! 豊かなのだよ! 魔力も富も! 『炎人の舞踏《ハイスボールルーム》』!」

ダンレスの杖が輝き、炎が地面を走る。

カナタを囲むように炎は広がって周囲の視界を熱気で霞《かす》ませた。

「あっつ……! こんな炎! 戦場じゃ当然だ!」

「はいやあああ!!」

「う、ぐっ……!?」

周囲を囲む炎を無理矢理《むりやり》抜け出して、待っていたのはダンレスの拳。

肉付きがいい体格の体重が乗った拳は子供のカナタには重く、防いだ腕ごと衝撃が体に伝わる。

ダンレスの体格は決して筋肉によるものではない。

見た通り贅沢《ぜいたく》によって蓄えられた贅肉であり、普通に動けば鈍重だ。

しかしダンレスは魔術師。魔術を使う土壌としての肉体が自然と出来上がっている。

つまり、魔剣士が意識してしなければならない魔力操作を魔術師は無意識に行う事が可能であり
……肉体の頑強さや身体能力の変化、そして動きにタイムラグが一切ない。

これが正面からの戦闘で魔剣士が魔術師に劣るとされる理由の一つである。

「苦しめ！　『火鞭の罰《フェーゴンデナ》』！」

「ぐ、あっ……！」

吹き飛ばされ、起き上がろうとするカナタに向けてダンレスは火の鞭《むち》を叩きつける。

痛みに顔を歪《ゆが》ませ、泥だらけになったところに追い討ちをかけるような遠距離攻撃。

ダンレスの杖から伸びる火の鞭は一回、二回とカナタの背中を打って起き上がろうとするカナタを何度も邪魔する。

単純にして明快。これが、もう一つの理由。

魔剣士には遠距離攻撃の手段がない。対して魔術師は無限に近い手数がある。

今ダンレスが使っている魔術は第一域《だいいちいき》であり、初歩の初歩。貴族出身でない魔術師にすら使える

であろう魔術だ。

近距離では魔術師のほうが速く、遠距離では一方的。

これが、魔剣士が正面からの戦闘で魔術師に勝てないとされる大きな二つ目の理由。

ダンレスのカレジャス傭兵団への態度も彼等が魔剣士にしか過ぎず、自身が貴族であり魔術師であるからこそのものであった。

「ふっふ！　ふっほっほ！　生意気な子供はやはり這《は》いつくばるのがお似合いだねぇ！」

「……か……」

「んんー？　今更助けてと言うかな？」

──しかし、ダンレスは一つ勘違いをしている。

「満足か、って言ったんだよ」

その少年は魔剣士見習いなどではなく、異質の経緯ながらも……同じ領域に踏み込んだ魔術師の卵である事を彼は知らなかった。

「──『炎精への祈り《フランメベーテン》』」

「ふ……？」

カナタを叩きつける火の鞭を這うようにして炎がダンレスに向かって襲い掛かる。

突如使えるようになり、わけもわからず寝袋を燃やしてしまったあの夜に唱えた魔術。

カナタは今度こそ自らの意思で、その魔術を唱えた。

「あっづ!?　あづあああああ!?　なんで!?　なんでええええ!?」

火の鞭を伝って、カナタの魔術はダンレスの手元まで難なく届く。

炎は火の鞭を呑《の》み込《こ》んでさらに大きくなり、ダンレスの手元を杖ごと焼く。

ダンレスは誇りの、矜持の証だったはずの杖を手放して地面に転がった。

今目の前で起きた有り得ない出来事に頭を混乱させながら。

相手はただの魔剣士見習い。少し魔力を操れるだけの取るに足らないガキ。

こんな決闘は子供をいたぶるための理由付け。怒りはしたが、ただのお遊び。

そのはずだった。そのはずだったのに——！

「火属性を使ってても、やっぱり熱いもんなんだな」

「ふあ……？」

カナタは距離を詰め、地面に転がるダンレスを見下ろす。

ダンレスは未《いま》だ思考が追い付いていない。

「まずは一発だ豚貴族!!」

「ほぶっ!?」

地面に転がるダンレスの目の前には強く握られたカナタの拳。

困惑するダンレスの顔に、カナタは迷わずその拳を叩き込んだ。

「あ、か……はにゃ、が……」

鉄のにおいが鼻を抜け、痛みで目尻に涙が溜《た》まる。

いや鼻の事なんてどうでもいい。今あのガキは何を？

魔術だ。いや魔術師は自分だ。

では今されたのは？　遅れて感じるこの手の痛みは一体？

何故自分の杖があんな所に落ちている？

ダンレスの頭の中が混乱で埋め尽くされる。

「わだし、は……ラクトラル魔術学院を、卒業した……！」

ダンレスは鼻を押さえながら燃える杖に手を伸ばした。

自分の人生の栄華。魔術師と認められた証。選ばれた者だけが掴める特別。

あれが自分の手元にないなどあってはならない。

混乱からの逃避とフラッシュバックした過去の記憶が一瞬だけ、今が決闘中だという事を忘れさせてしまう。

「二発目だぁ!!」

「ぶふ、っあ!?」

カナタはその顔面に、今度はつまさきで蹴りを入れる。

魔力で強化されたカナタの力は大人を凌《しの》ぎ、ダンレスの顔面にめり込む。

噴き出す鼻血が地面に散って、ダンレスはさらに杖から遠くなった。

カナタを動かしているのはグリアーレに教わった魔力操作。

殴る時は拳に、蹴る時は足に。魔力を集中させて子供のカナタでも十分な威力を引き出していた。

十歳のカナタが油断と不意を突かれたとはいえダンレスを圧倒している。

そんな光景にカナタが惨《むご》たらしく殺されると思っていたウヴァルは唖然《あぜん》とするしかない。

「おい……カナタのやつ……。どうやって……魔術を……？」

ウヴァルはグリアーレを横目に見る。

一人であんな魔力操作ができるようになるわけがない。こんな風に子供にお節介をするのは傭兵団の中でも一人だけ。

「がんばれ……カナタ……カナタ……！」

「カナタ……凄《すご》い、凄い凄い……！」

グリアーレはロアと互いを支えるように抱き締め合っていて、祈るように決闘から目を離さない。

グリアーレは心配が勝っているのか顔面蒼白《そうはく》でただただ応援し続けていた。

「いけえええ！　ガキぃ!!」

「殴れ殴れ！　はっはっは！　はっはー！」

「カナタいけー!!」

「きんたま！　きんたま狙え!!」

グリアーレとロアだけでなく傭兵団全員がカナタを応援している。

さっきまで声も出せずに見守るしかなかったはずの無謀な決闘が、子供の虐殺ショーになどならないとわかって、その声援は腹の奥からカナタに向けられる。

傭兵達も戦場漁りの子供達も一緒になってカナタの背中を声で押す。

「勝て……！　勝っちまえ……！」

その熱量に釣られて、ウヴァルの口からも応援の言葉が零《こぼ》れる。

カナタに届いたかどうかはわからない。それでも確かに、本音だった。

「このガキゃあああああ!!」

思考が戻ったダンレスが頭を冷やすように叫ぶ。

折れた鼻を無理矢理戻しながら、涙目でカナタを見据えた。

自分は子供相手に何という醜態を晒《さら》しているのか。ダンレスに仕える騎士どころか魔術師までもが、もはや葬式のように無言のまま。

子供だからと油断していた。あんな薄汚れた子供が魔術を使うなど予想すらしていなかったから。

相手が傭兵の誰かであったのならダンレスはこんな油断はしていなかっただろう。いたぶろうなどと考えもしなかっただろう。

……だがこの慢心を誰が笑えようか。

先程カナタが使った魔術は第三域《だいさんいき》。

たかが傭兵団に養われている孤児がまさか、自分と同レベルの魔術を使えるなどと――!

「奇《く》しくも私の得意魔術！　だが所詮はガキ！　魔力量で押し潰してやるわあああ!!」

動揺がなくなったわけではない。冷静になった先から目の前の子供は一体何なのかという疑問が湧き上がってくる。

だが今はどうでもいいとダンレスは投げ捨てた。目の前の相手が何なのかを暴くよりも、自分を虚仮《こけ》にした不届き者を罰するという一心で魔力が渦巻いた。

「『炎精への祈り《フランメベーテン》』っ！」

「『炎精への祈り《フランメベーテン》』!!」

同時に放たれる第三域の火属性魔術。

二人の間にあった空気は一気に燃え上がり、互いの右手から放たれた業火はぶつかり合った。

唱えたのはカナタが先、放ったのはダンレスが先。

徐々に、徐々にカナタが押されていく。

「うっ、ぐ……！」

「ふ……はは……。ふっはっはっは!!　貴様はもういらん！　奴隷として生かす事すら許さぬ！　このまま燃え死ねえい!!」

同じ魔術で押されているのは魔力の差か。はたまた年季の差か。

魔術を通して伝わる差がダンレスに勝利を確信させる。

そして何より、カナタの魔術は拾った魔術滓《ラビッシュ》を写し取っただけの不完全。やはり本当の意味で魔術師が唱える魔術と同じ領域に立てないのかと。

頭の中にしつこいくらい浮かび続ける魔術の名が、カナタに現実を突き付けるかのようだった。

「不完、全……」

その気付きが、カナタに閃《ひらめ》きを与える。

不完全であれば……そう、書き換えてしまえばいい。

押し負けながらも耐える拮抗《きっこう》が時間の猶予を作る。頭の中の文字がそのアイデアを補佐する。

そもそも何故頭の中に魔術の名が浮かび続けているのか。その答えがようやくカナタはわかったような気がした。

「拾うだけじゃなくて……自分のものにしろって……事だったんだ……」

書き換わる。書き換わる。

業火がぶつかり合って、カナタの頭の中で何が行われているのかダンレスは気付かない。

魔術滓《ラビッシュ》を拾い続けて手に入れた選択肢が、カナタを導く。

「名、前も……術式も……俺の、言葉に……！」
殴られてもいないのに鼻血が垂れる。
視界にばちばちと魔力が弾《はじ》けて、現実が書き換わる。
拾った魔術滓《ラビッシュ》を眺めた思い出が、カナタの思考を手助けして。
さて……何故カナタに突然魔術が宿ったのか。それは本人にもわからない。
だが答えは簡単——魔術滓《ラビッシュ》は本当に大気に溶けていたのか？
誰も求めていない魔術の残りかす。魔術師にとっては未熟な証拠と言われるゴミ。
そう……誰も魔術滓《ラビッシュ》を大切に握り締める事などしなかった。
本気で消えないで、などと誰も思った事がなかった。
行かないで、と祈った事などなかったから。
空っぽだった器が得たのは不完全な術式の欠片《かけら》。魔術の痕跡をなぞる才。

「フランメ……いや、『炎精への祈り《えんせいへのいのり》』」

さあ恐れろ魔術師共。ここにいるは魔術の天敵。
残りかすから魔術という情報を食らう貪欲な獣にして簒奪者《さんだつ》。
魔の歴史を踏み台にして、少年は新しい扉を開く——！

「ふっはっは！　ふっはっは……は？」

もちろん、最初に異変を感じたのはダンレスだった。

魔術から伝わる異変。こちらに傾いていたはずの勝利の天秤《てんびん》が突然カナタのほうへと傾いていく。

威力が違う。魔力の質も。術式の精度も何もかもが変化した。

この数秒で一体何が。同じ魔術かこれは。

勝利を確信していた油断がダンレスの混乱を加速させる。

「何故……何故私の魔術のほうが、こんなガキに押されて――!?」

「いけ……。いけ……！　いっけえええええええ!!」

このままでは押し負ける。魔術から伝わる実感が恐怖へと。

ぶつかり合う魔術の向こう側にいるガキは一体なんなんだ、とダンレスは首筋に死を感じ取った。

「な、なな、何を見ているぅ!!　援護しろぉおおお!!」

決闘の作法、貴族の流儀などどこへやら。

恐怖に負けたダンレスは周囲で決闘を見守っていた騎士や魔術師達に呼び掛ける。

戸惑いながらも領主からの命令に騎士達は剣を抜き、魔術師達は杖を構えようとするが――

「させると思うか？」

「っ!?」

その首筋にグリアーレの剣が突き付けられる。こうなってしまっては魔術師も魔剣士も関係ない。

ダンレスの横暴な命令を予想していたのか、グリアーレだけでなく他の傭兵達もカナタとダンレスの決闘が邪魔されないように騎士達の前に立ちはだかった。

一人だけ兜が違うリーダーであろう騎士をウヴァルが組み伏せて、

「水差すなんて野暮《やぼ》だろ騎士様方。特等席だぜ、しっかり見届けな」

もう誰も、二人の邪魔をする事などできなかった。

「私の、魔術が……呑み込まれるぅ!? あんなガキの魔術に!?」

ぽろぽろ、と炎の中から赤い小石……魔術滓《ラビッシュ》が零れていく。

それは魔術師が動揺によって魔術をうまく構築できなくなったという事。

魔術を支えるダンレスの精神は目前に迫る恐怖によってもはやぐらついて、あぶれた魔力は魔術滓《ラビッシュ》となって落ちていく。

カナタはダンレスのその様子に決定的な勝機を見る。

残っている魔力を全て術式に叩き込み――

「死なない程度に、燃え尽きろ! お前が選んだ理不尽ごと!!」

「う、あ……! ば、かな……! 馬鹿な馬鹿な馬鹿な!!」

放出される炎は魔力を燃料にしてさらに加速する。

最初は同じ魔術だったはずのダンレスの魔術を呑み込んで、うねる火炎は龍《りゅう》のように。

その火炎は獲物を食らうように燃え上がり、ダンレスへと突き進んで、

「こんな……! ぎ……っ……! うぎゃあああああああ!!」

カナタの魔術は完膚なきまでにダンレスの魔術を打ち破る。

火炎はダンレスをも呑み込んで、立ち上る火柱の中から聞こえる悲鳴がこの決闘の勝者を示していた。

「はっ……! はっ……! 丸焼き……なんて上等なもんじゃない、か……」

行かないで、傍にいてよ

「……ぁ……」

炎に包まれたダンレスは意識こそ朦朧《もうろう》としているが、死んではいない。

自分の魔術をものにしたカナタのコントロールと、ダンレスが自身に魔力を張り巡らせていたからこそであろう。

有り得ない決闘の結果にダンレス陣営の人間ですら静まり返っている。

「カナタ！　大丈夫か！」

「お頭……」

肩で呼吸するカナタにウヴァルが駆け寄る。

グリアーレやロア、他の傭兵《ようへい》や戦場漁《あさ》り達《たち》もそれに続いた。

「お前どうやって……って今はどうでもいいか！」

「怪我《けが》はないか！　いや鞭《むち》で背中を打たれてたな！　薬を塗ってやる！　ロア脱がせ！」

「はい！」

「ロ、ロア！　グリアーレ副団長！　勝手に脱がさないで！」

魔力も体力も少なくなり、へろへろなカナタに群がる傭兵団達。

緊張感ある決闘の空気から打って変わって和気あいあいとしたものとなっていたが……ここはダンレス陣営のど真ん中。

我に返ったダンレスの兵達が徐々に動き始め、剣と杖《つえ》を握り構える。

傭兵達もそれに対抗しようと剣に手をかけるが、

「まさか、決闘の勝者を囲んで叩《たた》くような恥は晒《さら》さないよな？」

その空気を裂くような凛《りん》とした声がその場を鎮める。

決闘に釘付《くぎづ》けだったからか、ファルディニア率いる騎士達がいつの間にか陣幕の中に入っていた。

「あれは確か……ファルディニアとかいう……」

ファルディニアはダンレス陣営の中では途中合流しただけの田舎《いなか》騎士。

堂々と歩くファルディニアを制止しようとダンレス騎士団のリーダー格が近付く。

騎士団のリーダーが近付く前に、従騎士のシャトランが一歩前に出た。

「控えろ。この御方《おかた》はそなたらが軽々に近付いていい御方ではない」

「は？　何を言ってい……」

「ファルディニアというのは仮の名。この御方は今回ジャロス領を視察に来たラジェストラ・ヴィサス・アンドレイス公爵その人である」

「こ──」

言葉が出るよりも先に全員がその場に跪《ひざまず》く。

剣と杖を構えるなどあっていいはずもない。カレジャス傭兵団にあわや襲い掛かろうとしていたダンレスの私兵全員が顔を伏せていた。

そんな光景にファルディニア──ではなく、ラジェストラは冷たい視線を送る。

「身分を偽って合流し、ダンレス含め貴様らの行いも全て見させてもらった。ダンレスもダンレスだったが……貴様らも貴様らだ。仕えておきながら主《あるじ》の行いを諫《いさ》める事も離れる事もせんとはな。そこで黙って跪いていろ」

発せられる言葉には上に立つ者の威厳がある。

まるで言葉に魔力が宿っているかのようにダンレスの兵達は動けなくなった。

動けば権力よりも先に命をもって処罰されそうな、そんな恐怖があった。

「また会ったなカレジャス傭兵団の諸君。昨夜《ゆうべ》は名を偽ってすまなかった」

打って変わって、ラジェストラはカレジャス傭兵団にはにこやかな笑顔を見せる。

しかし昨夜のウヴァルのような態度では当然接する事ができない。

傭兵達はもちろん、作法を知らない戦場漁りの子供達も大人を真似《まね》てラジェストラに不格好ながらも跪いた。

「おいおい、よしてくれウヴァル団長。首を摑《つか》んだ仲じゃないか」

昨夜の事を思い出してウヴァルは顔面蒼白《そうはく》となる。

あろう事か、公爵家の人間の首を怒りのままに摑んでしまったとは。

あの豚貴族《ダンレス》の何個上なんだ、と混乱しながらも顔を上げる。

「お、俺……私は……死刑でしょうか……？」

「ハッハッハ！　そんなわけなかろう。ウヴァル団長、昨夜の貴様は正しき怒りをもって俺に突っかかってきた。そんな男を処してしまっては良い世の中になどならん」

豪快に笑ってから、ラジェストラは転がるダンレスにちらっと視線をやる。

「我が国の民を奴隷として出荷、貴族が平民に対して契約詐欺……探れば他にもボロボロ出てきそうだな」

「すでに部下に屋敷を捜索させております」

「ああ、後任の領主も探さねば」

それだけの会話でダンレスは今後の運命を決定づけられて、ラジェストラはもう興味を失《な》くしたようだった。いや、それよりも興味を抱くものがあったからか。

「決闘に勝利したそこの者、名前は？」

「カナタです」

カナタは自然に顔を上げる。

その表情はラジェストラに物怖《ものお》じしている様子もなく、堂々としていた。

「カナタか。カナタとダンレスの間で起きた決闘を経て、貴様は勝者となった。何を望む？」

「カレジャス傭兵団全員の無事と、降りかかる理不尽を払いたくて」

「仲間のために命を懸けたか。その力は……っと、シャトラン」

「『風精の天幕《ヴィントアハング》』」

ラジェストラ率いる騎士団とカレジャス傭兵団全てを風の結界が包み込む。

従騎士のシャトランが唱えたのは第三域の防御魔術。

本来なら集団を守る盾となる防御魔術だが、今回は会話を周囲に聞かせないためだけに展開される。

「中央に戻れば遮断の魔道具があるのだが、そんな高価なものを持ち込んでは騎士と偽って視察できないからな。シャトランの魔術の中なら会話は漏れない。改めて聞こうカナタ……その魔術、どうやって手に入れた？　この中に師事した者がいるのか？」

「……自分も、正直よくわかっていないのですが」

聞かれた通り、カナタは自分が魔術を唱えられるようになった経緯を話した。

魔術滓《ラビッシュ》を拾うのが趣味である事、拾った魔術滓《ラビッシュ》を観察して中に描かれている模様を石に書き写していた事、二年間そうしていたら最近魔術が使えるようになった事を。

「……信じられん………」

最初にそう言ったのは従騎士のシャトランだった。よほどの衝撃だったのかまるで自分を落ち着かせるように立派な髭《ひげ》を撫《な》でている。

シャトランだけでなくカナタの説明にラジェストラ率いる騎士団全員が半信半疑なようで、主であるラジェストラがいなかったら議論になりそうな雰囲気さえあった。

「認識できなければその目には特別に映らない。水を知らぬ者が日差しで輝くオアシスを見ても眩《まぶ》しいだけのように。明日を生きるのに必死な者は価値ある歴史書を見つけても落胆するように。我々にとって魔術滓《ラビッシュ》はゴミである事が常識だが……カナタにとってはそうではなかった、という事か」

ラジェストラは考え込むようにしながら続ける。

「魔術滓《ラビッシュ》は我々にとっては未熟さの表れであり、消えるまで邪魔なゴミだが……カナタにとっては美しくも儚《はかな》い魔術の結晶であり、触れられぬ術式の断片だった。魔術滓《ラビッシュ》は魔術と魔力をうまく扱えない時に作られてしまうもの。術式の断片が見えるのはおかしい事ではないが……一日も経《た》たずに消えてしまう魔術滓《ラビッシュ》から術式を完全に読み取ったのは見事だな」

「我々は魔術書を読んで学べばいいですからね……」

「ああ、我々はなシャトラン。だがカナタは魔術書など読めない。だが結果的に、独自に魔術を学ぶ事に成功している。二年で習得した魔術は一つだけだとしても……積み重ねたものが確かな形となっているのだから」

ラジェストラは真《ま》っ直《す》ぐな視線をカナタに向けながら微笑《ほほえ》んだ。

「素晴らしいな……どんな場所であろうとも人は大樹のように成長し、時に宝石よりも眩しい輝きを放つ。偶然ながらも力を手に入れたというのに、貴様はその力を自分よりも仲間のために使ったのだな」

その視線に込められたものは敬意。そして称賛。

公爵という爵位など関係ない。一人の人間としてラジェストラは心の底からカナタの勇気とその在り方を称《たた》えていた。

「決めたぞシャトラン」

「……どうするおつもりで？」

ラジェストラの表情を見て何を決めたのか察したシャトランはため息まじりで答えた。

「わかっているだろう、お前には子が一人しかいなかったはずだな？」

「丸く収めろという事ですね……わかりました。美談の一つや二つで飾れば何とかなるでしょう。根回しはお任せ致します」

「ああ、最後にあの豚の家名を使うわけか。いい考えだ、どうせなら最期に役に立ってもらおう」

「あの……どういう、事でしょう？」

ラジェストラとシャトランの会話の内容がわからず、カナタは問う。

当然カナタは貴族のあれこれなどわからない。落ち着いていたのは自分が間違っていないと信じていただけの事だった。

だが目の前でわからない会話をされていると罰せられるのかと多少身構えてしまう。それでもカレジャス傭兵団のみんなが無事なら後悔はない。

「カナタ、貴様を養子にする」

「…………はい？」

ラジェストラの口から飛び出した言葉にカナタは目をぱちぱちとさせる。

カナタだけではなく、それを聞いたラジェストラとシャトラン以外の全員が叫び出しそうになっていた。

「あの……嫌です……」

ラジェストラの提案を理解するとカナタはすぐさま拒否をする。

「はぁ!?」

「ええ!?　あ、ごめんなさい……」

その返答につい声を上げてしまったのはウヴァルとロアだった。

「ふむ、断られるとは思わなかったな。嬉《うれ》しくないのか」

「はい」

「まあ煩わしい作法や規則はあるが、生活は保証されるし、魔術の勉強もできるぞ？」

「嫌です」

「ふむ、困ったな……本人が望まないのであれば流石《さすが》に連れていけん。それではあの豚と同じになってしまう」

「ちょ、ちょっと待ってください公爵様！　お願いがあります！」

頑《かたく》なに嫌がるカナタの様子を見て我慢ができなかったのか、ウヴァルは慌てて顔を上げる。

「公爵様！　どうか俺にこいつを説得させてくださいませんでしょうか！」

「む……できるのなら願ってもない事だが……」

ちらっ、とラジェストラはカナタを見る。

カナタは頭を下げながらもそっぽを向いていて、もはや礼儀も何もあったものではない。そこにあるのはただただ拒絶だけだった。

「本人はよほど嫌と見えるぞ」

「説得します。二人にしていただけませんでしょうか」

「わかった。シャトラン……二人を連れて陣幕の外へ行け」

「承知致しました」

風の防壁が解除され、シャトランは二人についてくるように促す。

ウヴァルは気が進まないカナタを引っ張って、シャトランと共に陣幕の外に出た。

シャトランは気を利かせてくれたのか、もう一度同じ魔術を二人にかけてやる。

「終わったら合図してくれ。私も外に出ている」

「ありがとうございます」

ウヴァルは頭を下げ、カナタはそっぽを向いたまま。

シャトランが風の防壁の外に出るとウヴァルはカナタの両肩を掴んだ。

「なにをいっちょ前に断ってやがる！　お前みたいなガキなら喉から手が出るほど欲しい提案を……いやガキじゃなくても貴族の養子だなんて誰もが羨むような提案だぞ！」

「嫌だ」

「いつになく頑固だな……！　魔術滓《ラビッシュ》の時以外そんな感じじゃねえだろお前！」

「やだ！」

よほど嫌がっているのかカナタはウヴァルの目すら見ない。

ウヴァルにはわからない。カナタが何故《なぜ》こんなにも頑なに拒絶するのか。

「おいどうしたカナタ……。そりゃ貴族になるってのは堅苦しいかもしれないけどよ……どう考えても今の生活よりいいじゃねえか。まずい飯を食う必要も、足りないって腹鳴らす必要もねえ。水浴びじゃなくて風呂にだって入れる。寝る所なんて寝袋じゃなくて多分ふかふかベッドだぜ!?　なんなら俺が代わりたいくらいだ……貴族様のお高い酒を飲めるんだからよ」

「……」

「おい……何とか言えよ。何でこんないい話を断る……？」

ウヴァルがカナタの答えを待つためにそこで黙ると、カナタはウヴァルと目を合わせる。

唇をきゅっときつく引き結んでいて、目はぱちぱちと瞬《まばた》きが多い。

それでもウヴァルが待ち続けると、カナタはようやく口を開いた。

「お頭……俺の事追い出したくなったの……？」

「違う！　どう考えてもそうならねえだろ!?」

震える声で、カナタは不安そうにそう口にした。

目尻に溜《た》まる涙は先程ダンレスから受けた傷や鼻血の跡よりも痛々しく映る。

「いやだよ……俺、ずっと傭兵団にいたくて……傭兵団にいたいから頑張ったんだよ……！　傭兵団にいたいから……お頭があんな奴《やつ》に頭下げてるのが、嫌だから……だから戦ったんだ……！　なのに、何で俺を追い出そうとするの……？　俺みんなの事好きだよ……？　荒っぽいけどみんな優しいし、戦場漁りのみんなだって……全員と仲良いわけ、じゃないけど……それでも一緒に仕事してる仲間だもん……！」

堰《せき》を切ったように言葉と涙が、カナタから溢《あふ》れていく。

カナタが何のために戦ったのか。カナタは何を守りたかったのか。

そして――貴族に勝利という離れ業を成しても、カナタは子供だという事が。

落ちる涙と震える声から伝わってくる。

「俺が、魔術を使えるから……嫌いになった……？　お頭は魔術師嫌いだって、グ、グ、グリアーレ副団長が言ってた……」

「違う……カナタ、違う」

「だったら……もう使わない……使わ、ないから……！」

「カナタ、聞け。そんな事ねえ」

「ここにいれるなら使わない！　使わないから!!」

カナタの両肩を掴むウヴァルの手の力が自然と強くなる。

今のカナタにダンレスに勝った時のような存在感は無く、そうして抑えていないと崩れて消えてしまいそうだった。

諭すように優しく名前を呼んでも、何かに怯《おび》えているようでカナタの涙は止まらない。

「だから……行かないで………」

今までで一番小さな掠《かす》れた声で、カナタはそう呟《つぶや》いた。

……カナタが魔術滓《ラビッシュ》に惹《ひ》かれたのは綺麗《きれい》だったたから。

ゴミだと言われても拾い続けた魔力の残りかす。拾っては大気に溶けて悲しい思いをし続けても、戦場で見つけられる綺麗なものはカナタにとってこれしかなかった。

――けれど本当はそれだけじゃなかったのかもしれない。

魔術滓《ラビッシュ》は消えて当たり前のものだったたから。諦められた。

魔術滓《ラビッシュ》は最初からなくなるものだから。消えないでと甘えられた。

もっとずっと一緒にいられるはずだった両親が自分の目の前からいなくなってしまったのがあまりに辛《つら》くて……最初から消えるとわかっているものに縋《すが》れば、消えても絶望しなくて済むから。

「カナタ……」

カナタの事情を知っているウヴァルは気付く。

本当は魔術滓《ラビッシュ》などではなく……女の子を助けに行った母の背中に、

――行かないで。

カナタはずっとそう言いたかったのかもしれないと。

「……カナタ、俺の話を聞いてくれねえか」

「……何」

すんすん、と涙を拭いながらカナタは拗《す》ねたように俯《うつむ》いている。

「こっちを見ろ」

「……」

俯いているカナタの頭を掴んで、無理矢理《むりやり》目と目を合わせるようにする。

カナタは初めて見たかもしれないウヴァルの真剣な眼差《まなざ》しに一瞬、驚くように目を見開いた。

子供騙《だま》しの説得ではカナタは頷《うなず》かないと悟って、ウヴァルもまた自分を曝《さら》け出す事を決めた。

「俺にはな、カナタ……いつも夢見る事があるんだ。笑うなよ？」

ごねる子供をあしらう大人の態度ではカナタを動かす事はできない。

偶然拾っただけの傭兵団にいたいと言ってくれるカナタに対してウヴァルは男同士……腹を割って話さなければいけないのだと確信した。

素面《しらふ》でこんな事話す時が来るなんてな、と恥ずかしさを誤魔化《ごまか》すように笑いながら。

戦場漁りのカナタ

「お前みたいなガキからすれば糞《くそ》つまんねえだろうおっさんの昔話だがな……俺は昔も今も糞だった。家を飛び出して腕っぷしだけを理由に傭兵《ようへい》やり始めてよ。うまくいかねえ時はいらついた勢いで八つ当たりするなんて日常で、酒飲んで酒屋の看板ぶっ壊すなんてしょっちゅうよ。そんで金もなくなるからまたいらつく。そんでまた誰かに迷惑かけて、日銭稼いでまた同じ事して……。こうやってお前の前で偉そうな顔する資格なんかありゃしねえ、馬鹿みたいな人間だ」

ウヴァルの話を聞きながらカナタは涙を拭う。

今のウヴァルからはいつもする酒の匂いもしない。額についている土汚れに気付いて、カナタは真剣に耳を傾けた。

「でもよ……そんな糞みたいな奴《やつ》でも気まぐれはあるもんでな。たまたま実入りのよかった戦場帰りに足を怪我《けが》したガキを見つけたんだ。お前よりチビだった。普段だったらぜってえ無視してたね。無視無視。泣くしかできねえやかましい糞ガキなんざ、集まってくる野犬か魔物に食われて終わりだからな。戦場で手に入れた武器やら布やら売って、一杯やるほうが優先よ」

「……無視しなかったの？」

「そうなんだよ……なんでかなぁ……気まぐれで助けちまった。そいつの住む町までおぶってやった。もちろん怪我の治療なんてしてねえぞ？　そのまま担いでそいつの家だっていうパン屋まで運んでやった。そんで……なんでこんな事したかな、って思いながら酒屋を探しに出ていこうとしたらな……死ぬほど感謝されたんだ。人生で一番、感謝されたんだ。ガキの母親はぺこぺこ頭を下げて、ガキのほうは俺の服を逃がさないよう握ってよ。でも俺は糞だったから早く酒が飲みたくて、振り払って行こうとしたら……はは、死ぬほどパンを持たされたんだ。初めてだったよ、酒より多くパンを食って酒を飲まなかった日は」

ウヴァルは懐かしむように視線をどこかに向けた。

カナタも同じ方向に目をやるが、ただの平原と川しか見えない。

けれどウヴァルの瞳にはきっとその町とパン屋が映っているのだろう。

「そんで頭悪いなりにしばらく飯に困らねえんじゃねえか、って思ってな。二週間くらいだったか……しばらくその町にいたんだ。パン屋に行けばそいつらは毎日パンをくれてよ。怪我の様子を見に来てくれるなんて勘違いしてた。そんで金もなくなって、パンも飽きたから町を出ていった」

「……何も言わなかったの？」

「ああ、あの時の俺は本当に糞だったからな」

当時の自分を思い出しながらウヴァルは自嘲する。

ウヴァルの語る昔の自分はカナタには想像もつかない。

この二年、毎日酒臭くても暴力を振るわれた事はないし、いらついて手を出されるなんて事もなかった。カナタから見たウヴァルはむしろヒートアップをする傭兵達《たち》を止める側だった。

「数年経《た》って、その町に寄る機会があった。俺はそんなんあった事すら忘れててな……パン屋の奴等《ら》の事を思い出したのも町に着いてからだった。どうなってるかなとパン屋を覗《のぞ》きに行ったら、そのガキはでっけえ兄ちゃんに成長してパン屋になってた。店に入った瞬間、俺に気付いたそいつらはまたパンを死ぬほどくれたよ。そいつらに数年前に助けた事をまた感謝されて、よく覚えてんなとか思いながら前と同じ宿に泊まったんだ。そんで……ベッドの上で貰《もら》ったパンを食べながら思ったよ」

ウヴァルの言葉はそこで止まる。

カナタの両肩を摑《つか》む両手は、ほんの少し震えていた。

「ああ、俺の人生……無意味なんかじゃなかったんだなぁって……」

喉に詰まった言葉を絞り出すように、ウヴァルの声は小さかった。

カナタが曝《さら》け出した事に応えるようにウヴァルも今の在り方の根幹を曝け出す。

いらついて八つ当たりをする。酒に溺れて何かを壊す。

若い頃のウヴァルにとってそれは、自分の人生に意味があるのかという不安を紛らわすための叫びだったのかもしれない。たとえそれが悪い方向であっても、自分の一日に何か意味が欲しかったのかもしれない。

「あの日ほど泣いた日はなくてな。パンの味なんてわからないほど泣いて、それでも全部食って（……ましたその日飲んだ酒が人生で一番うまかった。いらつく事なんかなんもねえ。馬鹿みたいに飲んで）から宿に帰ってぐっすり寝たよ。そうなって、ようやく気付いた。こうやって自分が見る世界をほんの少しだけよくしていくんだって。何かを壊しても、誰かにいらついて八つ当たりしても……世界はましになんかなりゃしないんだ」

「それはそうだよ……」

「笑えるだろ？　お前みたいなガキでもわかる事に気付くのに俺は二十年ちょっともかかったんだ……。誰かを助けるってのは他人のためなんかじゃない。他でもない自分のためなんだ」

「……だから、お頭は俺達みたいな戦場漁《あさ》りを、拾うようになったの……？」

カナタの問いにウヴァルは頷《うなず》く。

傭兵が戦場に落ちている物を自分の稼ぎとして懐に入れるのは珍しくない。

しかし、わざわざ子供を拾って養うなんて割に合わないのは明白だ。

カレジャス傭兵団がそんな事をしているのはあくまで、ウヴァルの心変わりによるもの。

「俺にはお前ら十五人を何とか食わせる程度しかできねえ。戦場なんて狭い世界で日銭稼いで、町に戻っても暴力振るって酒飲んで……それしかやってこなかった男だから。でもお前は違う。お前はお前がやりたい事でチャンスを掴んだ。掃き溜《はだ》めみたいな場所で俺達にゴミだなんだと馬鹿にされても、自分が好きだからってだけで世界を広げるチャンスを掴んだんだ……！」

カナタの両肩を掴むウヴァルの手に力がこもる。

言葉の熱がその両手からも通してカナタの心に届けと。

「頼むカナタ。こんなチャンスはない。俺達じゃお前に狭い世界しか見せらんねえ。お前はきっとこれからも誰かを助けていく。お前は誰かのために怒れる男だから。でも俺達と一緒じゃあ俺達と同じ場所の奴しか助けられない。だからカナタ……もっとでけえ男になれ。俺達じゃ届かない奴を助けていって、いつかお前がすげえ男になったなら……お前の活躍が俺達の耳に届いた時、きっとその時飲む酒が一番うまくなる。俺達はあんなすげえ奴を世話してやってたんだぜ、って……馬鹿みたいに笑って、馬鹿みたいに泣きながら、誇らしい気持ちできっと店中の酒を飲み干すんだ」

「お頭……」

「そうすりゃ、一人の悪人がましな悪人になるような事もあるかもしんねえ」

「はは、それでも悪人なんだ？」

「たりめえよ。そんな都合よく善人になれたら牢獄《ろうごく》なんかいらねえだろ？　でも……それでも世界はましになる。ほんの少しずつ、ちょっとずつ……ましになっていくんだよ」

それはまるでカナタが魔術滓《ラビッシュ》を集めて今の力に至ったかのよう。

目に見えないような物事はそうやって少しずつ、ちょっとずつ……いつの間にか変わっていくのかもしれないとカナタは思う。

「頼むカナタ。俺の飲む酒をうまくしてくれ。俺の人生、悪くなかったなって思えるように……お前の事を自慢させてくれ」

カナタは目尻に残った涙をぐしぐしと力強く拭う。

血と泥に汚れたその顔は決して綺麗《きれい》ではなく、それでも黒い瞳には決意が宿っていて……惹《ひ》き付《つ》けられるように輝いていた。

「孫がうんざりするくらい自慢させてあげるよ、お頭。あの魔術師は俺が育てたんだってね」

「ばーか。まずは子供に自慢させろよ……糞ガキ」

会話が終わり、ウヴァルが外のシャトランに目を向けると囲っていた風が止《や》む。

ウヴァルは掴んでいたカナタの両肩を放して立ち上がった。

「終わったかね？」

シャトランの問いにウヴァルは頷く。

カナタは無言のままだったが、シャトランもカナタが説得に応じたと理解したのか二人を連れて陣幕の中へと戻っていった。

「ラジェストラ様、どうやら説得できたようです」

「おお！　やるではないか！」

陣幕の中に戻ると、ラジェストラ一行とカレジャス傭兵団だけは楽な姿勢が許されていて、ダンレス陣営の騎士や魔術師達は跪《ひざまず》いたままだった。

先程までダンレスが座っていた椅子にふんぞり返って座るラジェストラは嬉《うれ》しそうに体を起こす。

「ウヴァル団長、よくやってくれた。褒美に――」

「褒美は結構です。褒美欲しさにやった事じゃないんでね」

「これは……俺が浅慮だったたな。許せ」

ラジェストラの言葉にウヴァルは一礼して、カナタの背中を押す。

カナタはラジェストラの前までゆっくり歩いていった。

ロアやグリアーレの心配そうに見つめる視線を受けながら。

シャトランが再び風の防壁を展開して、ラジェストラは改めて問う。

「結論は出たか？　そなたの口から聞かせてくれ、カナタ」

ラジェストラにそう促されて、少し俯《うつむ》きながらカナタは口を開く。

「……俺は作法も何も知らない子供です」

「承知の上だとも」

「偉い人の考えもわかりません」

「ああ、わかっている」

「頑張って、そういうのを覚えようと思います」

「我々が叩《たた》き込《こ》もう」

するとカナタは顔を上げて、

「それでも――生き方は変えない」

ラジェストラに向かって言い放つ。

宣言は力強く、存在感の増したカナタにラジェストラは目を見張る。

その瞳に宿る意志に、子供扱いした自分を恥じるくらいに。

ラジェストラがカナタを利用するために養子にするように、自分達もカナタに利用されるのだと理解した。

「そこの豚貴族のような事をするのなら、俺はあなたにも牙を剝《む》く」

「どういう意味かわかって言っているか？　カナタ？」

「はい」

ラジェストラを前にして、カナタは物怖《ものお》じせずにそう言い切る。

今すぐ首が飛んでもおかしくない宣言。それは貴族に対しての反逆の可能性を示唆するもの。

養子になると決意しても、過度に媚《こ》びようとしないカナタをラジェストラはますます気に入った。

「くっくっく……！　それでいい。それがいい。肩書きに恐怖せず、人を見よ。貴族社会に浸《つ》かっても、悪《あ》しき行いに立ち向かった今日を思い出せ。貴様が変わる事をこのラジェストラ・アンドレイスは望まない」

「それでもよければ……これから、よろしくお願いします」

「ますます気に入ったぞ。歓迎しようカナタ、ようこそ貴族社会《われわれのせかい》へ」

同じ目線で話せなくなる前に、カナタはカレジャス傭兵団達のほうに向き直る。

「ロア、またね」

「カナタぁ……行っちゃうの……？」

「うん、グリアーレ副団長、ありがとう……俺に色々教えてくれて」

「気にするな……大人が子供を助けるのは当たり前だ」

「へへ、お頭も……話してくれてありがとう」

「……誰かに言ったらぶっ殺しに行くぞ」

「あはは、いまさら照れないでよ」

涙をこらえるように一息で別れを済ませていく。

たった二年いただけの場所。それでもカナタにとっては家族のようだった。

世話を焼かれて、そりが合わない時もあって、それでも帰ってくる場所。

改めて、自分でこの場所を守れた事を誇らしく思いながらカナタは笑顔を浮かべる。

「みんなもまた会おうね。みんなは色々言ってたけど……俺はここが大好きだった。拾ってくれて、邪魔者扱いしないでくれて、本当にありがとう」

貴族の養子となるカナタを誰も羨むわけでなく、ずるいと批難するでなく。

カレジャス傭兵団はカナタと短い別れを済ませて、連れていかれるカナタの背中を声援で送り出した。

互いの距離は遥《はる》か遠くに。また会えるのはいつの日か。

その時には立場も変わり、人も変わる。それでもまた会えたなら、同じように笑顔がいいなと願いながら……少年は見知らぬ彼方《かなた》へと歩き出した。

回想 ―戦場漁りになった日―

いつからか、大人の目を見るとどう思っているか何となくわかるようになった。

お母さんの目は優しくて、温かくて、幸せな気持ちになれる。

それが愛されているという事だと知るのは少し後だったけど……お母さんと目が合うだけで嬉《うれ》しかった。

町でお母さんが貴族の女の子を庇《かば》って死んだ後、村に引き取られた。

最初は大人達《たち》も優しかった。

でも、幸せな気持ちにはならなかった。優しいは優しいけど、こっちを可哀想《かわいそう》なものを見る目で……きっと親とはぐれた子犬に向ける目と同じ目をしていると思う。

それでも、ありがたかった。

少し仕事を手伝ったらご飯を貰《もら》って、住む場所まで用意してくれていたから。

でも、三ヶ月もしない内にまた大人達の目が変わっていくのを感じた。

可哀想の気持ちはどんどん小さくなっていって、邪魔という気持ちがどんどんと大きくなっていったのがわかった。

表情は変わらないけれどこちらを見る目は冷たくて、食事もどんどん少なくなった。

……仕方ないよね。うん、仕方ない。

だって面倒を見る理由がない。意味もない。

村で顔を合わせていただけの子供を何故《なぜ》育てなければいけないのか。

自分達の生活だって楽じゃないのに何故分け与えなければいけないのか。

村の大人達がそう思うのは仕方のない事だった。

「ごめんね、今日はちょっと少なくて」

「ううん、ありがとう」

隣のおばさんの言葉が嘘《うそ》だとわかった。

俺なんかに食事すら分けたくないと目が言っていた。

「大丈夫か、これ差し入れだ」

「ありがとう、おじさん」

はす向かいのおじさんの言葉が嘘だとわかった。

とうもろこしの一本すらあげたくないけれど、当番だから渋々渡しに来たんだって。

「ねーねー、いついなくなるの？」

「お母さんが言ってたよ、いついなくなってくれるんだろうって……いなくならないの？」

「うーん、まだまだかな」

「そっかー」

近所の俺より小さい子達が無邪気に大人達の本音を届けに来た。

言われなくても、いなくなってほしいって思われている事くらい知っていた。

でも、子供一人で出てったところでどうやっても生きていけない。

それくらいは馬鹿でもわかった。

「お前なんかに飯やるわけねえだろ、こっちは自分んとこだけでいっぱいいっぱいなのによ」

「そうですか、水だけでもなんとかなりませんか」

「……まぁ、スープの余りくらいなら分けてやってもいい」

小さい子を通してじゃなく、直接悪態をついてくれるお兄さんは嬉しかった。

多分、このお兄さんが一番優しかった。

きっと最後まで、お兄さんが持ってきてくれる食事が一番多かったなんて知らなかったと思う。

この頃にはもう、ほとんど食事は貰えていなかったから。

スープにパンを一つ付けてくれるお兄さんが当番の時はすごく嬉しかった。

他の大人達はもう表情すら取り繕っていなかった。

邪魔。邪魔。邪魔。

いついなくなる？　いつ出ていく？　いつ死ぬ？

そんな目をしながら俺を見ていた。

でも不幸中の幸いというか、直接俺を殺そうと思うほど勇気がある人はいなかったみたいだった。

俺が子供だったから、一応罪悪感みたいなものがあったのかもしれない。


「ここか」

「ああ」

どれだけの時間が経《た》ったか、村に傭兵《ようへい》団が来たと騒ぎになっていた。

隣のおばさんとかは恐《こわ》がっていたけれど、村にお金を落としてくれるから我慢と言っていた。

俺には関係ないと思っていたけれど、その傭兵団の人達は俺が住んでる小屋に来た。

「ひでえな」

「これで、育てていたと抜かすのか……村の奴等《やつら》は」

恐い顔したむきむきのおじさんと何故か悲しそうな顔をしたお姉さんだった。

お姉さんが俺にマントを被《かぶ》せてくれて、暖かくなったのを覚えてる。

「確かカナタってガキだったか。俺はカレジャス傭兵団の団長ウヴァルだ」

「私は副団長グリアーレだ」

俺に名乗ってくれる人なんて珍しくて、俺も名前を言いたかった。

けど喉がからからで声を出す事ができなかった。

声が出なかったから小さく頷《うなず》くと、ウヴァル団長――お頭は俺を抱きかかえた。

「村の奴等とギャンブルをしてたんだがな……払えねえなんて抜かすから金の代わりに酒とてめえを労働力として頂きに来た。今日からてめえはカレジャス傭兵団の戦場漁《あさ》りだ」

「せ……り……？」

抱きかかえられながらこちらを覗《のぞ》き込《こ》む二人の目を俺はじっと見ていた。

可哀想、という感情があって……でも村の人達のように冷たくはなかった。

「安心しろ。私達の傭兵団には君と同じような孤児が多くいる。きっと仲良くできるはずだ」

「グリアーレの世話焼きが移ったガキもいるからな、最初はそいつに色々教えてもらえ」

その目は何故か辛《つら》そうで、俺に向ける感情は温かくて。

村の人達に今まで世話してくれたお礼を言わなきゃいけないのに、俺はその目をもっとずっと見ていたくて、大人しく連れられた。

「お……と……。……か……さ……」

「あん!? 音がうるさいだあ!?」

「こら。きっとお前の声がでかいんだウヴァル、もう少し小さくしろ」

「ざけんな! 何で俺がガキに言われて声小さくしなきゃなん……いで! いでで! ほおをひっはるな!!」

「いいから声を小さくしろ!」

ウヴァルと呼ばれた恐い顔をしたおじさんがグリアーレと呼ばれていたお姉さんにほっぺを引っ張られているのを見て、俺は自然と笑っていた。

二人はさっき俺が言った言葉を聞き取れていなかったけれど、こんな風に笑えるのなら勘違いされてよかったかもしれない。つい変な風に呼びそうになってしまったから。

「宿に着いたらごはん……は難しいか。スープかパン粥《がゆ》でも作らせよう。食べれば少しはよくなるさ」

「酒はどうだ!? 一発で元気になるぜ!?」

「それはお前だけだ馬鹿」

初めて会った人達をこんな風に呼ぼうとするなんて、多分自分で思ってるよりもずっと寂しかったんだと……久しぶりに泣いてしまっていた。

第二部　猛犬の養子

引き取られた子供

「貴族は平民のように労働をすればいいわけではない。十三歳になるまでは礼儀作法と学問の基礎教育、そして魔術教育に勤《いそ》しんでもらう事となる。カナタは十歳だったな」

「はい、今年で十一歳になります」

「では、三年もないか。相当の努力が必要だ。やるべき事は勉学だけではない」

ラジェストラの誘いに乗る事となったカナタは、ラジェストラの従騎士シャトランに連れられてアンドレイス領へと到着した。

カナタは具体的な話を聞かされるまで勘違いしていたのだが、どうやらラジェストラの養子ではなくシャトランの家の養子になるらしい。

確かにラジェストラがシャトランの子の数を確認していたような、とカナタは二人の会話をふんわり思い出す。

軽やかに走る馬車の中、カナタはシャトランから養子になった後の課題を説明されながらシャトランの屋敷を目指していた。

最初こそ尻が痛くならない馬車の乗り心地に感動していたが、ジャロス領から二週間以上も馬車を乗り継いできたので流石《さすが》に感動も薄れてきている。

窓の外を見れば今まで見てきた町や村とは全く違った町並みが広がっていた。

貴族の邸宅と見間違うかのような並ぶ家々、整備された通りの規則的な町並みが機能的な美しさだと理解するにはカナタはまだ幼かった。

「我がディーラスコ家はアンドレイス公爵家を補佐する上級貴族だ。カナタを養子としたのはアンドレイス公爵家の次期領主の側近候補としてであろう」

「シャトラン……いえ、父上がラジェストラ様の側近であるように、ですね」

出会ってひと月も経《た》っていないシャトランを父と呼ぶカナタ。

元から父親を呼ぶ機会が少なかったのもあってぎこちない。

「その通りだ。だが、アンドレイス公爵家の敵でなければただの手駒でもいいと考えておられるはずだ。あの方は温かくもあり冷たくもあり、統治者の資質に長《た》けていらっしゃる。養子になったからといって将来が確約されているわけではない事をまずは肝に銘じよ」

「はい」

案外素直ではないか、とシャトランは髭《ひげ》を撫《な》でながら感心する。

カナタがラジェストラの誘いを即座に拒絶し、説得されるまで頑《かたく》なに首を縦に振らなかった様子を見ているのもあって、シャトランはもう少し扱いにくい子供を想像していた。しかし、今のカナタは数週間前とは印象が全く違う。心の整理がついたという事だろうか。

「カナタが十三歳になるまでに大きく求めるのは二つ。まずは何らかの功績を挙げる事」

シャトランは二本の指を立ててみせる。

「功績……？」

「なんでもよい。新規魔術の開拓、術式の改造……何も魔術関連だけではないぞ。貴族社会での流行の発信、変わったところでは演奏会や個展などを開いて成功させるなどという手もある。ジャンルは問わず、貴族として才がある事を周りに見せつけろ。我々が侮られれば、ラジェストラ様の敵をのさばらせてしまう。力を示すべき時に示せない側近は不要だからな」

先程の話と合わせると側近としての価値を周囲に見せつけろという事であろう。

カナタはラジェストラに対して感謝はすれども尊敬の念はまだ抱いていないので、側近になりたいと思っているわけではないが……それでも自分の価値を示さなければいけないという事には意欲的だった。

それくらいこなさなければ、カレジャス傭兵《ようへい》団のみんなに自分の事が届かない。

今までカナタには目標や夢などなかったが……今は違う。

ここに来る前に約束した通り、ウヴァル達《たち》が飲む酒がうまくなるくらい誇れる人間になるという目標があった。

シャトランが感じた落ち着きも、漠然としながらもカナタに目標ができたからかもしれない。

「二つ目、魔術学院に通う十三歳になるまでに、信頼できる腹心をつくれ」

「ふくしん？」

シャトランが二本目の指を折る。

カナタは言葉の意味がわからなかったのか首を傾《かし》げた。

「ラジェストラ様から見た私のように、信頼できる部下をつくるのだ。我々はラジェストラ様の側近といえども上級貴族……誰かの補佐をしているからと自ら人を率いなくていいわけではない。下の者から見れば我々もまた上に立つ者……仕えたくなるような人間である必要がある。魔術学院には使用人を一人連れていく事ができる。これからカナタが暮らす我がディーラスコ家の使用人の誰かを、お前についていきたいと思わせるのだ」

「そちらのほうが難題ですね……」

「ある意味そうかもしれんな。カナタが倒したダンレスは奴隷売買に税収の改ざん、領民の拉致や暴行その他もろもろと……探せば探すほど悪行三昧の悪人だったが、財力や悪意ある者達の欲を叶《かな》える事で部下を惹《ひ》き付《つ》けていたとも言える。そのような手はもちろん却下だが、貴族である以上は使用人の一人や二人は味方に引き込めるような人間にならなくてはな」

ジャロス領で行われていた戦争はラジェストラの介入によって終わりを告げた。

公爵家の仲介で相手方の領地にはダンレスが貯《た》め込《こ》んでいた財産から分配や物資の補塡《ほてん》などが行われ……領地の扱いに関して少し揉《も》めているとだけカナタは聞かされていた。

安心なのはカレジャス傭兵団はそのいざこざに巻き込まれる事なく、すでにジャロス領を発《た》ったという話を聞いた事だ。

彼等《ら》が貴族達のいざこざに巻き込まれ、切り捨てられたり利用されるという事は少なくとも起きない。

「要は、上に立つべき人間としての器を大きくできるかどうか。そしてその器を他の者に示す事ができるかどうかだ。もし誰もカナタについていきたいと思わないようであれば……残念ながらその器がないか、器を示す事ができなかったという事だな」

「上に立つべき器も何も、平民なのですが……」

「ふむ。ではカナタがいたカレジャス傭兵団のウヴァル団長はどう説明する？　彼の下にあれだけの傭兵と戦場漁《あさ》りが集まっていたのは気まぐれや偶然だとでも言うのか？」

シャトランに言われてカナタははっとする。

自分がすでに手本を間近で見ていた事に気付いて。

「上に立つべき人間、というのは何も身分を示すわけではない。わかるな？」

「はい」

「よろしい。一先《ひとま》ず、私からはその二つが絶対条件だ。できなければ……言いたくはないが、ラジエストラ様の見る目がなかったという事になるな」

貴族としての功績と腹心探し。

生活に慣れながらこれらをこなすとなると、三年に満たない時間は確かに短く感じた。

なにせ、後者に至ってはどうしたらいいか全く見当がつかないくらいだ。

「ん？　私から、は……？」

シャトランの言葉に含みがある事に気付いてカナタは声にする。

気付いたか、と言いたげにシャトランは薄い笑みを浮かべた。

「当然だ。ディーラスコ家には私の妻もいる。つまりは君の母親になる者だ。まさか……父の課題だけをこなせばいいなどと都合のいい事を思ったわけではあるまいな？」

「母……親……」

さらに課題が増える事よりも母親という言葉にカナタの目は遠くを見る。

自分にとっての母親は今まで、あの日女の子を助けに走った人だけだった。

養子になったのだから当たり前だが、母親がまたできるなんて思ってもみなかった。

「先程私を父と呼ぶ事はできたが……私の妻を母と呼べるか？」

カナタに思うところがあるのを察したのか、シャトランが問う。

どういう感情なのかわからないままカナタは頷《うなず》く。

「はい、父上」

「よろしい」

シャトランは手を前に出し、カナタはその意味がわからず固まる。

頭を前に出すようにシャトランが促すと、カナタは恐る恐る頭を前に出した。

すると、カナタの頭にごつごつとして、温かい感触が乗る。

「ち、父上……？」

「私の子となったのだ。子を撫でるくらいは当然だろう」

頭を撫でられるのがあまり慣れていないのか、カナタはかちこちと固まっている。

窓の外にはディーラスコ家の屋敷がすでに見えていたが、そちらを見る余裕はなかった。

門を開き、広い庭園を馬車が進んでいく。

「頑張れカナタ、私には環境を整えてやる事と応援くらいしかできないがな」

「十分です。ありがとうございます……父上」

馬車が屋敷の前に着くまでシャトランはカナタを撫で続ける。

ゆっくりと進む馬車が止まって、その時間も終わった。

「改めてようこそカナタ……今日からここが、君の家だ」

馬車の扉が開き、シャトランの後に続いてカナタは降りる。

戦場とは違う空気。喧騒《けんそう》などとは縁遠い静けさ。

カナタの全く知らない新しい場所と生活が、ここから始まる事となる。


カナタが馬車を降りるとまず巨大な屋敷が目に飛び込んできた。

貴族の屋敷みたい、とつい口に出そうになるのを手で押さえて止める。

みたいではなく、貴族の屋敷だ。

窓枠や柱が曲線で、繊細さと優雅さを兼ね備えた白い屋敷にカナタは少し緊張して足が止まる。

圧倒されながらもカナタは歩を進める。

扉の前では使用人らしき人達が出迎えているが、真ん中には明らかに周りとは違う雰囲気の女性と子供がいた。

「正妻のロザリンドと息子のエイダンだ。これからはカナタの母と兄になる二人だ」

女性も子供のほうも綺麗《きれい》な空色の髪をしていて、贅沢《ぜいたく》に刺繍《ししゅう》を施された衣装を纏《まと》っていた。周囲にいる白黒の使用人の服とは大違いで、特に女性のほうは立ち姿からして違う。

その佇《たたず》まいが一枚の絵のようで、一つ一つの動きがあまりに優雅だった。

世界が違うとはこういう事を言うのだろう。

「特にロザリンドはカナタの作法に関する基礎教育を任せる事になっている。……怒らせると恐《こわ》いぞ」

シャトランからの忠告が小声なのがこの夫婦の力関係を示しているようだった。

その忠告でカナタはさらに緊張してしまい、歩き方すらぎこちなくなる。

「おかえりなさいませシャトラン様。そちらの子が例の？」

「ああ、ここで世話をする事になったカナタだ」

声はまるで清流のよう。こんな女性を母と呼ぶにはあまりに恐れ多い。

グリアーレも美人ではあったが、親近感があった。

しかし目の前の母となる女性はあまりに違いすぎて、同じ人間と認識するのにも時間がかかる。

それでも、カナタは道中暇な時間に練習した通りの挨拶をするため跪《ひざまず》いた。

「お初にお目にかかりますロザリンド様、カナタと申します。この出会いと幸運への感謝をここに」

「歓迎しますカナタ。長旅をご苦労様でした。こちらはあなたの兄となるエイダンです」

「お初にお目にかかりますエイダン様」

ロザリンドに紹介されて、カナタはエイダンのほうに向き直って再び跪く。

しかしエイダンはカナタの事があまり気に食わないのか、挨拶をせずにそっぽを向いた。

顔が整っているからか、その仕草も生意気というよりは可愛《かわい》げがあるように映る。

「あぐっ!?」

そんなエイダンの頭にロザリンドの拳が容赦なく落ちる。

にこやかだったロザリンドの表情は一瞬で厳しいものへと変わった。

エイダンの表情は一気に青褪《あおざ》め、シャトランは目をつむって我関せずの状態だ。

「それがこの家に相応《ふさわ》しい者の態度かどうか……もう一度考えてご覧なさいエイダン」

「ひっ……。か、歓迎するカナタ……！　我が弟になる者よ……」

「あ、ありがとうございます」

あまりにも冷たい視線にエイダンの態度は一瞬で変わり、挨拶は終わった。

ロザリンドの表情が元のにこやかなものへと戻り、一歩前へ出る。

「カナタ、わたくしからの言葉を聞けば後戻りはできません……覚悟はできておりますか？」

「はい、もちろんでございます」

「よろしい。それでは、これからはわたくしが母ですカナタ……ディーラスコ家の新たな子よ」

ロザリンドの手が跪いているカナタの肩に触れる。

こうして、カナタはディーラスコ家に無事迎え入れられた。

「それではまず、わたくしと二人でお茶会でもしましょうか」

「……こ、光栄です」

…………無事に迎え入れられた。

シャトランもエイダンもその提案に口を挟む様子はなかった。


カナタは荷物を置いて少し休憩した後、コンサバトリーへと通された。

屋敷の中でも特に煌《きら》びやかで、中庭が一望できるガラス張り。半分屋内半分外のような空間に見た事のない綺麗な花々がカナタを歓迎する。

自分にとってあまりにも場違いな空間に物怖《ものお》じしてしまい、カナタは同じ側の手と足が同時に出るぎこちない歩き方になってしまった。

「安心して頂戴、今あなたのマナーについて指摘しようなんて事はしないわ。今の内に設定の確認をしないと。次の集まりでは噂《うわさ》の真偽をわたくしに聞きに来る子達が多くいるでしょうから」

「は、はい……」

実のところ、カナタにはロザリンドが何を言っているのかはよくわかっていなかった。

ディーラスコ家が養子を引き取ったという噂はすでに社交界に広まっており、次にある集まりでロザリンドが噂の真偽について根掘り葉掘り問われる事になるのは間違いない。

ラジェストラが用意したカナタの設定について、社交界でも顔が利くロザリンドが曖昧な事を答えるわけにはいかないので、顔合わせを兼ねてその設定についての最終確認をしようという事である。

「マナーについては勉強が始まってから。今日は好きに召し上がりなさいな」

「ありがとう、ございます」

ロザリンドに言われてカナタはおずおずと椅子に座る。

当然だが、座るとロザリンドの視線が正面から飛んでくる。カナタはつい視線を泳がせた。

目の前に置かれた高級そうなティーカップと用意された焼き菓子。普段なら食欲がそそられるだろうが、今はそれどころではなかった。

とはいえ、いつまでも見ているだけとはいかないのでティーカップを持ち、口に運ぶ。緊張で味はわからなかった。

「あら安心したわ。綺麗な持ち方ができていますね」

「あ、その……傭兵団の人に教わって……」

「まぁ……貴族教育を知っている方がいたのね、素晴らしいわ」

そうなのだろうか、とカナタはティーカップの持ち方を教えてくれたグリアーレの事を思い出す。

今思えば荒くれ者の集まりなはずの傭兵団で妙に上品だったような気がする。

もう聞く術《すべ》はないが、もしかしたら昔はどこか貴族の屋敷で働いていたのかもしれない。

「さて、あなたはジャロス子爵……ああ、元子爵の血を引く子供という設定で合っていますか？」

「はい、ラジェストラ様がそのようにと」

「ラジェストラ様達が視察の際、元子爵の屋敷にいたところを保護されて……魔術の才能があった事からこの家の養子になった、と文に書かれていた設定から変更はないのですね？」

「はい」

平民から貴族の養子になるのと貴族の血を引いた養子では全く違う。

養子として引き取られるほど魔術の才を持っているという説得力にもなり、将来魔術学院に通った際の他生徒からの反感も多少は落ち着いたものとなる。

そのため、全くもって不愉快な事ではあるが……カナタはダンレスの血を引く子供という設定となった。

ダンレスは使用人どころか領地を持っていない下級貴族の娘にも手を出していた悪行三昧な男だったので、子がいきなり現れても全く不審に思われる事もない。

「それではそのように。ラジェストラ様の慈悲深さを美談にしながらお話を流す事にしましょう。あなたが魔術学院に通う頃までに浸透すれば、あなたを追及しようとする者も減るはずです」

「お世話になります」

「他人事《ひとごと》ではありませんよ。この設定を広めるにあたって、あなたが世話になっていた傭兵団の事を公に話すのを禁じます」

「……!!」

言われてみれば当たり前の事だ。

カナタが傭兵団で世話になっていた話を持ち出そうものならば設定と食い違ってしまう。生みの親については言及されなかったが、そちらもリスクが高い。

貴族の養子になるとは、こういう事だ。

「あなたがいた傭兵団の方々にも同じ話がいっている事でしょう。魔術契約をされているかもしれません……わかりましたね？」

「はい、ロザリンド様」

「……このような事を改まって言われるのは辛《つら》いでしょう。ですが必要な事です」

カナタの心に一気に寂しさが訪れる。

理屈では理解できても、心は納得できない。

「カナタ、こちらへいらっしゃい」

「は、はい！」

カナタが少し俯《うつむ》いていると、ロザリンドの有無を言わせぬ声が名を呼ぶ。

ティーカップを音を立てずにそっと置いて椅子から下りると、カナタはロザリンドの横に立った。

すると、ロザリンドはカナタに向かって大きくて両手を広げた。

「ロ、ロザリンド様……!?」

「いいから、いらっしゃい」

またもや有無を言わせぬ声に、カナタは導かれるままロザリンドの胸にゆっくりと体を預けた。

ロザリンドはカナタを抱き締めて、頭を撫でる。

「我が子を理由もなく抱擁せずに母を名乗る者がどこにいましょうか。出会ったばかりのわたくしではあなたの心細さを和らげる事などできないでしょうが……それでも、わたくしは今日よりあなたの母なのです」

「ロザリンド様……」

「あなたが親と思う方々を忘れろとは言いません。口に出せぬ事に寂しさを感じる事もありましょう。ですが、これからはわたくしを母と呼ばなければなりません。あなたの望む母ではないかもしれませんが、受け入れなさい。いいですね？」

「はい……は、母上」

「よろしい」

会話が途切れてもロザリンドの胸の中で撫でられ続けるカナタ。

同じ貴族でもダンレスとは似ても似つかない慈悲深さ。出会ったばかりの子供に対しても愛を注げる器。

どこか傭兵団の人達の優しさに似ていると思いながらもロザリンドの貴族としての器の大きさを直《じか》に感じて、カナタの緊張は徐々に解けていった。

こうして、ディーラスコ家でカナタの生活が始まった。

ロザリンドと二人きりで何もされなかったか、とシャトランからさりげなく問われたが、恥ずかしいので言葉を濁し、明日からの予定を確認しながら案内された部屋で眠りについた。

とはいえ、眠りにつくのも簡単ではなかった。

用意された初めての一人部屋。本棚と机、ソファなどが用意されていてもカナタは今まで自分が見てきた椅子や机とあまりに違っていて、触る事すら躊躇《ちゅうちょ》してしまう。

結局カナタが初日にまともに使えたのはベッドだけだった。

地面の上で寝袋にくるまって寝るのとは全く違う。乗ると自分の体が適度に沈むベッドに恐る恐る寝て、緊張と疲れからかそのまますぐに眠ってしまった。

「は、れ……？」

そんな様子だったので目を覚ましても自分の部屋だという実感など湧くはずもない。

カナタはまるで誘拐でもされたかのような警戒心で周囲を観察しながら、昨日ディーラスコ家の屋敷に着いた事を思い出す。

「そっか……昨日、ここに案内されたんだった……」

桃色のカーテンを開けて朝日を部屋に入れる。

カナタは朝早く起きるのは慣れている。どうやらベッドが気持ちいいからと昼まで熟睡……なんて事にはならなかったようだ。

今日から貴族としての勉強が始まるというのに初日から寝坊では印象も悪い。

「本にテーブル、ソファ……凄《すご》いな……」

改めて、自分の部屋を見渡す。

戦場漁りの子供達で泊まっていた宿の部屋くらいの広さだ。クリーム色を基調とした柔らかい印象の部屋と高級そうな家具が置かれている。

かび臭くもなければ、埃《ほこり》っぽさも感じない。カナタはあまりにも違いすぎる世界を感じて、自分の部屋に圧倒されてしまっていた。

むしろこの部屋は貴族にとっては質素なほうだという事をカナタはまだ知らない。

カナタが自分の部屋に口をぽかんと開けて圧倒されていると、小さくノックの音が鳴る。

一瞬びくっと肩を震わせて、カナタは扉のほうに視線をやった。

扉はゆっくりと静かに開き、白のエプロンと黒のスカート姿の女性が部屋を覗《のぞ》き込《こ》んできた。

「おはようございます」

「え、あ、おはようございます……カナタ様」

入ってきたのはディーラスコ家の使用人のようだった。その使用人はカナタを見て動揺した様子だったが、それどころではない。

カナタは脳内で今自分が何て呼ばれたのかを繰り返す。

……カナタ様。カナタ、様。カナタ……様……？

自分にはあまりに似合わない呼ばれ方と思ったのか、カナタは苦い食べ物を口にした時のように顔を歪《ゆが》めた。

「ちっ……寝坊しないか……」

呼ばれ方が気になりすぎて使用人がぼそっと呟《つぶや》いた事など気付いていない。

その使用人は白磁の深皿とタオルを持ってきていて、深皿にはお湯が張られているのかうっすらと湯気が立っていた。

「本日よりカナタ様の身の回りの世話をお手伝いさせていただくルイと申します。どうぞよろしくお願い致します」

使用人はカナタのほうに向き直って自己紹介と共に小さく頭を下げる。

茶の髪と瞳で大人っぽさの中にまだ幼さがある。十六か七か……成人したばかりという年齢だろう。

「カナタです。こちらこそよろしくお願いします」

口にした後で、自分の言葉遣いに気付く。

貴族の養子となった以上、丁寧なのはいいが立場が下の者が勘違いしてしまうような言葉遣いをしてはいけないらしい。

「それでは朝の身支度をさせていただきます」

「それは？」

ルイが動くよりも先にカナタが問う。

何のためにルイがお湯の入った深皿とタオルを持ってきたのか、カナタにはわからなかった。

「洗顔用の湯とタオルです」

「ああ、なるほど」

傭兵団での洗顔といえばできない事のほうが多く、近くの井戸や川があればそこに行くというのが当たり前だったので……部屋で洗うという発想がカナタにはなかった。

部屋で洗えるんだ、と驚きながらも納得したカナタはルイに向かって手を伸ばした。

「……何を？」

一方、ルイは伸ばされた手を見て驚いているのか身を少し引いている。

何を躊躇《ためら》われているのかわからず、カナタは自分が何か間違ったのか一瞬不安になった。

「洗顔用の水とタオルなんですよね……？　支度するので、ください」

「え……？」

ルイの表情がまるで異様なものを見るかのように変わる。

しかしすぐに薄い笑みを浮かべたかと思うと、カナタに深皿とタオルを差し出した。

「ええどうぞカナタ様。せっかく持ってきたのですから、零《こぼ》したりはしないでくださいね」

「うん、ありがとう」

お湯の張られた深皿とタオルを受け取って、カナタはテーブルへと運ぶ。

朝の支度なのだから早くしなければと恐る恐るソファに座ってタオルを湯につけた。

湯を含んだタオルを絞り、顔を拭く。部屋でやる事こそカナタにとっては新鮮だったが洗顔の手順はさして変わらない。

「ふふ……」

「ん？　どうかしたの？」

「いいえ、お上手《じょうず》ですね」

「……？　ありがとう……？」

にやにやとこちらを見ながら笑っているルイを見てカナタは首を傾げる。

……人の洗顔を見て何が楽しいのだろう？

そんな疑問を抱きながらも洗顔と着替えを終えると、カナタはダイニングルームへ向かった。

貴族であるからと、何もかもが豪勢で贅沢、珍しい料理ばかりが並ぶわけではない。

とはいえ、平民のものよりは間違いなく豪華でカナタは驚きを表情に出さないようにするので精一杯だった。

パンにスープ、ジャムとクリームが添えられたスコーン、肉のソテーにサラダが並べられていて、ついがっつきたくなるのを我慢する。

なにせ同席しているシャトランとロザリンドの食事はとても静かで優美に尽きる。

カナタは二人の動きを見て、真似《まね》するようにしながら朝食を食べた。

作法を覚えるという点でこれ以上のお手本はない。ナイフやフォークの使い方に多少苦戦しながらも、刃物の扱いは傭兵団の時に色々触っていたのもあって覚えは早いほうと言える。

しかし作法を覚えるのに集中したせいで味がほとんどわからず、せっかくの豪華な朝食も最初に食べたパンくらいしか味わえたものはなかった。

「中々頑張りましたね」

食事を終え、ロザリンドからのお褒めの言葉をもらってカナタはようやく安堵《あんど》した。

初日だからと甘い採点ではあるが、何とか及第点はもらえたようである。

思うままに食べていたら恐らくまだ食事の時間は終わっていなかっただろう。

「ふん……」

カナタに送られる甘めな褒め言葉でさえ、兄のエイダンは気に食わないのかカナタを睨《にら》んでいる。

そんな様子を気にする事なく、食後の紅茶を飲み終わったシャトランが話を切り出す。

「カナタ、部屋はどうかな？」

「素晴らしい部屋をありがとうございます。よく眠れました」

「それはよかった。早速今日から忙しくなるからな……寝不足では先が思いやられる」

基礎教育が遅れているカナタには一日の時間も惜しい。

特に文字が読めないのは致命的で、本を参考にできなければ一人で学ぶ事もできない。

二年以内に魔術学院に通う水準に達するにはかなりの詰め込みが必要だ。

「とはいえ、初日から窮屈な作法や基礎教育だけでは明日からの意欲が削《そ》がれてしまう可能性もある。そこでだ、午後はカナタが唯一興味を持つ魔術を教える先生を呼んである。存分に励みなさい」

「魔術……！」

一転して目を輝かせるカナタ。魔術はカナタにとって傭兵団を救えた自分が唯一持つ技術にして、ここにいる理由とそのきっかけ。何をするかわからない基礎教育よりは当然、興味も出る。

昨日から何度も緊張を繰り返しているカナタの心を少しは解きほぐせたようで、シャトランは穏やかに笑った。

養子の魔術

今まで使った事のない頭の部分にまで午前の授業を詰め込んで、午後の時間。

朝食とは違って昼食は必ずしも家族揃《そろ》ってではなく、各々で済ませるらしく……頭から午前に習った内容が零《こぼ》れそうになりながらカナタは昼食を終えた。

この時間シャトランは仕事や騎士団への指導、ロザリンドは招待された茶会に出掛けたりと忙しく、家族全員が揃って食事するには難しい時間なのだ。

ばたばたと昼食を終えると、カナタの魔術の授業が始まる。

家庭教師をしてくれる先生はカナタの事情を知っているらしく、まだ文字が読めないカナタのために用意した教本を読んで聞かせる事でカナタに初歩の初歩を教えていく。

グリアーレに指導してもらった魔力の操作については魔術師を目指す貴族にとっては初歩以前の話なので出てこない。

この授業でやるのは魔力操作ができる事を前提とした、本当に魔術の授業だった。

「あの、先生……実は自分、字が読めなくて……」

「ええ、ええ、聞いておりますよ。ですが、何を不安に思うことがありますか。誰だって何かができない時期はあるものです。私だってこの歳《とし》でできないことなど山ほどありますよ。これは内緒のお話ですが……実は私、お掃除ができませんの。放っておくと部屋が散らかって散らかって」

「そ、そうなんですか?」

「ええ、不要であればできる必要はありません。必要であればいつからだってできるように始めればいいだけなのです。学ぶのはいつからだってできるのですから。カナタ様が字を読めるようになるまでは、私が教本を読み上げて教えることにいたしましょう」

「はい！」

カナタを教えるのはブリーナ・パレント子爵夫人。

四十を超えても衰えぬ美貌と、知的で女性らしい穏やかさを兼ね備えた、アンドレイス家の派閥であるパレント家の女性だ。

パレント家は魔術師を多く輩出している家系であり、ブリーナもまた優秀な魔術師である。

通常、カナタの歳で文字が読めないなど貴族であれば恥とされるが……ブリーナはカナタへの嫌悪や侮蔑を一切抱く様子はなかった。

「魔術は現在、第一域《だいいちいき》から第五域《だいごいき》の五段階に分けられています。平均以上とされる魔術師は第三域《だいさんいき》……国に選ばれるほどの才を持つ魔術師が第四域《だいよんいき》、そしてその上を行く一握りの魔術師のみが第五域の魔術に手が届くというのが大まかな認識となっています」

授業が始まってからもゆっくりとした声で、丁寧に教本を読んでくれている。

カナタが聞き取りやすいようにはっきりと、まるで母が子に本を読み聞かせているかのようだ。

「魔術を学ぶのであれば第一域からが基本で、この教本に書かれているのも第一域の魔術のみとなっています」

「それ以降はどうやって覚えるんですか？」

「第二域からは専門性が高くなりますから、教本ではなく魔術書を用いて学ばなければいけません。

魔術巻物《スクロール》から術式を抽出するなんて手もありますが……効率が悪い上にかなりお金がかかるのであまりやる人はいませんね」

カナタは魔術巻物《スクロール》という知らない単語にぴくっと反応する。

そんなカナタの様子を見て、うふふ、とブリーナは微笑《ほほえ》ましそうにしていた。

しかし教本の内容から話が逸《そ》れてしまうので、今は授業が先だ。

「第一域の魔術は初歩の初歩ですが、それは決して弱くて使い道がないという意味ではありません。そこには魔術の基本が詰まっており、ただ術式をなぞるだけでは魔術師としては三流以下です。こんなの簡単だと訓練をサボる子もいますが……魔力を節約したい時、魔力の少ない時、はたまた小規模な効果を求められたりと必要とされる魔術は状況に応じて変わるのです。なので、簡単に習得できたとしても日々の訓練を怠ってはいけませんよ？」

「はいブリーナ先生」

「うふふ、いい返事だこと」

ブリーナは教本のページをぺらぺらとめくる。

「さて、どの魔術から練習しましょうか。この教本には第一域の中でも特に初歩の魔術が載っているので、どれかをオススメしたいのですが……ああ、そういえばカナタ様はラジェストラ様に魔術の才を見出《みいだ》されたとか」

「その、才能かどうかはわかりませんが……」

「魔術の才を見たという事はすでに使える魔術があるのですよね？　練習がてらカナタ様が使える魔術と似たものから習得していく、というのはいかがでしょう？」

魔術の効果が似ていれば、当然術式にも共通点がある。

魔術師はそうやって最初の内は似ている魔術を練習し、魔術ごとの差異を実感しながらまた別の魔術の習得に挑戦するの繰り返しだ。

ブリーナは基本に則《のっと》り、カナタに問うと少し言いにくそうにしている。

「その……自分は魔術を一つしか使えなくて……」

「まあまあ何をそんな事。最初は皆そうです。恥ずかしがる事はありませんよ。それに一つの魔術の熟練度が高ければ、それはそれで魔術師の腕の一つにもなりますからね」

「よ、よかった」

ほっとするカナタを見てブリーナは少し違和感を覚える。

魔術の才を見出されて引き取られたはずなのに習得している魔術が一つ。

その程度なら平民の魔術師と変わらない。それどころか平民の魔術師の中には第二域に到達している者も多少いるため、引き取るほどの才能とは思えなかった。

「それで、どの魔術を？」

「はい、『炎精への祈り《フランメベーテン》』という魔術を使えます」

「…………ふむ」

ここで、ブリーナはカナタへの評価を一気に下げた。

魔術の才を見出された子供の中にはたまにこういうのがいる。親からたまたま聞いたり見たりしただけの高位の魔術……それをできもしないのに魔術名を出して使えると吹聴《ふいちょう》し、自分が特別なのだとアピールする連中だ。

そしていざやってみせてと言うと、調子が悪いだの見られていると緊張してうまく魔力を練れないだのてきとうに誤魔化《ごまか》すのだ。

——ああ、この子もそういう手合いか。

『炎精への祈り《フランメベーテン》』は第三域の魔術。使い手の感情やコントロールで燃やす対象を選べたり、火力を蠟燭《ろうそく》の火程度から家屋を燃やし尽くす業火にまで調節できる難易度の高い魔術だ。

第二域どころか第一域も使えない魔術師が使う魔術ではないのはいわずもがな。

カナタの親という設定になっているダンレスが火属性を得意とする魔術師である事はブリーナも知っている。あれは人柄こそ関わりたくないが、魔術学院での成績は優秀だった。恐らくはダンレスの魔術を見て名前を憶《おぼ》えていたに違いない。

おおかた、引き取られたばかりで自分の価値を示そうと焦ってこんな事を言ったのだろう。

素直で純朴な子、というカナタへの最初の印象から外れた行動にブリーナは少し残念に思った。

「それでは、見せてもらえますか？」

ブリーナは今まで出会った子達と同じようにカナタに実践を要求する。

意地悪がしたいわけではない。大体の子は調子が悪いと言って、本当にできる魔術を見せてくる。

どちらにせよ、カナタが使える魔術を見せてもらわなければ続きの授業ができないのだ。

「はい……〝選択《セレクト》〟」

ブリーナはぺらぺらと火属性の魔術のページを開く。

ここら辺がいいかしら、と考えていると、

「『炎精への祈り《フランメベーテン》』」

「…………え？」

隣でカナタは魔術の名を唱えて、指先に火を灯《とも》す。

第三域の魔術とは思えない、カナタの人差し指に灯る蠟燭のように小さな火。

かと思えば、次の瞬間二人の頭上の空気全てを焦がすように一気に燃え上がる。

何も燃えてはいない。しかし今の魔術が行使された事を証明するように部屋の温度は上がっていた。

「最初は焦って寝袋……あ、寝る所を燃やしちゃったりしたこともあるんですけど、今はもう大丈夫になりました……先生？」

「…………」

ブリーナはぽかんと火が燃え上がった頭上を見ている。

どれだけ瞬《まばた》きをしても夢ではない事に気付いて、カナタに視線を戻した。

「……ちょっと……もう一度見せてもらっても、よろしいですか？」

ブリーナの視線から呆《あき》れや失望が消えて、興味一色に変わる。

そして血が騒いだのか、穏やかだった雰囲気は消えて魔術師の顔つきへと変わった。


「失礼致します」

「ご苦労だったブリーナ夫人」

授業を終えたブリーナは即座にシャトランの下を訪れた。

普段執務室に訪れないロザリンドもすでにソファに座っており、ブリーナは二人に礼をする。

ブリーナが執務室に案内されるとシャトランが使用人に退出するよう促し、執務室は三人だけとなった。

「それで？　カナタはどうだったかね？」

基礎教育もそこそこにカナタの魔術の授業を優先させたのは、カナタの事情を考えての事だけではない。

ダンレスとの決闘後、カナタは自分の魔術についてラジェストラやシャトランに語った。それはあまりに異質な経緯。

今回魔術の授業を優先させたのは、魔術師を教える立場から改めてカナタの素養を確認し、異質な経緯で得たカナタの魔術について見極めてもらうためだった。

「シャトラン様、先に謝罪させていただきます。詮索をするような問い方になってしまいますが、先程の授業を通じて抱いた私の純粋な疑問です……あの子は一体どうなっているのですか？」

才能を讃《たた》えるでもなく覚えの良さを褒めるでもなく、ブリーナの問いには困惑が込められていた。

普段は立場を弁《わきま》え、詮索などしないブリーナのその様子が答えを物語っている。

「そんなに珍しいのですかブリーナ夫人？」

「珍しいなどというものではありません！」

魔術師ではなく、魔術界隈《かいわい》にも疎いロザリンドが問うとブリーナは声を荒らげる。

ロザリンドはブリーナらしからぬ声の荒らげ方に面食らい、一瞬声が出てこなかった。

彼女がこんなに取り乱すなど、ロザリンドはここ数年見た事がない。

「も、申し訳ございません。どうかお許しを」

「許します。あなたがカナタの何に心を乱されているか主人に説明してくださるかしら？」

ロザリンドはブリーナの謝罪を受け入れ、即座に話を戻す。

「第二域どころか第一域の魔術を全て知らないというのに、第三域の魔術は事もなげに唱えてみせて……普通ならば有り得ません。魔術とは段階を踏まなければ次に進めず、だからこそ第三域で大半の魔術師が止まるのです。第一域の術式を基盤にして第二域、第三域と重ねながらその術式を記録し、成立させていく……そうして一部を失伝させながらも魔術師は魔術の歴史を築き上げてきたのですから」

「やはり、ブリーナ夫人から見ても、か」

魔術の上達とは階段を昇る事に例えられる。一階から二階へ、三階へと。

魔術師の成長は一段ずつ地道でなければ成立しない。第一域の術式を基盤にして第二域以降の術式を記録し、描き、時に改変しながら、ようやく現実に成立させるのが習得の基本。その地道な階段を昇るのが早い者を天才と呼ぶ世界だ。

しかし――カナタは天才とすら呼べない。

第一域から第三域を尋常ならざる速度で習得する天才はもしかしたらいるのかもしれない。だが第三域から始める魔術師などいるはずがない。

例えるならばカナタは玄関から三階にワープしている。だから一階と二階に何があるかもわからない。

魔術師としての基盤ができていないはずなのに、何故《なぜ》か成立してしまっている。

あまりに異質。木がないのに空間から葉が生えて木と言い張っているかのような。

魔術を教えるブリーナは、カナタのその歪《いびつ》さに興味と恐怖を覚えた。

「ブリーナ夫人、これはカナタ本人が語っていた事だ。聞いてくれたまえ」

動揺を隠せないブリーナに、シャトランはカナタから聞かされた魔術習得の経緯を話す。

それを聞いて、ブリーナは口元に手を当てた。

「魔術滓《ラビッシュ》、から……残ってる微《かす》かな術式を……？　そんな、馬鹿な事が……理論上は、術式の記録を直接……ですが精神への負担が……。あの子の器はそれに耐えうる耐久性……？　それに、欠けている部分を自らで仮想構築しなければ……。効率など当然……いえ、効率が悪すぎるからこそ誰も試せなかった……？」

ぶつぶつと仮説を立て始めるブリーナ。

彼女の中にある魔術師の血がそうさせるのか。

「夫人の言う通り、カナタの魔術の習得方法が異常なのか、ただ遠回りの末辿《たど》り着《つ》いたのか……ラジェストラ様でさえわからぬのだ」

「シャトラン様……私のような凡人では手に余ります。どうかアンドレイス家専属の魔術師に要請を」

「そんな事はない。わからぬからこそ、カナタにはまず基礎を作ってやってほしい。判断材料に足り得る基盤を作ってやった上で改めてカナタを見極めたい。その点においてあなたが適任なのだブリーナ夫人」

ブリーナは意を決したように顔を上げる。

「……シャトラン様、あの子はもしかして〝領域外の事象《オーバーファイブ》〟ですか？」

「わからぬ。それを確かめるためにも、ブリーナ夫人が必要だ」

「……承知致しました」

普通の魔術師の卵を見るのならば、ブリーナにも当然自信はある。

しかし、先程部屋で第三域の魔術を当たり前のように使われた光景がフラッシュバックした。

自分はこの感情を隠したままただの子供に接するように、これから先も授業が続けられるのかどうか。その揺らぎが見てとれるような様子だった。

「カナタがどんな存在かはどうでもよいのです。カナタは今日の授業をどんな風に過ごしていましたの？」

シャトランとブリーナの間にできた疑念にも似た雰囲気をロザリンドがぶった切る。

ブリーナはわざとらしく咳払《せきばら》いをして自分を落ち着かせ、ロザリンドのほうに向き直る。

「素直な子でしたので授業はとてもスムーズに行われました……すでに第一域の魔術を一つ習得しており、筋はいいと思われます。基礎学習が終わり、文字が読めるようになればさらに授業にも身が入る事でしょう。魔術師に向いている子だと、私は思いました」

「そうですか、ブリーナ夫人がそう仰《おっしゃ》るのなら安心ですわね……ブリーナ夫人、彼はまだ子供です。いいですか？　彼はわたくし達が引き取り、育て、正しき道を示すべき子供なのです」

毅然《きぜん》としたロザリンドのその姿はまるで光が差し込んでいるようだった。

ロザリンドにとってカナタの力が異常かそうでないかなどどうでもいい。

母となった以上、子であるカナタがどう過ごせたかのほうが重要である。

目先の異質さに囚《とら》われて、カナタがどんな子供であるかを無視しては教育などできるはずもない。

少なくとも今日の授業では、カナタはよく話を聞き、わからぬ事は質問をして、最後まで模範的な生徒だった。

ブリーナはロザリンドの言葉に気付かされ、取り乱していた自分を正す。

「お任せしていいですね？　ブリーナ夫人？」

「もちろんですロザリンド様。カナタ様の魔術教育……このブリーナにお任せください」

深く、深くブリーナは頭を下げる。

ここに魔術学院入学までカナタの魔術教育を支える家庭教師が決定した。


「俺が魔術使えるようになったのってやっぱ変なのかな……？」

自室で魔力操作を行いながらカナタはぼやいた。

両手に、両足に、右手に、右足に、と順に魔力を移動させていく。

遠く離れていてもグリアーレに習った魔力操作の練習は怠らない。

カナタは第三域の魔術を使えるが、未《いま》だ魔術師のように無意識にとはいかない。

ディーラスコ家に来るまでの旅の間でも、空いた時間は常に魔力を全身に張り巡らせ、こうして寝る前には魔力を集中させるのを日課としていた。

「魔術書を読めばいいって……こんな便利なものあったら、そりゃ魔術滓《ラビッシュ》からなんて変って思われるかー……」

教本を開けば、そこには第一域の術式の紋様が大きく描かれている。

魔術滓《ラビッシュ》から術式の断片を読み取らずともこれを脳内で描き、イメージしながら魔力を通せば、後は術名を唱えるだけだ。

ブリーナ曰《いわ》く、第一域は才能のある者なら一時間足らずで一つは習得できるという。

「俺は結局二時間もかかっちゃったな……普通？　くらいなのかな？」

ブリーナの反応から自分がどんなものなのかを推測する事はできなかった。

できる魔術を見せてほしいと言われたから見せたら……何故か本心を隠すように接し方がよそよそしくなってしまった。

もしかしたら、多くの生徒を見てきたブリーナからすれば自分は期待外れだったのかもしれない。

そんな不安がカナタの胸中を襲う。

「……みんな、どうしてるかな」

はっ、とカナタはぶんぶんと頭を横に振る。

一人となった部屋で不安に駆られて寂しさまで顔を出してきた。

「才能なんてなくて当然なんだ、うん。ちょっと最初の魔術の覚え方が変だったからラジェストラ様に目を付けられただけだし……うん、当たり前だ。今日一個覚えただけ頑張ったぞ俺……！」

マイナスに行きかけた思考を何とか引き戻しながら自分を励ます。

そんな風にカナタが不安がっている一方で、ブリーナが自分のような凡人にカナタを教える自信がないとシャトランに零していた事などカナタは当然知る由もない。

「基礎文字を覚えれば、本も読めるようになってもっと……覚えるのも早くなるだろうし……。母上の作法の授業も、グリアーレ副団長から教えてもらった事があるのもあって思ったより何とかなりそうだし……！」

初日にしては上出来だ、とカナタは自分に言い聞かせる。

しかし……このままのペースでいいのか？

自分は時間が足りないと言われているのに、最初から普通をこなすだけでいいんだろうか？

戦場漁《あさ》りであった時、自分の取り分を自分で取りに行ったからこそ、野垂れ死ぬはずだった子供達は傭兵《ようへい》団の戦場漁りである事を認められていた。子供に甘いグリアーレですら、ノルマだけは守らせていた。

それは守られたり与えられたりが当たり前の人間にはしたくなかったのだろう。

「戦場漁りの時は金目のものを拾えればよかったけど……ここで何ができるんだろうなぁ……」

貴族の家が裕福だろうが、突然連れてこられて不安を覚えないわけがない。

初日を何事もなく過ごせた安心と、これからの不安がごちゃまぜになったまま……カナタは疲労でいつの間にか眠っていた。


カナタがディーラスコ家に来てから二週間ほど経《た》って……カナタは正式に家庭教師となったブリ

ーナの授業を受けていた。

初日の夜に抱いた不安は解消されぬまま、日々の基礎教育の大変さに二週間食らいついている。

ただ……自発的に何かを、という段階にまでは中々いけない。

傭兵団にいた時とは別の部分で疲労が蓄積されて、不安はさらに大きくなっていく。

「そういえば、シャトラン様から聞きましたよ」

「何をですかブリーナ先生？」

基礎教育も進み、ほんの少し教本に書いてある字が読めるようになったカナタは教本を凝視している。いつものように魔術について解説されている中……一息つこうというタイミングでブリーナが話を切り出した。

「カナタ様は魔術滓《ラビッシュ》集めが趣味だとか」

「はい、そうです……でも変だって言われました」

「確かに変わった趣味かもしれませんが、人の楽しみは人それぞれですよ。私も料理をするのが好きですが、夫は料理人にやらせればいいだろう、と料理の楽しさをちっともわかってくれませんわ」

「俺、料理を手伝った事はあります！」

「あら、では今度うちに招待した時には一緒に料理をしましょうか」

「はい、嬉《うれ》しいです！　是非お招きください！」

カナタの笑顔に釣られてかブリーナも笑顔になってしまう。

いやそうではなく、とブリーナは内心で仕切り直す。

カナタが魔術滓《ラビッシュ》から魔術を習得したという話を聞いて、ブリーナは家庭教師としてカナタの成長を自分がどれだけ手助けできるかを考えていた。

平凡な魔術師である自分は革新的な授業をする事はできない。いや許されていない。

なにしろ、自分が求められているのはカナタに魔術師としての基礎を叩《たた》き込《こ》む事。

カナタに普通の経緯で魔術を習得させる事で、魔術滓《ラビッシュ》から魔術を習得した異質な経緯を少しでも解明しやすくするためだ。

「うふふ、では私の趣味に付き合っていただくお礼に……私もカナタ様の趣味をほんの少しだけお手伝いできる情報を」

「情報、ですか？」

……しかしブリーナは考える。

〝領域外の事象《オーバーファイブ》〟かもしれない子供に普通の教育だけを施すのはあまりに勿体《もったい》ない。

教師とは生徒の才能を伸ばす者。ならば、普通の教育とは別にカナタ自身の特異さにも触れていくべきだと独断で判断した。

「はい、騎士団の魔術訓練場を見学した事はありますか？　そこには訓練の時に出る多くの魔術滓《ラビッシュ》がありますよ」

「魔術滓《ラビッシュ》……拾っても怒られないんですか？」

「うふふ、おかしな事言うのですねカナタ様。魔術滓《ラビッシュ》を拾ったからといって怒る方などいるわけありません。あれは消えるまで処理に困るものなんですから」

日々の忙しさに追われて、今カナタが魔術滓《ラビッシュ》に触れる事などない。

カナタにとっての魔術の欠片《かけら》。綺麗《きれい》な輝き。

自分に何ができるか、と考えていたカナタにとってここに来た理由の一つでもある魔術滓《ラビッシュ》には心惹《ひ》かれるものがある。

よく考えてみれば、自分は魔術滓《ラビッシュ》から魔術を習得したという物珍しさで養子になれと言われたのだ。

「それに、私の魔術で魔術滓《ラビッシュ》を作って差し上げましょう」

「ブリーナ先生でも魔術滓《ラビッシュ》が出てしまうんですか？」

「しっかりコントロールができれば魔術滓《ラビッシュ》はわざと作れるんですよ？　魔力操作や術式の構築をわざと乱すなんて意味がないので誰もやりませんが……カナタ様へのプレゼントを作れるのですからお安い御用です」

「わざと……！　なるほど！」

わざと魔術滓《ラビッシュ》を作るなんて発想はカナタにはなかった。

ブリーナの提案にカナタが目を輝かせていると、ブリーナはすっと立ち上がる。

「では一緒に行きましょうか」

「行く……？」

「ええ、丁度この時間はディーラスコ家の騎士団の訓練中……授業と称して魔術の訓練の様子を二人でこっそり覗《のぞ》きに行ってみましょう……どうです？」

ブリーナが内緒話をするようにそう提案すると、

「行きます！」

カナタもまた元気よく立ち上がって、ブリーナをエスコートするように手を差し出した。

ロザリンドから叩き込まれている作法の基礎教育のほうもどうやら順調のようである。

なにはともあれ、魔術滓《ラビッシュ》の話題を出されたカナタが少し元気になったのを見てブリーナはくすりと笑った。


「視野を狭めて剣だけを見るなリンディロ！　視野を広げて相手の視線と口元、そして相手の手元に注意を払え！　相手が私のように指導しか口にしないと思うか!?」

「は、はい！」

ディーラスコ家の騎士団はアンドレイス家の派閥でも精鋭が揃っている。

訓練場では剣と魔術を織り交ぜた実戦訓練が二人一組で行われていて、剣は刃を潰してあるが魔術に関しては容赦がない。

あちらこちらで訓練とは思えないほどの魔術が飛び交っていた。

その中でも騎士団長であるシャトランに指導されている騎士のやられっぷりときたら同情したくなるくらいだ。

相手の騎士に指導しながら、的確に一撃一撃を入れていく様子は実力差を感じさせる。

「すごい……」

ブリーナと一緒に訓練場を覗いたカナタは気迫のある騎士達の姿を見て感嘆の声を漏らす。

同時に、魔剣士であった傭兵達を重ねて懐かしくなった。

ウヴァルやグリアーレを含め、傭兵達がこんな風に訓練する姿をたまに見かけた事がある。

カナタがいたカレジャス傭兵団ではウヴァルとグリアーレが剣の腕でもトップだったが、シャトランの隙のなさは素人目《しろうとめ》に見てもそれ以上に見えた。流石《さすが》はラジェストラの腹心といったところだろうか。

「魔術だけに魔力を集中させるな！　我々は魔剣士でもあるのだぞ！」

「はい!!」

シャトランの容赦ない指導の声が訓練場に響き渡る。

しかし、相手の騎士も負けじとシャトランに食らいついていた。

こうでなくては騎士など務まらないのかもしれない。

それから十分ほど訓練は続き、ようやくシャトランは剣を下ろした。

「よし！　休憩だ！」

魔力と体力を消費した騎士達が休憩と聞いて用意されていた水に飛びつく。

魔術で水を出せる者もいるだろうが、訓練で消費した魔力にさらに鞭《むち》を打つような事はしたくないのだろう。

シャトランが兜《かぶと》を外すと、訓練場を覗いているカナタとブリーナに気付いた。

「どうしたカナタ、それにブリーナ夫人まで……私に何か用か？」

「お邪魔して申し訳ありませんシャトラン様。第一域の魔術を教えるにあたって、実際の魔術を見たほうが良いと思い、カナタ様を見学にお連れ致しました」

「お邪魔して申し訳ありません、父上」

「何を言っている。ここはカナタの家なのだから見学など自由で構わん。そんな風に隠れて覗かなくても、騎士団にも紹介するから堂々と見学するといい……注目！」

シャトランが号令をかけると休憩中の騎士達が背筋を伸ばす。

休憩を中断させられる騎士達に対して、カナタは少し申し訳なくなった。

「先日より我が息子となったカナタだ。事情は知っているだろうが……今の立場に基づいた接し方を心掛けるように」

「「はっ!!」」

騎士達のほうを見れば、ちらちらと見知った顔がある。

ジャロス領でラジェストラと一緒にいた騎士達だ。

「あの場にいた者にだけは事情を話してある。私と魔術契約をしているから安心するといい」

カナタについて騎士団はどう知っているのか、シャトランがこっそりと耳打ちをするとカナタはこくりと頷《うなず》いた。

ここにいる騎士の半分ほどがラジェストラと一緒にジャロス領の視察に同行し、傭兵団にカナタがいるところを見ている。

流石に用意してある設定で押し切れるわけもなく、魔術契約を結んで口外しないようにする事で手を打ったようだ。

「久しぶりだなカナタ、もうここの生活には慣れたか？」

「え」

「自己紹介はしてなかったな、ドルムントだ」

気が付けば、騎士達はカナタの周りに集まってきていた。

集まってきたのはジャロス領に同行した騎士達であり、訓練で疲れているだろうにカナタを心配して声を掛けに来てくれたようだった。彼等《ら》からすればカナタは傭兵団から引き離され、突然ここに連れてこられた子供……どうしているのかずっと気掛かりだったのかもしれない。

「おい不敬だぞドルムント！」

「何言ってんだシャビール、カナタはまだ爵位を貰《もら》ってないんだからただの貴族同士、これくらいでいいんだ。こんな年上に囲まれて全員からかったい敬語のほうが居心地悪いだろうが」

「それはそうだが……」

「俺の事覚えてます!?　リンディロです！」

「マジェクだ。ここの生活には慣れたか？　シャトラン様のスケジュールは子供の身には辛《つら》かろう」

「無理させられてるなら愚痴くらい聞くよ！　シャトラン様に直談判《じかだんぱん》とかは無理ですけれど！」

「え、えっと……皆さんありがとうございます。何とか母上やブリーナ夫人の助けもあってやれています」

先程も思ったが、やっぱり少し傭兵団に似てるなと思った。

強いて言えばこちらのほうが酒臭くない分、上品かもしれないが……何というか勢いが似ている気がするとカナタはほっとしていた。全員の名前は覚えられないが。

「それであの、見学と一緒にお願いがあるのですが……」

「お、なんだ？」

「俺達にできる事なら何でも言ってくれていいぞ」

カナタはブリーナをちらっと見ながら両手をもじもじとさせる。

横にいるブリーナは頷いて、そのままお願いを口にするよう促した。

「その、訓練の時に出た魔術滓《ラビッシュ》を貰う事ってできますか？」

「魔術滓《ラビッシュ》？」

騎士達が視線をやった訓練場の端には魔術滓《ラビッシュ》が転がっている。

ここの訓練は厳しく、必ずしも完璧に魔術を扱える状況ではない。訓練の後半になればなるほど疲労で魔術の精度は鈍っていくので訓練に魔術滓《ラビッシュ》はつきものだ。

なにより、魔術師の魔術の訓練とは違って魔剣士として立ち回るので魔術滓《ラビッシュ》は騎士団の訓練の邪魔にしかならない厄介ものだ。すぐに消えないのがより一層たちが悪い。なので、ああして纏《まと》めて放置するしかないのだ。

「ああ、なるほど……そういえば魔術滓《ラビッシュ》を集めてるとか何とか」

「むしろあんな邪魔なの持ってってってほしいくらいだよ。なあみんな？」

「自分達で出しておいてなんだけどほんと邪魔だからな、あれ」

「踏むと転びかけたりするし」

「素足で踏むと痛いしな」

当たり前の事だが、騎士達の中に魔術滓《ラビッシュ》の扱いにこだわりがある者などいない。

傭兵団だろうが貴族の家だろうが、どこに行っても魔術滓《ラビッシュ》というのは魔術の残りかすであり、処分に困る魔力のゴミなのは共通認識。

こんなものを集めている物珍しい人間はカナタくらいだ。

「だってさ、好きなだけ持っていってくれたら助かる」

「何か掃除を押し付けてるみたいで悪いけれど……いいのかい？」

「はい！　ありがとうございます！」

「あ、カナタ様！　走っては危ないですよ！」

騎士達の許可を得て元気よく返事をすると、ブリーナの制止も聞かずにカナタは魔術滓《ラビッシュ》が追いやられている訓練場の端まで飛びつくように走る。

ほとんどが第一域の魔術滓《ラビッシュ》だが、カナタにとってはそんなもの関係ない。

きらきらと輝きだけは一人前の魔術滓《ラビッシュ》はカナタにとっては思い出と一緒に光る極上の宝物だった。

「うひょー！　こんな量初めて見たぁ！」

「うひょーって言ったぞ今」

「さっきまでの初々しさはどこ行っちゃったんだ」

「いいじゃないか。子供は素を出して元気いいのが一番さ」

あまりのカナタの変わりように困惑する騎士達の視線にも気付かず……カナタは魔術滓《ラビッシュ》を拾っていく。

見た事もない大量の魔術滓《ラビッシュ》に興奮していたからか、その視線の中に冷ややかなものが混じっている事などカナタには気付けなかった。

「うぇへへへへ！」

水浴びを終えて、気味の悪い笑い声を発しながらカナタは戦利品をテーブルに並べた。

最初は拾いすぎて個数制限を設けられてしまったが、それでも二十個はある。

戦場漁りをやっていた時は多く拾えても五個……拾えない時だって珍しくなかった。

そう考えれば、自由に、危険もなく、そしてこれだけの数を拾えたのはカナタにとって青天《せいてん》の霹《へき》靂《れき》という他ない。

「いつ見ても、綺麗だ」

屋敷を彩る煌《きら》びやかな装飾、部屋に飾られた調度品、ロザリンドの指に嵌《は》められた指輪の輝きなど……ディーラスコ家には平民だった時には見られなかった高価なものが溢《あふ》れている。

しかし、カナタにとってやはり興味を引くのは魔術滓《ラビッシュ》のこの輝きだった。

いずれは大気に溶けて消えてしまう魔術の欠片。

奥底に術式の模様を宿す魔力の残りかす。

おかしな話だが、カナタにとっては教本よりも魔術に近しい。

「お、これは……」

青い魔術滓《ラビッシュ》の中を覗いて、術式の模様を見る。

すぐさま魔術の教本を開いて共通点を見つけた。

「『水球《ボーロ》』の魔術かぁ……水が出せたら便利だよなぁ」

水を飲みたければ井戸や川までというのが常識だ。

水よりも酒を飲むほうが簡単などと言っていた傭兵がいた事を思い出す。

第一域の魔術はほとんどが生活魔術と言われる系統で規模が小さいのは、こういった普遍的な悩みを昔の人々も持っていたからかもしれない。

「ポーロ」

何も起きない。

「ぽーろ」

魔力は動いている。

「……ぽーロ」

術式を見ながら唱えているが魔術という名のカタチにはならない。

魔力が術式をなぞる。

水がイメージできなかったので、先程の風呂を思い出した。

すでに冷たくなっていたので入る気にはならなかったが。

「ポー球《ロ》」

頭の中で描いた術式を魔力でなぞり、多少の変化がカナタの中に起こる。

手元の魔術滓《ラビッシュ》を握り締めて、もう一度。

「――『水球《ボーロ》』」

魔力が術式をなぞる。カナタに術式が記録される。

カナタの手元に血液が集まるように魔力が蠢《うごめ》いて、魔術滓《ラビッシュ》を握っていた手元から水の塊が生み出された。

カナタは小さいボールくらいをイメージしていたつもりだったが、どれだけ魔力を注ぎ込んでしまったのかカナタの身長くらいの大きさの水球が目の前に現れた。

「つと、おっと……。コ、コントロールが難しい……！」

ふらふらと重い物を持っているかのようにカナタの体が揺れる。

第一域の魔術は消費魔力も少ないのだが、コントロールがうまくいっていない。もっと言えば、第一域の魔術はこんなに大きくない。あまりに魔力を注いでしまったからか、それとも別の理由か。

なんとか安定させようとカナタが奮闘していると、扉からノックの音が聞こえてきた。

「どうぞー！　…………あ」

ついノックの音に答えると同時に、巨大な水球が手前にバランスを崩す。

カナタの集中は思ったより限界だったのか返事をする余裕もなかったようで。

ばっしゃあ、とカナタは勢いよく自分の魔術を浴びる事となった。

「失礼しますカナタ様。寝間着の……って何でびちょびちょぉ!?」

「ル、ルイ……これは違くて……」

世話係のルイが部屋に入れば、そこには何故か風呂上がりよりも濡《ぬ》れているカナタ。

ソファどころかカーペットまでびちょびちょのカナタについ大声で驚いてしまっていた。

「どうしてそんな水を頭から被《かぶ》ったような状態に!?」

「ええと……水を頭から被ったからかな……」

「勘弁してくださいよもう……タオルなんて持ってきてないですよ!?」

「ごめん……」

世話係の態度としてはあんまりだが、カナタは世話係の態度の常識などわからない上に完全に自分が悪いので何も言う事はできない。

ルイは少し不機嫌そうに舌打ちをしながら寝間着をベッドに置いた。

「まったく、面倒をかけさせないでくださいよね……！」

「うん、とりあえず何とかするから」

「何とかって――」

ルイが何かを言う前に、カナタは魔力を動かす。

不慣れで初めて使う魔術ではなく、自分が会得した最初の魔術を。

……思えば、これも最初は寝袋を燃やして失敗していた。

自分が最初に使う魔術は失敗するジンクスでもあるのだろうかと苦笑いしながらカナタは唱える。

「〝選択《セレクト》〟――『炎精への祈り《フランメベーテン》』」

カナタの手元に今度は火。

指先に灯るような小さな火が、カナタのコントロールによって空中に置かれる焚火《たきび》のように。先程の水球とは違って安定している。

カナタはその火にあたるようにして自分とソファを乾かし始める。

「あったかー……ごめんねルイ、驚かせて」

「あ……。その……寝間着はいつも通りベッドに置いたので……」

「うん、ありがとう」

本来なら世話係が着替えさせるのが普通なのだが……こちらもまた常識など知るはずもない。

カナタはそもそも着替えくらい自分でやるものだと当然のように思ってしまっているし、寝間着を持ってきてもらう事でさえ申し訳なく思っているくらいだ。

世話係のルイはそんなカナタに付け込んで自分の仕事を楽に済ませているのだが、傭兵団の時は人に何かをやってもらう事自体が少なかったため、他と比べてぞんざいな扱いをされている事など気付けるはずもなかった。

「そ、それと！　この事は奥様に報告させてもらいますからね！」

「うん、俺が悪いから……明日謝るよ……」

「……っ！　それでは失礼します！」

吐き捨てるようにしてルイは部屋を出ていく。

残されたカナタは自分とソファ、そしてカーペットを火で乾かし続ける。

「やばい……どうしよう……」

その呟《つぶや》きは明日のロザリンドからのお叱りを予想したものではなく、手元にあるびちょびちょの教本を見てのものだった。

貴族にとっては教本くらい大した痛手ではないが、カナタの感覚では違う。

自分を魔術の世界に導いてくれる本を駄目にしてしまったからか、その表情は青褪《あおざ》めていた。

流石に本は、乾かしたから元通り！　というわけにもいかない。

「ああ……あああ……。来週ブリーナ先生に謝ろう……」

あまりに情けない声を上げながらカナタはどう謝ろうかを考える。

——そうだ、あの正座という姿勢をしながら頭を下げよう。

カナタは逆にブリーナが胃を痛めそうなアイデアを思い浮かべながら、勢いよくくしゃみをする。

「あー……あれ、魔術滓《ラビッシュ》が少ない」

テーブルに散らばった魔術滓《ラビッシュ》をかき集めると減っている。

二十個以上あったはずが今数えたら十四個しかない。よく見れば、消えた魔術滓《ラビッシュ》の色に偏りがある事に気付いた。

「青の魔術滓《ラビッシュ》だけ消えてる……どっか転がっちゃったかな……」

辺りを見るが青の魔術滓《ラビッシュ》はどこにもない。

『水球《ボーロ》』を唱える際にカナタが握り締めていたはずの魔術滓《ラビッシュ》も、いつの間にかカナタの手の中から消えていた。

子供達の顔合わせ

「よく来たなシャトラン、カナタ」

ディーラスコ家に引き取られてから一ヶ月あまり。

カナタはシャトランに連れられてアンドレイス家へと来ていた。

到着早々、来客用の離れで着替えを終えると、広く豪奢《ごうしゃ》な雰囲気のダイニングルームへと案内された。

カナタはディーラスコ家の屋敷に来た時もその大きさに驚いたが、アンドレイス家を初めて見た驚きはさらに上を行った。

ディーラスコ家は屋敷だが、アンドレイス家は城だ。

基礎教育で学んだ内容が確かなら、領主は城を持つのが当然らしい。戦の際の防衛拠点として使うからだという。

城自体は圧倒的に大きかったりするわけではないが、とにかく敷地が広かった。

来客用の離れなどあるくらいなので当然だが、小さな村がそのまますっぽり入ってしまいそうだ。

「お招きいただきありがとうございます、ラジェストラ様」

「ありがとうございます」

「跪《ひざまず》く必要はない。今日は客人だ。座るといい」

ダイニングルームにはすでにラジェストラが座っており、二人を歓迎した。

シャトランとカナタは部屋の入り口で跪き、立ち上がる許可を貰《もら》うとそのまま席に着く。

テーブルにはラジェストラ以外にすでに三人の子供が着席している。

カナタより少し年上であろう少年、そして自分と同じくらいの少女とカナタより小柄な少年の三人だった。

「妻は王都に行っていてな。不在を許せ。今回そなたらを招いたのはカナタの様子が見たかったのと……子供達《たち》と顔合わせをさせたかったからだ。上からセルドラ、ルミナ、ロノスティコだ。カナタの事情は知っているが、すでに魔術契約を結んでいて口外する事はない。安心せよ」

「よろしく、カナタ」

カナタに直接声を掛けてきたのは一番上にあたるセルドラだけだった。

金色の髪を自慢げに靡《なび》かせて、カナタを見下しているると勘違いするかのように尊大な態度を見せている。その自信満々な顔立ちは父であるラジェストラによく似ていた。

一方、ルミナとロノスティコはラジェストラとは似ていない。

ルミナは見惚《みと》れるほどの艶《あで》やかな銀髪と瞳をしているが、その美しい瞳の中には怯《おび》えがあって目が合うと逸《そ》らされた。

ロノスティコも銀髪で顔立ちはラジェストラに似ているが、こちらは怯えているというよりも無口というべきだろうか。

「よろしくお願いします」

カナタは気にせず、三人に向かって頭を下げる。

子供というのは警戒したら案外そんなもの。戦場漁《あさ》りの仲間の中にもろくに会話をしなかった者もいる。同じ食事の場に同席しているのだから特に気にする事でもないと、特に思う事はなかった。

「さあ、まずは食事といこう。私の大事な腹心とその子を招いておいて、歓迎しないなど我が顔と家に泥を塗るようなものだからな」

「ははは、それではもう少し落ち着いてくださると騎士団も喜ぶのですが？」

「ははは、何を言っているシャトラン。私は十分落ち着いているだろう？」

腹心であるシャトランの希望は当然あっさり無視。このように冗談を交えながら上の者にも言いたい事を言える風通しのいい環境だ。

なお風通しがいいからといって要求が通るわけではなさそうである。

「くくく……カナタ、作法の勉強の成果を見せてもらうぞ？　さぞロザリンドに揉《も》まれたのであろう？」

「まだ自信はありませんが……教えてもらった事を実践する機会を与えていただき感謝します」

「プラスに捉えすぎだカナタ、ラジェストラ様は面白がっているぞ」

カナタが呼ばれた理由はまさかカナタの拙い作法を面白がるためかと思いたくなるほど、ラジェストラは楽しそうにしている。

ラジェストラが指示すると、使用人達が料理を運んできた。

運ばれてくる料理の中に特別食べるのが難しい料理がないのは、カナタへの配慮からだろう。

前菜からスープ、魚料理《ポワソン》と……前のカナタには縁遠いコース料理が順に出されたものの、ロザリンドの教育の成果かカナタはデザートまでトラブルもなく食べ切った。

魚料理《ポワソン》の時だけシャトランの食べ方を見て真似《まね》していたが、それくらいは目をつぶってもいいだろう。

「つまらん……中々やるではないか……」

「母上の指導のおかげです」

食後のコーヒーを飲みながら、ラジェストラはつまらなそうに呟《つぶや》く。

部屋が静かなのでその声は全員にばっちり聞こえており、シャトランは少し誇らしそうにしていた。

厳しく見れば指摘する所はいくつもあったのだろうが、どうやらラジェストラから見てカナタの食べ方は及第点に達していたらしい。

「流石《さすが》はロザリンド……一ヶ月で見苦しくなく過ごせるようにするとは……」

「カナタは元々、刃物の扱いに慣れていたのもあって基本的な食事のマナーはすぐに覚えていました。基礎教育にも大変意欲的ですぞ」

「だろうな。拙くはあったが、学んでいる者の動きだった。よくやっているようでなによりだ」

シャトランが誇らしくカナタの一ヶ月の成果を自慢すると、つまらなそうにしながらもラジェストラもカナタを褒める。

まだまだとわかっているが、こうして言葉にされるのは嬉《うれ》しかった。

「どうだカナタ、シャトランに何か嫌な事はされていないか？　俺に言えばすぐに叱ってやるぞ」

「期待と違ったからといって側近の弱みを探ろうとしないでくださいますか？」

面白い事に貪欲なのは元々の性《さが》なのか、ラジェストラは身を乗り出してカナタに問う。

このような問いも、シャトランには何一つ後ろ暗い事がないと確信している信頼からか。

「いいえ、父上はとてもよくしてくれています。最近は騎士団の訓練を見学させてくれたりもしていて……魔術の勉強もはかどっています」

「……やだやだ言っていた子供が行儀よくなったものだ」

カナタを養子に誘った時の事を思い出しながら、ラジェストラは満足そうに笑みを浮かべた。

まだ貴族に馴染《なじ》めているというわけではないが……あの時、嫌だ、と一点張りだった時から比べれば凄《すさ》まじい成長と適応力だろう。

「不便がないならいい。精進せよ」

「ありがとうございます」

カナタに激励を送るとラジェストラは立ち上がる。

いつの間にか、飲んでいたカップの中身は空になっていた。

「俺とシャトランは別で話があってな。後は子供達だけで交友を深めるといい。大体の場所は自由に行き来していいようにしてある。今日はそなたらの顔合わせも兼ねているからな」

「え」

「そういう事だカナタ。失礼のないようにな」

二人はそれだけ言い残して、護衛騎士と共にダイニングルームを出ていった。

部屋をきょろきょろと見回せば、囲むように壁際に立つ無言の使用人達。そしてテーブルに着いているのは子供達だけとなった。突然放置されて、カナタはどうすればいいかわからず呆《ほう》けてしまう。

「カナタと言ったな」

「はい、セルドラ様」

そんな無言にならざるを得ない状況の中、カップを強く置く音が響く。

音の出どころはセルドラで、隣に座っていたルミナはその音に驚き、肩を震わせていた。

「領主の城に来るような機会は少ないだろう。我々三人で我が家の庭を案内してやる。いくら生まれや育ちが粗野であっても草木や花を愛《め》でる嗜《たしな》みくらいはあるだろう？」

「……よ、よろしくお願いします」

言い方はともかく、どうやら年長者らしく引っ張っていってくれるようで。

有無を言わせぬ提案にカナタ含め三人はその言葉に付き従うように、使用人をぞろぞろ引き連れながら庭の方へと向かった。

セルドラに案内されたのは庭というより小さな森だった。

ディーラスコ家の中庭を見ていなかったら、カナタは貴族の言う庭は森なのだと勘違いしていただろう広さだ。領主の名は伊達《だて》ではない。

カナタは庭のどこかを案内してくれるのかと思っていたのだが、案内を申し出た当の本人……セルドラはいつの間にか馬に乗って護衛騎士とどこかへ行ってしまっていた。

「……何のために連れてこられたんだろう」

取り残されたカナタはあまりに真っ当な疑問を呟く。

案内すると言われて案内されないとはとんちか何かか。

それとも、本当に庭まで案内されて終わりという事なのだろうか。

「セルドラ様が行ってしまいましたが、どうしましょうか」

「ひっ……」

「……」

庭のあちこちに建てられている東屋《ガゼボ》にはカナタと同じく取り残されたルミナとロノスティコ。そちらを振り向くがいい反応は返ってこない。

ルミナは怯え、ロノスティコは持ってきた本に視線を落としたままだった。

二人に付き従っている護衛騎士も無言のままで何をしていいのやら。

セルドラを追いかけようにも、ルミナとロノスティコを置いていくというのもどうかと思う。

「……大丈夫なんですか？」

カナタが途方に暮れていると、無言だったロノスティコが本に視線を落としたまま口を開いた。

葉の間から落ちる日差しの中、本を読んでいる知的な少年というのは絵になるもので、ルミナと並んでいるのもあって一枚の絵画のようだ。

「何がでしょうロノスティコ様？　やはりセルドラ様を追いかけたほうがいいでしょうか？」

「そうではなくて……今頃、シャトランさんがあなたの事についてお父様に色々と報告をしていると思いますよ……」

「そうなんですか？」

さっきラジェストラが言っていた二人での話というのが自分の事だったとは。

カナタはそんな事考えてもいなかったが、カナタを養子にしたのはラジェストラ……養子先でどんな生活をしているのか聞くのは当たり前の事かもしれない。

「教えてくれてありがとうございます、今日呼ばれたのはそういう事だったんですね」

「……ずいぶん落ち着いているんですね。あなたを連れてきたのは、報告次第であなたの処遇も変わると思いますが」

「心配するほど成功も失敗もしていませんから。あるとすれば期待外れという点だけでしょうか」

「……そうですか、そう言い切れるのは、強い、ですね」

自分はまだ何もできていない、というカナタの言葉を聞いてロノスティコはそれ以降口を閉ざす。

今日の招待の趣旨について、あまりわかっていなかったカナタにこうして教えてくれたのは、ロノスティコなりの気遣いなのかもしれない。

「ルミナ様は――」

「つ……」

視線を向けるだけで、ルミナは隣のロノスティコのほうに体を寄せる。

カナタが東屋《ガゼボ》に入ろうものなら飛び出して逃げてしまいそうだ。

「失礼しました」

何故《なぜ》恐《こわ》がられているのかもわからないので、カナタは怯えさせた事をただ謝罪するしかない。

そんな様子を見てか、護衛騎士の一人が膝を突いてルミナに視線を合わせる。

「発言をお許しくださいルミナ様。これではお客様にルミナ様が誤解されてしまいます。私の口から説明してもよろしいでしょうか」

「お願いします、コーレナ」

コーレナと呼ばれた護衛騎士は立ち上がり、カナタに笑いかけた。

肩にかかるかどうかくらいのセミロングの茶髪をした、柔らかい印象を持つ女性騎士だ。

とはいえ背筋を伸ばせばその姿勢は微動だにせず、騎士らしさを損なっているわけではない。

……どこかで見た事があるような？

カナタは思い出そうとするが、そもそも養子になる以前は戦場以外で騎士と出会うはずがないので気のせいだろうと置いておいた。

「カナタ様、どうか気を悪くしないでほしい。ルミナ様は前に町へ出かけた際に運悪く傭兵《ようへい》崩れのならず者に出くわした経験がおありで……それ以来、悪漢でなくても傭兵団出身の者や男相手には怯えてしまうのだ」

「なるほど、それで自分の事が」

どうやら護衛騎士にもカナタの本当の出自については知らされているらしい。

ディーラスコ家に来た際、カナタは自分が次期領主の側近候補と聞かされていた。側近に相応《ふさわ》しいかを領主側が見極めるためにも、領主の子三人と近しい周囲の人物にはダンレスの血筋という設定ではなく傭兵団にいたという事実が伝えられているのだろう。

隠したまま接した結果、後から実はカナタの出自は……などと三人とトラブルになってはまずい。

「そんな経験があるにもかかわらず、食事に同席してくれてありがとうございます。ロノスティコ様はさっき自分に強いと言ってくれましたが、ルミナ様のほうが強い人ですね」

「え……」

その発言にルミナだけでなく、ルミナとロノスティコの護衛騎士のカナタを見る目が少し変わる。

傭兵団出身の下っ端、戦場漁りの子供という事で粗野で乱暴な子を想像していたが……予想に反して落ち着いている上にいい意味で子供らしい素直さを持ち合わせている。

ディーラスコ家にはロザリンドもいるのでその指導の成果もあるだろうが、本人の気質もあるに違いない。この歳《とし》で相当苦労してきたのではとコーレナは少し涙腺が緩んだ。

「あ、あの……恐がって……。ごめんなさい……」

「謝る必要なんかないですよ。こうして話してくれるだけでも光栄です」

「お話だけ……なら、大丈夫そうです」

「それでは、セルドラ様が戻ってくるまで付き合ってもらってもいいでしょうか？」

「……はい、喜んで」

ようやく、ルミナがぎこちなくも笑いかけてくれた事にカナタは一安心する。

見下されるのには慣れているが、恐がられる経験はなかったので正直どうすればいいかわからない。

　立場はともかくとして、ここ一ヶ月の心細い中せっかく同年代の子らと出会う機会なのだから、できるだけいい関係を築きたいと思うのは当然だ。

「この一ヶ月、魔術教育も……受けたと聞きましたが、ど、どのような事を？」

「どんな事を……そうですね、『水球《ポーロ》』を覚えたくて練習してたんですが、大きくしすぎた結果頭から水を被《かぶ》ってしまって……ソファもカーペットもびちゃびちゃにしてしまったのが最近では印象深いですね……」

「『水球《ポーロ》』でびちゃびちゃ……？　そんなに大きな魔術ではないはずですが……」

「そうらしいですね。先生にもそう正直に言ったのですが、そんなわけないと少し疑われてしまって……なので目の前でやってびちょびちょになってみせましたよ」

「ふふ、そちらのほうが怒られたのではないですか？」

「はい、ブリーナ先生に初めて怒られました」

「まぁ、ブリーナ先生！　私も何回か教えていただきました」

　ルミナに配慮して東屋《ガゼボ》の中には入らず、カナタとルミナの間には少し距離こそあったが……それでも恐がられていたスタートからすれば縮まったに違いない。

　静かな森の中、鳥の囀《さえず》りとロノスティコがページをめくる音を耳にしながら、二人は雑談に花を咲かせる。自分達を放っていってしまったセルドラの乗る馬が駆ける音が聞こえてくるまで。

　アンドレイス家での滞在は一泊二日と短いものだったが、カナタの印象は報告と顔合わせ共にいいもので終えられた。

垣間見える器

「ご苦労だったなカナタ」

アンドレイス家での顔合わせを終えて、ディーラスコ家の屋敷に帰ってきたカナタは改めて夕食の時間にシャトランに労《ねぎら》われた。

領主の家への招待など、普通の貴族は緊張でぎこちなくなるか媚《こ》びを売るために擦り寄るか。普段と変わらぬまま過ごせるのは少数派だ。

カナタはそういった意味で、期待通りありのままの姿で一泊二日を過ごしていた。

「ありがとうございます父上」

小さく頭を下げて顔を上げると、視線を感じた。

向かいに座るエイダンがスープを口に運びながらこちらを睨《にら》んでいる。

理由はよくわからないが、恐らくはカナタがうまくやった様子なのが気に食わないのだろう。

普段からエイダンに好かれていないのはわかっているので、カナタは特に気にしない。敵意も殺意も、行動に移されないのであれば無害なものだとカナタは知っている。

「屋敷で母は冷や冷やしていましたよ。カナタはまだ作法の教育も初歩の初歩……基本的なものしか詰め込めていませんもの。ラジェストラ様が気まぐれでダンスパーティーを開くと言い出したらどうしようかと。ダンスについてはまだやっていませんでしたから」

「ダンスって……踊るのですか母上……？」

「ええ、そうですよ」

「誰が……ですか？」

「もちろんあなたですよカナタ」

自分が踊る？　何を？　誰と？

あまりにも自分とかけ離れていたからか想像する事すらできず、つい聞き返す。

「貴族の男児たるもの、世の女性をエスコートして一曲踊り切れて当然です。直《じか》に叩《たた》き込《こ》んであげますから、期待していなさいな」

「自分は魔術学院に行くなら関係ないのでは……」

「魔術学院に行くからこそ必要な事なのですが？」

ロザリンド曰《いわ》く、貴族ならば当然で魔術学院に行くにも必要らしい。

魔術学院に行くのに踊れなきゃいけないというのはどういう事だろうか？

貴族って大変だ。改めてカナタはそう思った。

「ラジェストラ様だけでなく、ルミナ様とロノスティコ様に気に入られたらしいな」

「え？　そうなんですか？」

「ははは、自覚がないのか。ルミナ様は男性があまり得意でなく、ロノスティコ様は少々気難しいところがあられるというのに……やはり子供同士、気が合う時は気が合ってしまうのかもしれんな」

上機嫌なシャトランの言葉を受けて、カナタは何か特別な事をしたか思い出す。

特に世話を焼いたわけでも、プレゼントを贈ったりもしていない。ただ話していただけなのに何がよかったのだろうか。

ルミナとは話していたものの距離はあったままで、ロノスティコのほうに至っては一度しか会話をしていなかった。いくら考えてもカナタには気に入られた理由がよくわからない。

「けど、セルドラ様には気に入られなかったみたいだな」

エイダンはさっきと打って変わって上機嫌になりながらにやけている。

「セルドラ様とはあまり話せなかったですね」

「あーあ、それじゃあな……」

「……？」

セルドラはアンドレイス家の長子。次期領主は彼と目されている。

つまりエイダンは領主の側近候補であるなら次期領主であるセルドラに気に入られなければ、と言いたいに違いない。

普段ならカナタを煽《あお》るような物言いにロザリンドが睨みを利かせて咎《とが》めるところだが、エイダンの意見にも一理あるのか口を挟む事はなかった。

流石《さすが》に厳しすぎると、シャトランが気を利かせて話題を変える。

「カナタは領主の城など初めてだっただろう。どうだった？」

「はい、驚きました。城に入るのなんて初めてでしたから……」

「そうだろう、そうだろう」

「それに、入るなり着替えが必要だなんて思わなかったです。使用人の人達《たち》に着替えさせてもらうなんて初めての経験だったので驚きました」

「ん……？　どういうことだ？」

夕食の和やかな空気が急激に冷えるのを感じた。

シャトランは疑問を口にし、ロザリンドはナイフとフォークを静かに置いてきつく眉を寄せる。

カナタも何か変な事を言ってしまったのかと言葉が止まった。

「何言ってるんだカナタ、お前……朝支度で洗顔した後も夕食前も、湯浴《ゆあ》みの後に乾かしてからも使用人が着替えさせてくれるだろ？」

「え？　いえ、着替えは持ってきてくれますけど……自分で着替えていますよ？」

「なんだそれ？　自分でやってるのか？」

エイダンはカナタがおかしな事を口走ってると笑い飛ばすが、シャトランとロザリンドの雰囲気はそんな風に面白おかしくしていい話題ではないと物語っている。

「侍女長……カナタの世話係を呼べ」

「かしこまりました」

侍女長とはカナタも何度か話した事がある。一番歳《とし》を召していながら一番忙《せわ》しなく働いており、カナタの作法の授業もたまに担当してくれる女性だ。

侍女長は食器を置き、厳しい表情のシャトランに深く頭を下げ、他の者に指示を出す。

「侍女長、わかっているな？」

「はい……申し訳ございません……」

今何が起きているのかカナタはよくわかっていないが、シャトランや侍女長の表情からあまりよくない事なのはわかった。

何か怒られるかもと、とカナタはつい背筋を伸ばしてしまう。

「お待たせしましたシャトラン様。カナタ様の世話係の使用人……名前はルイです」

しばらくすると扉が開き、騎士に連れられたルイが震えながらダイニングルームに入ってくる。

カナタがそちらに視線を向けると、間違いなく自分の世話係のルイだった。

「知っている。ランセア元男爵家の三女だったはずだ」

「あ、あの……シャトラン様……？」

ルイは何故《なぜ》連れてこられたのかまだわかっていない。

名を呼ばれた事すら不快そうにシャトランは眉間に皺《しわ》を寄せた。

「カナタ、お前の世話係はこの使用人で間違いないか？」

「はい、ルイです……？」

「そうか、確認も取れたな」

シャトランはカナタに確認を取ると頷《うなず》いて、

「その使用人を殺せ」

何でもない事のように騎士にそう命令した。

シャトランの命令を受けて騎士が剣を抜くと、使用人の中から小さな悲鳴が上がった。

何が起きているのかわからずカナタが困惑していると、凛《りん》とした声が響く。

「おやめなさい副団長」

ロザリンドの声で騒然としかけたダイニングルームが静まる。

ルイを連れてきたのはどうやら騎士団の副団長。言われてみれば訓練を見学しに行った時に見た覚えがある。

止めてくれた、とカナタが思ったのも束《つか》の間《ま》、

「ここではせっかくの食事の場が汚れるでしょう。外でやりなさい」

「ひっ――」

一瞬救いに見えたロザリンドの宣告にルイは恐怖で涙を流す。

ルイの命よりも、カーペットの価値を言外に優先しているその言葉に冷徹さを見る。

「使用人の分際で、などと我が家に仕えてくれている他の優秀な使用人達を軽んじるような事は言いたくない。私もロザリンドも貴族にしては寛容だ。町に出て平民達が多少言葉を荒くして接したとしても、服を汚されたとしても罰する事はない。だが、立場を軽んじる者にはその温厚な仮面も剥《は》ごう。寛容にあぐらをかくな。解雇で済むとでも思っていたのか？」

普段温厚で厳しさをほとんど見せないシャトランの静かな怒りが籠もった声。

先程までカナタを笑い飛ばしていたエイダンも背筋を伸ばして緊張していた。生唾を飲み込む音がここまで聞こえてくる。ロザリンドですら、さっきの一言以降は口を閉ざしていた。

「私達ディーラスコ家がどのような生活を送っているのか、経験の浅いカナタにそれを教えるのも世話係の役目だ……どうなっている侍女長。この無能を選んだのは貴様のはずだな？」

「はい、その通りでございます」

「長年我が家に仕えておいてこのような無能を選ぶ体たらく。そして教育不足。貴様にも責がある。追って処分を伝える」

「私の不徳の致すところでございます。深くお詫《わ》び申し上げます」

侍女長がシャトランに頭を下げると、その謝罪に一瞥《いちべつ》だけしてシャトランは髭《ひげ》を撫《な》でた。

その癖すら今、叱責されている者達にとっては恐ろしく映っているに違いない。

カナタはその一連の光景を見て息を呑《の》む。

シャトランが普段全く表に出さない貴族らしさ。上級貴族としての権威。

ここぞという時にその顔を出せるのは領主であるラジェストラのためか。

自分達が軽んじられるという事は、ディーラスコ家を信頼している領主ラジェストラの器や求心力までもが疑われる事になってしまう。

恐怖で縛るのではなく、弁《わきま》えろ、と改めて自分達に仕える者達を引き締めさせるために必要な怒りだった。

「キーライ。お前の剣を汚す事すら惜しい。下級騎士にやらせろ」

「はっ」

「いっ……！」

シャトランの命を受けて副団長……キーライは崩れ落ちているルイを立たせる。

腕だけで持ち上げられたような状態になってルイは顔を歪《ゆが》めた。

「……」

連れていかれるのを、無意識に抵抗しているルイの姿がカナタの目に入る。

体をよじって、敵《かな》うわけのない騎士のキーライの力を何とかかと。

涙と鼻水に塗《まみ》れた顔には淑女らしさはない。死にたくない、と願っているだけ。

「父上」

そんなルイの姿に、カナタは口を開いた。

ぎろりと睨むシャトランの目をカナタは真っ向から見つめる。

「ルイを許してください……とまでは言いませんが、罰を軽くしてあげてもらえないでしょうか」

シャトランの決定に異を唱えるカナタに誰かが息を呑んだ。

ディーラスコ家の家長であるシャトランの決定に、だ。エイダンですらやめとけと言いたげな視線をカナタに送っている。

だが、カナタはこのまま処刑されるとわかっているルイを見過ごすのが嫌だった。

「ならん。その女はディーラスコ家を軽んじた。お前の甘さで罰を軽くする事などできん」

「いえ、それは違います。ルイが軽んじたのはきっと俺だけです。だって、俺の世話係に任命してくれるくらい他の仕事はしっかりやってたんですよね侍女長？」

「……はい、普段の仕事を疎《おろそ》かにしている者を世話係に任命するなど致しません」

「ほら、やっぱり」

突然カナタに話を振られて、侍女長は動揺を顔に出しながらも答える。

当然の話だ。いくらカナタの素性を知っていたとして、いや知っているからこそ仕事が半端な人間を侍女長が選ぶはずがない。

「ルイが軽んじていたのは家ではなく俺だけです。ならここまで厳しくしなくてもいいかと」

「カナタ、お前はもうディーラスコ家の子だ、まだ自覚がないか？」

「いいえ父上。けど、俺はまだこの家に来たばかりでその名に見合うほどの何かがありません。この一ヶ月、ここでの生活にあれこれ追われていただけのただの子供です。肩書きだけの子供に忠誠心を、なんて無茶《むちゃ》だと思いませんか」

「それも使用人の仕事だ」

「仕事に納得できないなんていくらでもあると思います」

シャトランの視線は冷たいまま、それでもカナタは引き下がらない。

……シャトランの怒りには納得した。けれど罰には納得できない。

ルイは確かに仕事をサボっていたのかもしれないが、普段からそうではなかったはずだ。

それにルイが犯した間違いはただそれだけで、その間違いも外から自分が来た事でつい芽生えてしまっただけの人間らしい理由だ。仕事で手を抜きたい時なんて誰にだってある。

決して、死ぬような事じゃない。駄目な人間の証明でもない。

誰にだってある、普通の事だ。

「俺が無知だったから起きた事故みたいなものですし、侍女長にも罰があるのは嫌ですから」

「カナタ、あまりに甘い。そんな事では――」

「父上も言ったじゃないですか。侮られるな、と。なら、罰を受けるのは父上の課題をこなせていない自分だと思います」

「む……」

痛いところを突いてきたな、とシャトランの表情が少し和らぐ。

ここで自分の言葉を持ち出されては無視するわけにもいかない。それに、カナタの意見も責の分散という意味では多少理屈が通っている。

「弱いと思った人を見下して優越感に浸るなんて、珍しい事ではないですよ。平民も貴族も、そうでしょう？　俺はルイに何かを奪われたわけでもされたわけでもないので怒る理由もありません」

「……わかった、その使用人の裁量はお前に任せよう」

シャトランが決定を変えた事にロザリンドは驚き横を見る。

「キーライ、放してやれ」

「……承知致しました」

「あ、うっ……」

キーライはルイの手を放し、ルイはカーペットに落ちる。

肩を押さえながら倒れているルイにカナタは駆け寄った。

「その女に次がない事はわかるな？　流石に庇《かば》う事は許さんぞ」

「はい、じゃあ……そうなったら自分で燃やします」

カナタははっきりとそう言い切った。

ルイを庇った時と同じ目で恐ろしい事を自然と口にする様子に、何人かの背筋に寒気が走る。

「よく言い聞かせろ。侍女長も改めて指導するように。カナタの希望を考慮し、先程の処分は覆す。

改めて処分を言い渡すのでそのつもりでいろ」

「ありがとうございます……ルイの治療のために退室してもいいですか？」

「許可する」

カナタはシャトランに頭を下げて、震えて立ち上がれないルイに肩を貸す。

「さ、行こうルイ」

「カ、カナ、タ、様……！」

「歩ける？」

「は、はい……ありがとうございます……。ありがとうございます……！」

退室の間際、二人の様子を見下すように見ていたキーライとカナタの目が合う。

カナタは愛想笑いを浮かべたが、キーライは視線を外した。

ダイニングルームから二人が出ていくと、静まり返った空気の中シャトランが大きく息を吐きながら背もたれにもたれかかる。

「よく決定を覆しましたわねシャトラン様」

「ああして口が回るようになったのも君の教育の成果だろう」

「ほほほ、どうですかしら？」

緊張した空気が二人の会話で多少緩んでいく。

そんな空気を締めるようにシャトランはここにいる使用人全員に伝える。

「勘違いしている者もいるかもしれんが、カナタは本当にやるぞ。死体の一つや二ついくらでも見慣れた環境にいたからな。ラジェストラ様が見込んだ子だ、ただ甘い子供だと思うのは今日までにしろ」

改めてのシャトランの忠告に使用人達は気を引き締める。

さっきカナタが言った自分で燃やすという言葉がジョークでもなんでもない事を知って。

「ふふ……中々の器を見せてくれるじゃないか」

使用人達が戦々恐々とする中、シャトランは今の会話の中にカナタの器の大きさを垣間見《かいまみ》て、嬉《うれ》しそうにお気に入りのワインを一本開ける事にした。

使い手はどこに

「カナタ様ー！　おはようございますー！」

「おはようルイ」

ダイニングルームでの殺伐とした出来事から数日後。

カナタは再びディーラスコ家で教育を受ける日々へと戻っていた。

世話係のルイはカナタの部屋に訪れるなり、落胆を表情に浮かべながら洗顔用のお湯が入った深皿をテーブルに置く。

「ああ……。カナタ様が今日もばっちり起きてらっしゃる……」

「え、寝坊しろって事……？」

「いえ、カナタ様がしっかりなされている事はわかっております……けど、けれどたまには……！　ふふ、カナタ様ったら可愛《かわい》い寝顔……ずっと眺めていたいですけど起きなければいけない時間ですよ？　ほら、カナタ様起きて？　みたいな！　年上のお姉さんらしくカナタ様を起こしてみたいんですよ!!」

「ご、ごめん……？」

ルイが何を言いたいのか半分ほどわからず、カナタはつい謝ってしまう。

握り拳を作りながら髪を揺らすその姿には朝とは思えない熱意があった。

「私、お姉ちゃんって呼ばれたい派みたいなんですよね」

「ルイはしっかりして……あっしゅん！」

「まぁ、可愛らしいようなそうでもないような微妙なくしゃみ。大丈夫ですか？」

「うん、大丈夫」

突然の派閥告白にも動じず、カナタはソファに座る。

ルイは湯に沈んでいたタオルを絞り、カナタの顔を拭き始めた。

本来ならカナタが来た時からこうされるはずだった朝の支度だ。

「今日は待ちに待った魔術の授業ですね、注文していた教本は本日届くそうです」

「わかった、届いたら部屋まで届けてもらっていい？」

「もちろんでございます」

テキパキと着替えも済ませる。

朝食まで時間に余裕があるくらいだった。

「ありがとうルイ」

「光栄でございます」

朝の支度を終えると朝食の時間までルイと喋《しゃべ》ってカナタはダイニングルームへ。

ルイは世話係以外の仕事をすべく戻った。


「どうだカナタ、世話係は」

朝食を終えると、シャトランは数日前に処刑しようとした世話係についてカナタに問う。

あれから数日、色々と報告は受けているがカナタの口から聞く以上の真実はない。

シャトランが受けた報告の中には正直、信じがたいものもあった。

「とても親切です。すごく助けてくれますよ」

「そ、そうか……」

ルイへの罰は三ヶ月の給金なしの無償労働。侍女長には三ヶ月の減給が言い渡された。本来ならこの程度で済むはずはないが、カナタの説得あってこの程度で済んでいる。

カナタもまたシャトランの課題を守れなかったという理由でロザリンドの作法の詰め込み授業、休日返上で下町でのボランティアなどが言い渡された。

ルイの罰の分散という形でカナタも罰を受けたが、ロザリンドの授業はいずれやらねばならない事。元々平民であるカナタにとって下町でのボランティアも苦ではなく……カナタに罰を受けさせるのは本意ではないシャトランの甘さが少し出ている。

「ご馳走様《ちそうさま》でした」

「おや、デザートはいいのか？」

「はい、お腹《なか》いっぱいですし……ブリーナ先生を迎えに行くのでお先に失礼します」

「そうか、珍しいな。ではしっかりとな」

「はい」

食事を終えたカナタがダイニングルームの扉を開けると、そこにはすでにルイが待機していた。

何故《なぜ》か花束を抱えながら膝を突いている。

「カナタ様、ブリーナ先生の馬車が見えたのでお迎えに上がりました」

「ルイ、待ってないで呼んでくれたらよかったのに」

「女性の先生をお迎えに行くという事で庭師から簡単な花束を用意してもらってきてしまって……お食事の時間を花の香りで邪魔してはいけないかと」

「きっとブリーナ先生喜ぶよ。俺だと花を贈るなんて思い付かない」

「教本も先程届きました。こちらになります」

「何から何までありがとうルイ」

ルイはダイニングルームに向かって一礼してカナタの後をついていく。

そんな様子を見て、ダイニングルームに残されたシャトランとロザリンドは面食らった顔で、夢から覚めようとするかのように目をぱちぱちとさせていた。

「おい、あ、あれが本当に同じ世話係か……？」

「カナタに聞いても少し話をしただけと言っていて……変われば変わるものですね……」

「喜ばしい事ではあるが……」

そう、改心して世話係としての自覚が芽生えたのはいい事だ。罰も受けたし、数日前の一件はすでに決着がついている。シャトランも蒸し返す気はもうない。

しかし数日前の夜、何があってルイがあんな風になったのか、その謎が解かれる事はなかった。


「『火花《ティンダー》』」

『水球《ポーロ》』の魔術でブリーナもろともびちょびちょにして叱られて以来の魔術の授業。

ブリーナが来るまでに練習していた魔術をカナタは見事唱える。

一瞬、空中に火花が舞った。制御も完璧で、『水球《ポーロ》』のような失敗もない。

「素晴らしいです、よく練習しましたね」

「こ、こんな所に未来の大魔術師……!?　と思ったらカナタ様！　まさかこんな所にいらっしゃるなんて！」

「うん、俺の部屋だからね。持ち上げてくれてありがとうルイ」

ブリーナとルイの拍手に少し照れくさくなるカナタ。

時間を見つけて練習した甲斐《かい》があったというものだ。

「あの使用人はどうしたのです？」

「ちょっと色々あって。子犬みたいで可愛いでしょう？」

「カナタ様がいいならいいのですが……」

照れつつも許容しているカナタにブリーナは感心する。

ブリーナからすれば褒め殺しで集中を邪魔しているようにしか見えないのだが、カナタは納得している上にルイも完全な善意らしい。

この数日で一体何があったのだろう、とブリーナは事情を聞きたくてそわそわしてしまう。

「それでブリーナ先生、少し相談したい事があるのですがいいですか？」

「はい、なんですか？」

「父上に功績を一つ挙げろと言われていて……父上は新規魔術の開拓と術式の改造を例に挙げていたのですが、新規魔術はともかく術式の改造というのは具体的にどのような事を言うのでしょう？」

ルイが作った空気の中、真面目《まじめ》なカナタの質問に逆に驚いてしまうブリーナ。

そういえば素直で真面目な子だった、とカナタの性格を思い出してわざとらしく咳払《せきばら》いをする。

第一域の魔術を何とか唱えられるようになってきた今、シャトランに出された課題を具体的に知っておきたいとカナタは思っていた。なにせ他より時間がないと急《せ》かされているのだから。

「まず魔術師はほぼ例外なく、基本の術式をベースにして自身の使いやすい形になるように手を加えています。ある者が火の魔術を使えばそれは他よりも大きく、またある者が使えば剛弓のように遠くへと。この微妙な違いが魔術師の腕であり、個性です」

「俺の『水球《ポーロ》』が大きいみたいな？」

「あれは大きすぎなので反省してください」

「ごめんなさい」

使い手がコントロールできずにびしょびしょになる魔術など使い物にならない。

魔術の家庭教師としてブリーナの言葉はもっともだった。

カナタを軽く叱りながらもブリーナは説明を続けてくれる。

「術式の改造というのは言葉通り、その個性で収まらないほど術式を書き換えてしまう事ですね。わかりやすい例を挙げるならば、雷の槍《やり》に熱を持たせたり、水の馬に羽を生やして滑空を可能にしたりと、既存の魔術とは明確な差異を持つほど手を加えられたものが術式の改造と言われます」

「あ、名前を変えたりとかもですか？」

ダンレスとの決闘の最後、カナタは『炎精への祈り《フランメベーテン》』という魔術を『炎精への祈り《えんせいへのいのり》』へと名前を変えて使ったのを思い出す。

あれが術式の改造にあたるのならば、案外この課題はクリアしやすいのではないだろうか。

そんな風に期待しながら聞くと、ブリーナは生温かい笑顔を浮かべた。

「カナタ様、名前とは世界と個を分かち、その存在を示す根幹にしてもっとも強固な部分です。ないとは言いませんが改造とは別の事情ですし、何よりも難易度が別物なので一先《ひとま》ずは忘れましょう」

「え……は、はい……」

では、自分が唱えたあれは何だったのだろうか？

やった事があると言いたかったが、あの時は気持ちが昂《たかぶ》っていて意識も朦朧《もうろう》としていたのもあって……ブリーナにそう言われてしまうと言い出しにくい。

それに正直、もう一度できるかと言われると自信がない。

やってみせろと言われてできなかったら、と考えてカナタは口をつぐんだ。

「ちなみに先生は何かされたんですか？」

「ふふ、私は水をベッドの形に固定する魔道具を開発しました。魔力を溜《た》め込《こ》む宝石がないと起動しない高価すぎる商品ではありますが……あの魔道具に組み込んだ術式だけは私の生涯の中でも傑作と言ってもいいでしょう」

「そ、そんな事もできるんだ……！」

珍しく鼻高々に自らの傑作について話すブリーナに、カナタは尊敬の眼差《まなざ》しを向ける。

カナタのそんな眼差しがあまりに真《ま》っ直《す》ぐで、ブリーナは緩む口元を隠した。

淑女たるものそんな風にだらしない笑みを浮かべてはいけないと自分を律する。

「いいな、すごく涼しそう……うっくしゅん！」

「まぁ、大丈夫ですか？」

「ご、ごめんなさい。水のベッドを想像したからですかね」

「……いえ、カナタ様……もしや……」

「え？」

「失礼します」

ブリーナは鼻をすするカナタの額に手を当てる。

魔術の授業中は毎回興奮しているのもあって気付かなかったがこれはまさかと。

「そこの使用人！　シャトラン様に医者を呼ぶようにと！」

「は、はい！」

慌てるブリーナとルイの声が聞こえた瞬間、カナタの視界が揺れた。

そういえば今日は起きた時からくしゃみが出たり、寒気がしてデザートが食べたくなかったり。

「あ、れ……？」

何か変だな、と思った時にはカナタの意識は途切れていた。


「体が……重い……」

結論から言うと、カナタは熱を出して倒れた。

当たり前と言えば当たり前だ。不慣れな環境に放り込まれ、何とか順応しようと勉強を詰め込んでいた上に領主の城を訪れたり、ルイの罰を軽くするためにボランティアを行ったりと最近はあまりにも忙しい日々だった。

さらに言えば、『水球《ボーロ》』の魔術の練習で度々びちょびちょになっていたので、精神的にも体力的にも疲労が溜まっていたのだろう。

「あわわ……！　カナタ様……！　私は一体どうすれば……そ、そうだ、野菜！　野菜をお尻に刺すといいと聞いた事があります！」

「何その恐ろしい話……やめてね……」

あわてふためきながらも看病してくれるルイへのツッコミにも力がない。

額に置かれる濡《ぬ》れタオルも最初はひんやりとして気持ちいいが、すぐにぬるくなってしまう。

「はぁっ……。はぁっ……」

「カナタ様……お辛《つら》そう……」

「ごめんね、ルイ……迷惑かけて……」

「そんな事はありません！　このルイ……喜んで寝ずの看病をさせていただきますとも！」

「いや、そこは寝て……ね……」

こちらを覗《のぞ》き込《こ》むルイの心配そうな表情すらぼやけていて、自分の息遣いがひどく大きく聞こえる。

目を閉じると、嘘《うそ》みたいに早く眠る事ができた。

「カナタ、大丈夫か」

その声に目を開ける。いつの間にか、シャトランが部屋にいた。

入ってきた事にも気付かなかったが、ルイが静かになって壁際に控えているところを見ると今さっき入ってきたのかもしれない。

「父上……ごめんなさい……」

「何を謝る。私のミスだ。まだここに来てひと月と少しのカナタに休日返上をさせるべきではなかったな……他の罰にするべきだった」

「いえ……そんな事ありません……」

「もう喋らなくていい。しっかりと治せ」

「はい……」

ごつごつとした感触が頭に触れる。頭を撫《な》でてくれたようだ。

本当の父親に撫でられた記憶はなかったので少し嬉《うれ》しかった。

「医者は何と？」

「疲労からきた熱だそうですので、しばらく安静にしていればよくなるそうです」

「そうか、看病を任せる。厨房《ちゅうぼう》にもカナタの食事について話を通しておく」

「かしこまりました」

シャトランとルイの会話が遠くに聞こえる。

数日前ルイにあれだけ憤っていたシャトランも彼女の変化を認めたのか、改めて釘《くぎ》を刺すような言葉を残す事はなかった。

よかった、と安心しながらカナタは目を閉じた。

ふわふわと浮いているような体、きりきりと締め付けられるような頭。

もう、タオルがぬるい。冷たくない。体が汗で気持ち悪い。

こんな時に頭の中には容赦なく言葉が浮かび上がってくる。

〝選択《セレクト》〟

〝『炎精への祈り《フランメベーテン》』〟

〝『水■《ポーロ》』〟

高熱でうなされている今の状態を危機と感じて無意識に魔術の名を思い浮かべているのか、それとも頭が学んだ事を整理した結果浮かぶ幻覚なのか。これ以外にも次々と頭に浮かんでくる。人の名前や昔の記憶も。

「……辛そうですね」

綺麗《きれい》な声で、目をゆっくりと開けた。

目を開けるとそこにはカナタの顔を覗き込むロザリンドがいた。

「起こしてしまいましたかカナタ」

「いえ……丁度起きたところです……」

「こんな時くらいは気遣わなくてもいいのですよ」

ロザリンドは寝ているカナタの頭やお腹を撫でる。

ゆっくり、ゆっくりと。まるでカナタを寝かしつけるようだった。

「母上……俺、汗をかいてるから……。母上の服が……」

「いいから、あなたは目を閉じていなさい」

いつもより優しい声だ、とカナタは目をゆっくり閉じる。

「あなたの生みの親のようにはいかないかもしれませんが……子にとって母の手はどんな薬よりも良薬となりましょう。母に甘えて眠りなさいカナタ」

そう言って、ロザリンドは歌い始めた。

カナタは全く知らない歌だったが、それはきっと子守歌。

ゆっくりとした曲調に包み込むようなロザリンドの声。

撫でられながらというのもあって、その歌声はカナタを微睡《まどろ》みの中へと放り込む。

「今はゆっくりと体調を治す事に専念しなさい。あなたには時間がないかもしれないけれど、こんな時に急ぐほどではないのですから」

「はい……ありがとうございます……」

あまりに気持ちよくて、カナタの頭は言葉よりも記憶が再生される。

遠い昔、母親に看病された事があったっけ。もうほとんど覚えていないけど、撫でてくれた母の手が嬉しかったのは何故か覚えている。

傭兵団《ようへい》にいた時も一度だけ体調を崩した。グリアーレが無愛想ながらもずっとついていてくれた事。本人は看病していたわけではないと否定していた。


「ありがとう……お母、さん……」


カナタは自分が何を口走ったのかもわかっていなかった。

その言葉は目の前のロザリンドに向けてか、それとも記憶の中の誰かか、はたまた全員にか。

壁際に控えていたルイが少し涙ぐんでいたのが目に入って、大丈夫かな、と少しだけ心配しながらカナタは沈むように眠りについた。

眠りに落ちる前に出たその呼び方がカナタにとっての精一杯の甘えだった。

…………。

………………。

………………。

次に目を開けたのは暗くなってからだった。

部屋の中で蠟燭《ろうそく》の火が揺れる。部屋にある影も揺れる。

影は看病してくれているルイのものだろう。静かに歩く音が聞こえてくる。

ベッドが少し軋《きし》む音がした。こちらの様子を窺《うかが》ってくれているのかもしれない。

体はだるいままだったが、人の気配にカナタは安心したように目を閉じたままだった。

「ルイ……？」

眠る前、ルイが心配そうにしていたので安心させるように名前を呼ぶ。

まだ熱は下がり切っていないが、倒れた時より大分ましになっていた……だから。

「うっ……!?」

カナタは両手で首を絞められるまで、その人影に害意があると気付かなかった。

突然首を押さえつけられて、額から濡れタオルがずり落ちる。

夢から覚めたかのように目を開けて、カナタは自分に跨《またが》るその人影の正体を見た。

暗くてよく見えない。思ったよりも小柄な体格。

そして一瞬だけ蠟燭の火が揺れて、カナタの目にその顔が飛び込んできた。

「あ、に……うえ……!?」

「……っつ!!」

熱にうなされて見る悪夢よりもたちの悪い現実が目の前に。

ベッドで横たわる自分に馬乗りになって首を絞める誰か……それはカナタの義兄にあたるディーラスコ家長男のエイダンだった。

何故エイダンがここに？

何故エイダンが首を？

何故エイダンが俺を殺そうと？

熱にうなされて消耗した体力ではそんな思考すらもまともにさせてくれない。

不調に加えて首を絞められている息苦しさがカナタの視界を狭める。

「捨てられる……捨てられる……！　恐《こわ》い……。俺が、俺が……！」

窒息で狭まる視界の中、首を絞められている自分より苦しそうな声がカナタの耳に届く。

エイダンの瞳は今にも泣きそうで、それでいてどこか虚《うつ》ろに見えた。

まるで目を開けながら悪夢を見ているかのように。

その瞳が助けを求めているような気がして、カナタは自分の意識を手繰り寄せる。

「っ!?」

そして、何故か首を絞めるエイダンの力が弱まった。

突然訪れた万全の一呼吸。一瞬の余裕が目の前のエイダンの状態をカナタに推測させる。

「『水球《ボーロ》』っ!!」

ブリーナに注意されてもなお変わらない巨大な水の球が寝ているカナタの手の平から。

しかし今はこの巨大さがありがたい。カナタとエイダンの二人を水が包み込む。

当然、水の中にずっといられるわけもなく、エイダンはその水から逃れるようにカナタの上から飛《と》び退《の》いた。

「ぶふっ!!」

魔術を解除すると、水が球体の形を崩してカナタの上に落ちてくる。

起き上がり、顔の水を拭ってエイダンを見据えた。

頭の中からガンガンと釘を打ち付けられるような痛み。

体の熱は動きを鈍くし、揺れる視界が体調の最悪さを告げている。

「だから、どうした!!」

こちらの都合など関係なく理不尽というのは襲ってくる。

そんな事、ずっと前から知っていたはずだ。

自分がどんな状態であろうと動かなければいけない時に動くだけ。

体調が悪かったからと言い訳で死後の世界から蘇《よみがえ》られるわけないのだから。

「〝選択《セレクト》〟!!」

「俺だけだったのに……。俺だけが、俺だけがディーラスコ家の子だったのに……」

「目を覚ましてください兄上!」

「あいつが来てから不安なんだ……。領主の家にだって、父上は俺を連れていかなかった!!」

やはり、エイダンの様子がおかしい。

カナタが憎くて殺しに来たにしてはあまりに会話が嚙《か》み合《あ》わない。

心の中の不安をただ吐き出して、ついでに体が動いているような歪《いびつ》さを見てカナタはびしょ濡れのまま確信する。

「誰かに、操られてる――！」

そういった魔術があるのかどうかは知らない。

だがエイダンは間違いなく正気ではない。

カナタを殺そうとしているにしては首を絞める力の入れ方も中途半端で、習っているはずの魔術を使う気配もない。そして目は虚ろで会話も嚙み合っていない。

いつものエイダンならカナタが何か言えばいじるように言葉を返してくるはずだ。

「あああああああああああああああああ!!」

まるで被害者であるかのような悲鳴を上げながらエイダンはカナタに向かってくる。

これだけの大声を出したら外の誰かが気付きそうなものだが、誰も部屋に駆けつけてくる気配はない。

「何か細工がされてる……？」

「うぐっ！」

足に魔力を集中してエイダンの突進を躱《かわ》す。

エイダンは濡れたベッドに足を取られて、顔からカナタの枕に突っ込んだ。

蠟燭のか細い明かりを頼りに、部屋にいつもと違うものがないか探してみる。

「俺が長男なんだ！　次期当主なんだ！　でも、あいつは、あいつが、あいつが!!」

「兄上……！」

その口から吐かれたのは呪詛《じゅそ》ではなく、不安だった。

カナタが来て、自分の立場が脅かされると思った。だから気に食わなかった。

カナタが来て、父と母との時間が少し減った。だから嫌味《いやみ》の一つでも言って誤魔化《ごまか》した。

弟だなんて思えない。ましてやたった一人、この家で可愛がられてきた子供だったエイダンには。

「カナタあああああああああ!!」

「『火花《ティンダー》』！」

「うあ!?」

両手を伸ばして向かってくるエイダンに向けて、覚えたばかりの魔術を放つ。

暗闇に火花が散って、閃光《せんこう》が向かってくるエイダンの視界を塞ぐ。

エイダンは間違いなく誰かに操られている。だけどどうやって目を覚まさせればいい？

当たり前だが、精神干渉系統の魔術への対抗策などカナタが知るはずもない。

何か思い付け。無知でもなんでも今思い付かなければ。

ぶり返した熱が思考を邪魔する。それでも何とかしなければ。

幸い、エイダンの動きは単調。考える時間はまだある。体調は最悪だがまだ動ける。

……そんな事を考えていたカナタを急かすかのように、部屋の扉が静かに開く音がした。

「つと、失礼しまー……す？」

「!!」

「ぁ？」

部屋に入ってきたのは水の入った深皿を持ってきたルイだった。

恐らく、カナタの看病でぬるくなった水を替えるために外に出ていたのだろう。

寝ずに看病をすると言っていたその言葉に偽りなく、この夜の間ずっと付きっ切りになるつもりだったようだが……その熱心さが仇《あだ》となった。

「逃げろルイ!!」

「ぐっ！　カ、カ、ナタぁぁ!!」

「きゃあああああああ!!」

カナタは思い切りエイダンに組み付く。

カナタへの重苦しい思いを吐いてはいるが、他の人間に向かわないとも限らない。

であれば、咄嗟《とっさ》に動きを封じるにはこうするしか思い付かなかった。

だが、ここからどうする？　この体調でエイダンを組み伏せられるのか？

最悪の体調がエイダンを押さえる力を入れにくくさせる。

「はっ……！　はぁっ……！　つぐ!!」

「お前さえ！　おまえさえ！　いや、違う……！　そうじゃないそうじゃない!!　俺は、兄貴なんだ……から……！　でも……！」

エイダンに髪を摑《つか》まれて、そのまま殴られる。だるさと痛みで思考が纏《まと》まらない。

このままではどうしようもできないとカナタは拳に魔力を集中させて、

「ごめんなさい、兄上」

「ぼぶっ!?」

手加減無しでその顔目掛けて拳を振るう。

髪と摑んでいた手が離れ、エイダンの体がぐらりと揺れる。口からは血が。

その体目掛けて、魔術よりはましだろうとカナタはもう一撃、魔力を集中させた拳を叩《たた》き込《こ》んだ。

「がはっ!?」

「はっ！　はっ！　いい加減……目ぇ覚ませ!!」

カナタ自身がふらふらとはいえ、魔力を集中させた拳はエイダンを殴り飛ばすのに十分な力があった。

カナタに殴られ、そのまま倒れ込むエイダン。

それでも、呻《うめ》き声《ごえ》のようなものを発しながらまだ起き上がろうとしてくる。

まだ駄目かとカナタはふらつく体を動かそうとすると、

「やああああああああ!!」

「ぁ……？　ああ……」

逃げていなかったルイは持ってきた深皿をエイダンの頭に振り下ろす。

皿はエイダンの頭でぱりぃん、と割れて床に散らばり……エイダンはふらふらとしながら壁に寄り掛かるようにして動かなくなった。

「はあ……。はあ……。あ、愛の勝利！　ですね！　カナタ様！」

「ははは……ありがと、ルイ……」

安心したのか、カナタは力なく笑いながらエイダンに近付く。

もう動く気配はない。それどころかエイダンは寝息を立て始めていた。

この様子から見るに、エイダンにとっては悪夢の中で暴れたくらいの認識になっているのかもしれない。

「ルイ……人を呼んで……。兄上を、治療しないと……」

「はい！　すぐに！」

ぱたぱたと音を立て、ルイは急いで部屋を出ていく。

改めてカナタが部屋を見回すと、ひどい状態だった。

ベッドの周りは先程の『水球《ボーロ》』で水浸し。揉《も》みくちゃに組み合った衝撃でテーブルの上に置いてあった花瓶は割れて、こちらも水が滴っている。

蠟燭の火が頼りなくそんな部屋の惨状を照らしていた。

「ふう……ふう……」

カナタはエイダンの近くに転がっているとある物を見つける。

ふらつく体で何とかしゃがんで……カナタはその転がっていたそれを手に取った。

「やっぱり……兄上は魔術で……」

カナタが拾ったのは黒い魔術滓《ラビッシュ》。

一日体調が悪かったカナタは今日、訓練場から何も拾ってきていない。

カナタの使った魔術は火と水。魔術滓《ラビッシュ》が出たとしてもその色は赤と青。

つまり、ここにあるはずのないこの魔術滓《ラビッシュ》は、エイダンに魔術がかけられていた証拠そのものだった。

「ん……いでっ……なんだ、何か……」

いつもと同じように。いや、いつもよりも早く目を覚ましたエイダン。

しかし何故か頭や顔には痛みがあって寝起きが悪い。

体を起こして顔を触ると、包帯のようなものが巻かれていた。

「起きたかエイダン」

「おうわ!?　父上！　な、何故俺の部屋に!?」

起きてすぐベッドの隣にいたのは父であるシャトラン。

朝の自室にシャトランがいた事など当然なかったため、エイダンは驚きのあまりベッドから転げ落ちそうになった。

「お前の部屋ではない」

「え……？」

よく周りを見れば自分の部屋でない事にエイダンは気付く。

そして父だけでなく、ロザリンドも別のベッドのほうに座っていた。

ここは来客用の部屋だ。何故こんな所に自分達《たち》がいるのかエイダンにはわからない。

「兄上……よかった、戻ったんですね……」

「カ、カナタまで……？」

別のベッドに寝かされているのはカナタだった。

自分を見てもエイダンの様子が変わらない事にカナタはほっとする。

目を覚ますまで自信はなかったが、エイダンは間違いなく元に戻っているようだ。

「父上、母上、これは一体……？」

「……とぼけているわけではないようだな」

「とぼける……？　一体何を……？」

「エイダン、昨夜の事は覚えていないのですね？」

「さ、昨夜ですか……？　いえ、特に何も……」

「父と母に誓ってですね？」

「は、はい！　いつも通りの夜だった、はずです……？」

シャトランとロザリンドの表情が自分を叱る時よりも険しく、エイダンは緊張しながらも答える。

エイダンの記憶では特に何も変わった事はない。

いつも通り、部屋で寝たはずだ。だからこそ何故か客室で寝ている今に混乱している。

「……昨夜、お前が何をしたかカナタから聞いた。話してやろう」

「はい？　何故カナタが……？」

エイダンはわけもわからず、シャトランに昨夜の出来事を聞く。

カナタの部屋に入って首を絞めた事や、何故頭に怪我《けが》をしているかなど。

シャトランから昨夜の出来事を聞いたエイダンはみるみる青褪《あおざ》めていき、真偽を確かめるようにカナタのほうを見た。

小さく頷《うなず》くカナタを見て、エイダンは慌てて否定し始める。

「ちが！　違います！　そんな事！　た、確かにカナタが来て面白くないとは思っていました……。父上と母上が、こ、こいつばっかり構って……ラジェストラ様の城に行くのだって、置いてかれるのが、嫌だった……カナタの事が好きになれないのは認めます！　け、けど！　ですが！　俺だってディーラスコ家の息子です！　家名に血の混じった泥を塗るような行いをするわけがありません！　い、いくら、カナタが養子になったのが面白くないからって、だからって殺そうなんて思わない！　ましてや決闘もせずに寝込みを襲うなんて恥知らずな！」

「落ち着けエイダン。本当なら状況を考えてお前の凶行を疑わねばならないが……安心しろ。襲われた本人であるカナタがお前の意思じゃなかった事を主張している」

「え、カナタ……が……？」

エイダンは驚いた様子でカナタのほうを見る。

エイダンが聞かされた昨夜の出来事が本当なら、養子のカナタがディーラスコ家の跡継ぎを乗っ取るきっかけにもできる事件だ。状況からして、養子に立場を脅かされた実の子であるエイダンが凶行に走ったと捉えられてもおかしくない。

だからこそ必死に否定したのだが、まさか被害者であるカナタ自身が擁護してくれていたなどとは思いもしなかった。

「兄上は……夢を見てるように、うわ言を喋ってて、会話になってませんでした……。きっと、誰かに操られていたか……簡単な命令に従うようにされていたか……。黒い魔術滓《ラビッシュ》も、見つけたので……なんらかの魔術をかけられていたのは……間違いないと思います……」

言葉を途切れさせながら、苦しそうにしながらもエイダンを庇《かば》うカナタ。

そんなカナタにエイダンは心の中で感謝する。が気恥ずかしくて言葉にはできなかった。

「それに、兄上は一度、自分の首を絞めた手を緩めたんです……。もしかしたら……完全には、操れていなかったのかも……」

「ああ、精神干渉系統の魔術であっても人を完全に操れるものはほとんどない……カナタが体調不良の時を狙ったのはそのためか」

精神干渉系統の魔術は難易度が高い事に加えて、完全に人を操る魔術など一握りだ。

短時間だけ簡易的な命令に従わせたり、記憶を覗き込んだり。

その程度でも魔術師相手では魔力で抵抗されて満足な効果を発揮できない場合が多い。

今回エイダンを操れたのは、エイダンが元々カナタを嫌っていたという点が大きい。

「シャトラン様、お聞きしたいのですが……その魔術は遠隔でかけられるものなのでしょうか？」

魔術に詳しくないロザリンドが何か気付いたのか問う。

シャトランは首を横に振った。

「いや、先程言った通り難易度が高くてな。接触しなければ基本的には不可能だ」

「……エイダンはここ最近、貴族の集まりに出席しておりません」

「ああ、ロザリンド……君の方針でそう決まったであろう？　魔術学院への入学に備えて……勉学を優先……」

そこまで言って、シャトランはロザリンドが言いたい事に気付く。

「内部の人間の仕業、と言いたいのか？」

「恐らくは」

「だが精神干渉系統の魔術は第三域から……この屋敷では私と副団長のキーライ、それにカナタの家庭教師のブリーナ夫人、後はドルムントやマジェクなどの数名の騎士達くらいしかおらんぞ……。いくらなんでも、この者らがエイダンを操りカナタを襲わせるなど……」

ロザリンドにとってもシャトランにとっても馴染《なじ》みのある名前が挙がる。

全員カナタが来る前からの知人であり、部下であり友人達だ。

シャトランは自分を落ち着かせるためか、髭《ひげ》を撫でる。

「つまり、そういう事でしょう。わたくし達がカナタを養子にした事をよく思わない者……ディーラスコ家への忠誠を履き違えた者がいるという事ですシャトラン様」

エイダンに魔術をかけられる人物は内部の者だとロザリンドははっきりと言い切る。

それはつまり、カナタの危機の原因は未《いま》だ遠くへ行っていないという事。

別派閥の人間の計略だと言えればシャトランもどれだけ心が楽だったか。

部屋には重苦しい雰囲気が漂う中、カナタは拾った黒の魔術滓《ラピッシュ》を強く握り締めたまま眠りについた。


「あれから何も変わらないな……」

「私の可愛さがですか？」

「うん、まあ、ルイは可愛いよ……」

「きゃー、カナタ様ったらー」

エイダンを利用した夜襲事件から一ヶ月……カナタは変わらず魔術学院入学のためにディーラスコ家での日々を忙しく過ごしていた。

体調も元に戻り、夜中に襲撃されるような波乱万丈な出来事もなく平和な毎日だ。

忙しくとも授業と授業の合間にこうして部屋でルイと冗談を言い合うような時間もあるくらいにはゆったりとしている。まるで一ヶ月前の事件などなかったかのように。

「ルイって元貴族だったよね？」

「はい、といっても両親が馬鹿で借金ばかり作っていたので、貴族らしい事はほとんど……大きさもここディーラスコ家とは比べるのが失礼なくらい小さいですよ」

「え、貴族ってお金借りるの？」

「むしろ、新規事業や経営のために貴族のほうが借金をする方《かた》が多いと思います。借金はお金を返せるという一定の信用があって成り立つものです。平民はそもそもお金を借りる事ができない場合が多いですね」

「へぇ……ルイは物知りだなぁ……教えてくれてありがとう」

「お役に立てて光栄です」

今日の分の花束を花瓶に用意し、テーブルに置きながらルイはにこっと笑う。

しかしカナタが聞きたいのは別の事だった。

「ルイって魔術は使えるの？」

「ほとんど……第一域の魔術なら一つ二つ……。ですが、ほんとに下手《へた》で……これでも子供の頃は少し勉強していたのですが、どうもイメージするのが苦手だったようです。それに魔術学院に入る歳《とし》になる前に家が没落しちゃいましたから」

「そっか……」

「どうしたんですか急に……はっ！」

ルイは何かに気付いたのか泣きそうな表情を浮かべて、ソファに座るカナタの太ももに縋《すが》るように抱き着いた。

「ま、まさか一ヶ月前の事件で私を疑っているのですか……!?」

「え？　いや、そうじゃなくて……あ、でも遠回しにそうなっちゃうのかな……？」

「あ、あわ、あわわわ……！」

ルイは目を泳がせたかと思うと涙目になり、鼻水を垂らしながらカナタの太ももに抱き着く力をさらに強める。一体どこからこんな力がと思いたくなるほどに。

「か、かにゃた様……！　私は最初確かに嫌なお姉ちゃん……いえ、嫌な使用人でした！　けど今の忠誠は本物です！　ましてやカナタ様を陥れようなんて事は一切考えておりません！」

「いや、疑ってないから安心して？」

「今の私はカナタ様がディーラスコ家の当主になればいいのにと思っているくらい、カナタ様に全身全霊で仕えると誓っておりまず！」

「それは逆に疑わしくなっちゃうから言うのやめとこうか……？　ややこしくなっちゃう……」

「はい！　申し訳ございません！」

ルイはカナタに差し出されたハンカチで涙と鼻水を拭う。捨てられる前の子犬のように必死にカナタに縋る姿は流石《さすが》に演技とは思えない。

何より、最初からルイを疑って質問をしたわけではなかった。

一ヶ月前、シャトランとロザリンドはディーラスコ家の人間が忠誠を履き違えてカナタを排除しようとしたと結論付けた。状況から考えて内部の人間がエイダンに魔術をかけたと考えるのが妥当だが、その動機はカナタにとっては馴染みがない。

ルイに質問したのはただ貴族の常識を色々聞きたかったからだ。

「ちょっと俺が貴族の考え方をわかってないからというか……何か……違う気がするんだよね……」

「ちーん！」

カナタのハンカチでルイが鼻をかむ音とほぼ同時にノックの音が響く。

部屋に入るように促すと、入ってきたのはブリーナだった。

休憩時間はもう終わり。今日は魔術の授業の時間だ。

一ヶ月前の犯人は内部の者と断定されているが……家庭教師のブリーナや騎士団のキーライなどを含めて疑わしい者を全て拘束するなどという事はしていない。犯人探しに躍起になったのを見て他領に逃げられては領主ラジェストラの恥にも繋《つな》がってしまう。

ならばいっそ多くを発表せず、普通に出入りさせてボロを出させる方針を取っていた。

「あらあら、相変わらず仲がよろしいですね……ですが、淑女《レディ》を泣かせるのは感心致しませんよカナタ様」

「え」

ブリーナはおほほ、と朗らかな笑顔を浮かべながらカナタに縋りつく涙目のルイをちらりと見る。

状況から見れば確かにカナタがルイを泣かしているように見えるが、完全に誤解だ。

ブリーナの誤解を解くためにカナタはルイに助けを求めようとする……が。

「そうなんですブリーナ様！　カナタ様ったらいつもお優しい女たらしで！」

「ええ!?」

「まぁまぁ……女の敵というのは何歳からでも女の敵なのですね……」

「ちがっ……！　違います違います!!」

「いいですかカナタ様、私は作法の担当ではないので口うるさくお小言を言いたくはありませんが、淑女《レディ》には優しく接しなければなりませんよ？」

「違うんですってー!!」

突然のルイの裏切りに困惑しながらも手をぶんぶんと振って否定するカナタ。

この二ヶ月、週二日の授業を経て距離は縮まり、最近ではこんな風にカナタをからかう光景もよく見られる。

ロザリンドの基礎教育もあって、カナタは教本に書かれた文字も少しは読む事ができるようになっており、授業もスムーズに進むようになってきた。

授業時間の半分が過ぎて、小休憩しているとブリーナが少し考えて提案する。

「カナタ様、今日は久しぶりに訓練場へ見学に行きましょうか？」

「え、いいんですか？」

「ええ、最近は特に頑張っていましたし……このブリーナ、今日はカナタ様の趣味に再びお付き合い致しましょう」

「はい！　ルイ、袋、用意してくれる？」

「かしこまりました」

無邪気に喜ぶカナタの様子にルイもブリーナも微笑《ほほえ》ましくなってしまう。

それでも作法の勉強は順調なのか、エスコートは忘れない。

ルイに袋を用意してもらったカナタはブリーナの手を取って訓練場へと向かった。


久しぶりに訪れた訓練場では変わらず、騎士団の面々が剣と魔術を撃ち合っている。

気のせいか、終わるまで入り口から覗いていたカナタには以前よりも訓練に気合いが入っているように見えた。

響き渡る怒号に近い詠唱、剣と剣がぶつかり合う金属音。

訓練場は屋敷の本館から渡り廊下を抜けた先にあるが、騎士達の気迫はそのまま声を屋敷中に届けてしまいそうだ。

「お、カナタ。今日は見学しに来てくれたのか？」

「ドルムントさん、お疲れ様です」

ドルムントは訓練場でカナタが紹介された際、最初に声を掛けてくれた騎士だ。

そして第三域の魔術を扱える実力者であるため、一ヶ月前エイダンを操った犯人候補でもある。

気さくで歳の離れた兄のような雰囲気で、訓練で乱れ切った赤髪も気にしない様子にカナタは少し親近感が湧く。汗を拭う姿すら気持ちがいい青年だ。

「おう、お疲れ。ブリーナ夫人、汗臭い挨拶となり申し訳ありません」

「何を仰《おっしゃ》ってるんですドルムント。あなた達が頑張っている証拠でしょう」

「そう言っていただけるとありがたいです。なにせ訓練中は女性に会う前の身支度などできないもので」

「勝手に見学に来たのはこちらですもの。気になさらないで結構ですよ」

年下のカナタには気さくに、目上のブリーナには礼を尽くす。

まさに騎士らしい正しい態度の使い分けだ。

「また魔術滓《ラビッシュ》か？」

「はい、大丈夫ですか？」

「前も言ったけど、あんなもん勝手に取ってけ取ってけ。待ってろよ……団長！　カナタが来ております！」

訓練のきりがいいタイミングを見計らって、ドルムントはシャトランを呼ぶ。

「カナタ！　今は手が離せん！　勝手に取っていくがいい！　見学も自由でよいぞ！」

「はい父上！　ありがとうございます！」

新人の訓練に熱が入っているのか、シャトランは持ち場を離れない。

勝手に見学に来ているので、毎回ハグして歓迎してほしいだなんて我《わ》が儘《まま》を言うつもりはない。

カナタはブリーナに確認を取ってから、魔術滓《ラビッシュ》の欠片《かけら》が集められた訓練場の端へと走る。集められた魔術滓《ラビッシュ》は騎士団にとってはただのゴミ山だが、カナタにとっては宝の山だった。

「うはー！　今日も結構あるぞー！」

茶色の魔術滓《ラビッシュ》を手に取って、その奥底を覗く。

第一域の『石礫《グラベル》』という魔術だ。カナタの持つ教本にも載っている。あと数ヶ月もすればカナタも勉強するものだろう。

しかし第一域の魔術だろうと関係ない。カナタはルイに用意してもらった袋に魔術滓《ラビッシュ》を詰め込んでいく。

いずれ勉強するとしても、これはカナタにとって趣味だ。知らない魔術滓《ラビッシュ》はとりあえず確保したい。

しかし、やがて前に言われた個数制限を思い出したのか、手が止まった。

「そうだった……前に二十個以内にしておけって……むむむ……」

先程までの勢いはなくなり、カナタは魔術滓《ラビッシュ》を慎重に選別し始める。

あーでもないこーでもない。他人にはわからない判断基準で選んでいく。

名残惜しそうに選別した魔術滓《ラビッシュ》を袋に入れていると、カナタの頭上から影がかかった。

「……それが、ディーラスコ家の子となった者に相応《ふさわ》しい行動かね」

「……？」

低く、巨大な剣のように重い声。

カナタが振り返ると、そこには何度か見かけた騎士団の副団長キーライが立っていた。

見下ろす瞳にはまさにゴミを見るような、そんな不快感を宿して。

「こんにちはキーライ副団長、お邪魔しています」

「……こんにちはカナタくん。どうやら挨拶だけはロザリンド様から教育を受けたようだね」

「挨拶以外にも色々と教えていただいています」

一ヶ月前の事件の影響もあってカナタはキーライと喋る回数こそ少ないが、キーライがどんな人物かを少しだけ聞かされていた。

ディーラスコ家の騎士団で若くして副団長を務める騎士であり、第三域にまで至っている魔術師である。

その正体はシャトランの弟が早くに授かった息子であり、今のカナタから見ると従兄《いとこ》にあたる。つまり書類上は親戚だ。

ディーラスコ家として、という言い方ができるのも当主であるシャトランと血縁上の関係があるからこそだろう。

その目は養子とはいえ、庇護《ひご》すべき子供に向けるものではない。

「ロザリンド様が教育しているというのに、このような卑しい行為を繰り返すとは……元の出来がある程度良くなければ流石にお手上げという事、か」

「まだ学び始めたばかりなのでそれはわかりませんが……これは自分の趣味なので、母上の教育は関係ないと思います」

キーライの嫌味に対抗しての言葉、ではない。

カナタはただ本心で偽りなく考えを語っているだけ。

ゆえに、キーライのその目を前にしても堂々としている。

ただ大人しくしているだけでは何も変わらない。

むしろ大人しくしているところに付け込まれて、他人に自分を握られてしまう事をカナタはもう知っている。

その堂々とした態度が生意気に映ったのか、キーライは不快感を隠そうともしない。

「なるほど、胆力はあるようだ」

「ありがとうございます」

「そういうところに、騙《だま》されたのかもしれないね」

「騙されたとは？」

カナタに問われてキーライは顎を撫でた。

よく見れば、顔立ちとその仕草がほんのりシャトランと似ているのがわかる。

聞いた通り、親戚というのは本当のようだ。

「このような卑しい子供がラジェストラ様のお眼鏡《めがね》にかなうとは、正直今でも信じ難いものでね。だがこのように堂々としていれば……なるほど、少しはましに映るのかもしれない。ラジェストラ様は元々子供に甘い御方《おかた》でもあるからな……あのクズで貴族の風上にも置けない豚魔術師《ダンレス》の子でも、少し使い物になりそうなら確保しておく御方ではあるな」

キーライはディーラスコ家の親戚ではあるが、視察に同行していなかったがためにカナタの本当の素性を知らない。

貴族社会に進出するためには漏れる口は少ないほうがいいというラジェストラの意向のためだ。

ダンレスの子という設定を持ち出し、改めてキーライはカナタを非難する。

親を侮辱されるというのは普通なら許せぬ事……キーライはカナタの本性を見たいがためにこの

ような言葉を選んだようだが、生憎《あいにく》カナタにとっては同意しかない。

「わかります、ダンレスのクズっぷりときたら苛立《いらだ》ちますよね」

「……っ？」

まさか同意が返ってくるとは思わなかったのか、キーライもこれには少し怯《ひる》む。

子供にこのような事を言われてしまうとは、ダンレスは自分が聞くより遥《はる》かにひどい男なのかもしれないと。

「自分の父を揶揄《やゆ》されてその態度か、腰抜けでもあるようだ」

「俺の父はシャトラン様です。そこで一生懸命、部下の方々に稽古をつけているご立派な御方です」

カナタは訓練場の中心のほうに目を向ける。

そこには部下相手に熱心に訓練に励むシャトランがいた。

「副団長は行かなくてもよろしいのですか？　第三域まで使う事のできる御方と聞きましたが？」

「……とにかくだ、魔術滓《ラビッシュ》を拾うなど見苦しいにも程がある。誉れあるディーラスコ家には相応しくない。養子となった以上ディーラスコ家の顔に泥を塗るような真似《まね》はやめたまえ。さもなくば、手痛い事故が起きるかもしれないよ」

「ご忠告ありがとうございます。ですが……これはやめられません」

カナタは魔術滓《ラビッシュ》を詰め込んだ袋をキーライに見せつけるように掲げると、キーライは訓練に戻るために踵《きびす》を返した。

どれだけ嫌味をぶつけても風に吹かれた紙のようにひらひらと躱されて、思い通りのリアクションをしないカナタに嫌気が差したようにも見える。

「これが、俺がここにいる意味なので」

「……？」

キーライは振り返り一瞥《いちべつ》すると、より不機嫌そうにしながら兜《かぶと》を被《かぶ》って訓練へと戻っていった。

次第に、撃ち合う剣戟《けんげき》の音と魔術を唱える声が入り交じった訓練場らしい空気に戻る。

「なーんか……嫌な感じですね」

キーライとの会話が終わるのを見計らっていたのか、横からひょっこりとルイが顔を出す。

改心する前は似たような立場だったはずだが、そんな事はもうルイにとっては遠い昔の話。キーライの背中に向けてベロを出している。

「うわ、ルイ」

「乙女《おとめ》に向かってうわ、って……ルイは悲しいです……しくしく……」

「ご、ごめん……」

キーライのような見下す視線を向けられるのは幼い頃から慣れているのもあって堂々と返せるが、ルイのような傷付いた弱者を装う瞳にはどうにも弱いままのカナタだった。

「さて、カナタ様いい加減に終わらせてくださいませ。ブリーナ先生がお待ち……というより、もう授業時間終わっていますよ。ブリーナ先生を解放して差し上げませんと」

「え」

けろっと嘘泣きをやめたルイは訓練場の入り口のほうに視線を向ける。

魔術滓《ラビッシュ》の選別とキーライとの雑談（？）でよほど時間を食ってしまっていたようで、ブリーナ先生はどこからか持ってきた椅子に座ってカナタを待っていた。

ようやくカナタが気付いたのを見て、ブリーナがこちらに向かって手を振る。正直に言えばカナタはすっかり授業中だという事を忘れていた。

「しまった……せっかくの魔術の授業なのに……」

「さあ、戻りましょうカナタ様。後悔してもカナタ様が授業時間を目一杯使ってゴミ拾いしていた事実は消えませんよ」

「……ルイが最初、俺に意地悪した事が消えないみたいに？」

「ぐ、ぐっふ、う、うぐ……私の硝子《がらす》の心に鋭くも重い一撃……。お、怒ってます？　カナタ様……あの時の事やはり怒っていらっしゃいますよね……!?」

ちょっとした仕返しのつもりだったが、どうやら予想以上にこの話はルイに効いたようで、ルイの足は生まれたての小鹿のようにぷるぷると震えていて歩くのがやっとのようだ。

そんなルイを何故かエスコートするように手を貸しながら、カナタは訓練場を後にする。

「……やっぱり、来てよかった」

カナタは訓練場のほうを振り返って、確信したように呟《つぶや》く。

そんなカナタをルイは涙目になりながら呆《ほう》けたように見つめる。

「聞いてよかった……？　私の泣き声をですか……？　カナタ様って実はそういう趣味が……？」

「言ってないよ……」

「兄上、少しよろしいですか？」

「…………なんだよ」

訓練場で確信に近いものを掴んだカナタは翌日から行動を開始した。

この二ヶ月、積極的に会おうともしなかったエイダンの部屋を訪れた。

エイダンの部屋はカナタの部屋より少し広く、壁には家族の肖像画が誇らしげに掛けられている。

貴族だからと過度に高価な調度品を置いたりしないのはディーラスコ家の方針なのか、まだエイダンには早いという事なのか、思ったよりも部屋はすっきりしていた。

エイダンはカナタを部屋に通したはいいものの、カナタが尋ねてくるなど初めてだったので驚きと警戒で睨《にら》んでしまう。

「お前、本当に正気のカナタだろうな？　この状況……一ヶ月前の逆だったりしないよな？」

「だったらどうします？」

「今すぐ騎士団を呼ぶ」

エイダンはテーブルの上のベルに手を伸ばす。

カナタの部屋にはまだ置かれていないが、誰かを呼ぶための魔道具のようだった。

これを鳴らすともう一方に設置されている訓練場や騎士団棟のほうに連絡が行くらしい。

「大丈夫です、あの時の兄上と違ってちゃんと正気なので」

「まだ俺はお前の復讐《ふくしゅう》説も捨てきれないんだが？」

「……だったらどうします？」

「それやめろ！　いちいちこわいんだよ！」

「兄上が疑い深いんですもん」

「あのな、普通はこれくらい警戒するんだよ……お前も一ヶ月前に襲ってきた奴《やつ》の部屋に普通来るか!?」

エイダンは何だかんだ言いながらも自分の作業を中断して、ソファのほうに座ってきた。

世話係にお茶を淹《い》れさせて、カナタに最低限のもてなしをしてくれている。

エイダンの世話係は眼鏡をかけた垂れ目で優しそうな女性だった。

「カナタ様、ルイがいつもお世話になっております。今度またふざけた真似をしたら侍女長や私にお申し付けください。矯正しますので」

「どうしたセーユイ?」

「いいえ、なんでもございません。ごゆっくりどうぞ」

お茶を出されるついでに、小声で伝えられてカナタは苦笑いを浮かべる。

どうやら見た目とは裏腹に芯の強そうな女性だった。

今頃、ルイは背筋に寒気が走っているに違いない。心配しなくても今のルイはカナタに十分すぎるほど尽くしてくれているので安心してほしい。

「それで? 何の用だ?」

「兄上は俺がディーラスコ家に引き取られると聞いて嫌でしたよね?」

「お前……いや、まぁいい……」

カナタの直球すぎる質問にエイダンは辟易《へきえき》する。

話を急いだのは自分だと納得させると同時に、カナタはこういう奴なんだという事がエイダンにもわかってきた。

真っ直ぐでありながら、向けられる悪意や敵意をしっかりと理解している。その上で真正面からぶつかる人間なのだと。

「ああ、気に食わなかった。正直に言えば死んでほしいと思ったし、いなくなってくればいいのにと思ったさ。俺がいるのに急に養子だからな。普通は立場を脅かされると考えるだろ……廃嫡されるかもしれない状況だ。父上と母上にそうじゃないと言われてもな」

「普通は、ですか。やっぱりそうなんですね」

エイダンの話でカナタの確信が強まっていく。

「あ、だからって一ヶ月前のは俺の意思じゃないぞ？　本当に覚えてねえ」

「はい、わかってますよ」

「……けど、めちゃくちゃ焦ってた覚えだけはある。ディーラスコ家がこいつに乗っ取られるんじゃないかって恐かったのもな。まあ、そんな器用な奴じゃないってわかったから、操られたのも悪くはなかったのかもな」

「兄上……そういう趣味が……」

「時折いらっとくるのはお前の世話係の影響か？」

それから最近のエイダンがどんな事をしているか色々と聞いて、カナタはエイダンの部屋を後にした。思えば、これが初めて二人が過ごした兄弟らしい時間だったかもしれない。

「母上、お忙しいところお時間を取らせてしまって申し訳ありません」

「構いませんよ。座りなさい」

エイダンから話を聞いた二日後、カナタはロザリンドとお茶の時間を一緒に過ごす事となった。

作法の授業の後、少し聞きたい事があると伝えただけなのだが、カナタからの改まっての話という事でロザリンドはわざわざ後日に時間を設定してくれたのである。

貴族の話というのはこういうものらしい。場所はカナタがディーラスコ家へ来た時にもロザリンドと二人きりになったコンサバトリーで、今日は緊張していた初日と違って手入れがよく行き届いている花や中庭の景色がよく見れる。

世話係とのその後や授業について、ロザリンドの趣味の話など雑談に花を咲かせてからロザリンドが本題を切り出した。

「それで、話とはなにかしらカナタ？」

「はい、母上はディーラスコ家に俺が来ると聞いて嫌でしたか？」

「……ええ、嫌でした」

ロザリンドは少し考える素振りを見せて、それでも正直に答えてくれた。

カナタが取り繕った答えを望んでいない事が伝わったのか、赤裸々に当時の思いを語ってくれる。

「突然、シャトラン様から養子を引き取ると連絡されて眉間に皺《しわ》が寄りましたとも。どこの馬の骨ともわからない者の母になるなどごめんでしたし、エイダンの立場を脅かすような者をわざわざ自分の手で教育しろというのですから。一体何を考えているのかとラジェストラ様に抗議の手紙をしたためるところでした」

カナタから見てもロザリンドはそんな様子を微塵《みじん》も見せていなかったが、やはり内心では急な養子の話に不満があったようだった。

ロザリンドからすれば突然生えてきた子供に自分の子として教育しろというのだから当然と言えば当然……それでもこの二ヶ月、カナタの作法の教育を順調に進めているのはロザリンド自身の面倒見の良さゆえか。

「やっぱり、母上のような御方でもそう思いますよね」

一つ、また一つ、カナタの中で確信が強まっていく。

魔術滓《ラビッシュ》の時と同じだ。こうした積み重ねでしか自分は世界を知れないとカナタは知っている。

自分は既知に長《た》けた賢人でも、神託を得られる聖人でもない。ただ何かを探し求めて歩く事しかできない子供なのだ。

「けれど、あなたと会ってそうは思わなくなりました」

「え？」

「覚えていますか？　あなたと初めて会った時にここで話をした事を」

「はい、あれが一番初めにした貴族らしい出来事でした」

ロザリンドは作り笑いではない微笑みを浮かべカナタを見つめる。

「あの時、あなたがいた傭兵団の話をしてはいけないとわたくしは言いました。平民を養子にするのと貴族の血を引いている者を養子にするのでは話が全く変わってきますから。わたくし達はもちろん、あなた自身を守るためにも必要な事なのです」

「……はい」

「あの時、泣きそうな顔をしながら寂しがるあなたを見て、わたくしはあなたの母となる事を決意したのですよ。形だけではない親になろうと」

カナタは少し恥ずかしくなって頬《ほお》が赤くなる。

自分では顔に出していないつもりだったが、ロザリンドにはその時の気持ちが普通に見透かされていたようで。

ロザリンドの人生経験のなせる業か、それとも流石は母親という事だろうか。

「あの俯《うつむ》く姿を見て、この子は元いた場所で愛されていたと知りました……ならば今度はわたくしの番です。エイダンと同じくらい、と今言うのは白々しいので言いませんが、それでもあなたはわたくしの子です」

「ありがとう、ございます……母上」

最初に会った時のように抱擁せずともロザリンドの思いがカナタに伝わる。

少しだけ言葉が詰まった。多分これもばれてるんだろうなとカナタは照れ隠しに紅茶を一気に飲み干した。


次の週になると今度はブリーナに話を聞こうとカナタは授業を張り切ってこなした。

毎回用意するのが定番になった花束をテーブルに用意した花瓶に差して、落ち着く香りに包まれながらカナタは教本を開いて熱心にブリーナの授業を聞いている。

「第三域から本すらない……？　とは……？」

「ほほほ、びっくりしますよね。正確には本の形を成してないのです」

「え、え、ど、どういう事です？」

「第一域は教本が、第二域は一応魔術書としてあるのですが……第三域以降の術式は平面で書き記す事ができない場合が多いので、教本のように術式を載せられないのですよ。それに、第三域からは家特有の固有魔術や情報が途絶えた失伝魔術などがあるので、誰も本になどしないのです」

「へぇ……！」

今回の授業は第三域以降の術式に関する内容で、カナタにとって二年以上先に控えた魔術学院への興味が湧くような内容だった。

今でこそ教本を利用して第一域の魔術を学んでいるが、どうやらここから先はこんな風に勉強できるようなものばかりではないらしい。

少しばかりの実技も終えて、授業時間も残り僅かというところで今日の内容は終わった。

「本当にカナタ様は覚えがよくて教え甲斐がありますわ」

「ありがとうございます……あの、ブリーナ先生、まだお聞きしたい事があるのですがよろしいですか？」

その残り時間を利用してカナタはブリーナにも質問する。

遠慮がちなカナタにブリーナは小さく微笑んだ。

「よろしいですかだなんて……まだ授業時間ですもの。生徒の質問にお答えするのが先生ですよ。何でもお聞きになってくださいな」

「よかった、ありがとうございます」

カナタは小さく頭を下げて、それからブリーナを真っ直ぐと見据えた。

「兄上に俺を襲わせた犯人、ブリーナ先生ですよね？」

そんなカナタの突拍子もない問いに、

「まぁ、素晴らしい……よくおわかりになりましたね？」

いつもと変わらない朗らかな笑顔を浮かべて、ブリーナは小さな拍手をカナタに送る。

その姿はまさに、問題を解いた小さな生徒を称賛するかのようだった。

最後の授業時間

「ああ、今日……カナタ様の世話係が部屋にいないのはそういう事でしたか」

魔術の授業になるとずっと後ろからカナタに声援を送っていた世話係のルイが今日はいない。

本来ならいないのが普通だからとブリーナも気にしていなかったが、カナタはブリーナを犯人だと確信していたからこそ、事前に席を外すよう言っていたに違いない。

「……最初は騎士団のキーライ副団長かなと思いました。この屋敷の中で俺にはっきりと敵意を向けてくる人で俺の事をよく思っていない。でも、よく考えてみれば……あれは当たり前の事でした」

騎士団の副団長キーライはディーラスコ家の親類。

まだ貴族らしい振る舞いができていないカナタに警告するのは普通の事で、そもそもの心情として外から突然来た養子を歓迎しないのは当たり前だ。

兄となるエイダンもそうだった。カナタから見れば清廉にしか見えないロザリンドですらも。

だからあの敵意は至極真っ当なもので、キーライが特別悪人である証《あかし》ではない。

「それに、キーライ副団長が犯人だとしたら、少しおかしかったので」

「おかしいとは？」

「俺が操られた兄上に襲われた日……キーライ副団長は俺が体調不良なのを知らなかったはずです。だからタイミング良く襲わせるなんてできるはずがない」

「まぁ……ですが養子とはいえ、ディーラスコ家の子供が病気となれば使用人達《たち》が噂《うわさ》くらいはするのでは？」

「確かにそれだけなら確信は持てませんでした。でも……この部屋に音を漏らさない魔術がかけられた説明がつかない」

「!!」

カナタがエイダンに襲われている時、途中で入ってきたルイは部屋に入ってくるまで中でカナタとエイダンが争っているのがわかっていなかった。

カナタが声を荒らげ、エイダンも絶叫していたにもかかわらず。あの時の二人の声は廊下に響き渡るのに十分なほどの声量だったはずだというのに。

「俺、あの日部屋に誰か来る度に目を覚ましてたからわかるんです。お見舞いに来たのは父上と母上だけだった。だから、キーライ副団長はこの部屋に魔術をかけられない。この部屋に防音の魔術をかけられるのはお見舞いに来た父上と、授業中に俺が倒れて、ルイに医者を呼びに行かせて都合よく一人になれた……あなただけですブリーナ先生」

カナタがそう言い切ってブリーナは再び小さく拍手を送った。

今度は小さな生徒に送るものではなく、カナタが犯人に至るまでに並べた根拠に対する本物の感心を。

「いつから疑っておりました？　私自身、カナタ様の信頼を獲得していたと自負していたのですが」

「疑っていたというよりは、自分の違和感を確認していっただけです。父上や母上は内部の誰かがディーラスコ家への忠誠を履き違えて起きた可能性が高いと言っていました。でもそれならディーラスコ家の跡継ぎである兄上を操るのはおかしいのです。けど二人にとって兄上は実の子で、大切な跡継ぎだから……兄上が操られたというのがあまりに大きな出来事だったから、事件の理由に壮大な思いや目的があるはずだって思ってしまったのではないでしょうか」

カナタの推測を肯定するようにブリーナはうんうんと頷《うなず》く。

その姿は生徒の正答を聞く先生そのもの。授業時間はまだ残っている。

今日の授業時間はあと、十分。

「ダンレスは、村同士のささいな争いを理由にして……大義名分なんて全くないまま隣の領地に戦争を仕掛けたそうです」

「……？」

話が突然飛んだ事にブリーナは首を傾《かし》げる。

カナタは続けた。

「俺はその戦争を見てきました。大勢の倒れてる人達に血の跡、聞こえてくる悲鳴……土臭くて、焦げ臭くて、錆《さび》臭い……嫌な臭《にお》いしかしない戦場でした。あそこで何人も何十人も死んでいったと思います」

戦場漁《あさ》りとして見てきた戦場の記憶が脳裏に思い浮かぶ。

自分にとっては当たり前の日々で、そう生きるしかなかったけれど。

倒れた人達の持ち物を漁って生きてきた自分にこんな事を言う資格は、もしかしたらないのかもしれない。

それでも、あの戦場は一人の気まぐれで作られていいような場所ではなかった。

あそこで倒れていった命はきっと、一人の気まぐれで消えていいわけではなかったはずだ。

「起きた出来事がどれだけ大きくても、それを引き起こした人に壮大な目的があるとは限らない」

事件の大きさと、発端の大きさは比例しない。

歴史に刻まれる事件の裏に、必ずしも巨大な陰謀や思想が隠れているとは限らない。

二年以上もの間、戦場漁りとして戦場を渡ってきたカナタは経験からそれを知っている。

「遠回しにブリーナ先生の目的を大きくないと言ってごめんなさい。でも……ブリーナ先生はディーラスコ家をどうこうしたいわけではないですよね？　それだけは、わかるから」

そこでカナタは言葉を止めた。

自分が出した答えはここまでで、今度はそちらの番だと言いたげに。

真っ直《ま》ぐ《す》で正直な生徒《カナタ》に答えを教えるために、今度は先生《ブリーナ》が口を開く。

「ええ、カナタ様の仰《おっしゃ》る通り……この家の事など全く関係ありません」

「じゃあ何故《なぜ》兄上に俺を襲わせたんですか？」

「決まっているではありませんか。私の目的はあなたですよカナタ様」

「え、俺？」

傍《はた》から見れば、先生と生徒がソファで座りながら仲睦《むつ》まじく話しているように見える。

その実《じつ》、行われているのは一ヶ月前の事件の自白だ。

ここまで来てもブリーナはカナタに対する態度を崩さない。犯人とわかった今見ても、ブリーナは知り合った時の優しそうな印象のまま。

カナタに暴かれても自然体のままでいられるその精神性は貴族だからか魔術師だからか。

「ええ、私は凡才ではありますが魔術学院に家庭教師と今までの人生で一握りの天才達も数多《あまた》の凡才達も見てきました……ですが、あなたはそのどちらかもわからない！　魔術滓《ラビッシュ》に時折、術式の欠片《かけら》が刻まれている事は周知の事実……ですが、そんな欠片から術式を読み取るなんて聞いた事がありませんわ。ましてや第三域の魔術が最初に唱えた魔術だなんて有り得ない！　シャトラン様から聞いた時、魔術師としての熱が私の中に戻ってくるのを感じたのです」

ブリーナの瞳はカナタを視界に収めて爛々《らんらん》と輝いている。

授業の間では決して見せなかった姿。これがブリーナの素なのかと。

それとも、若い頃の情熱がこうさせているのか。

残りの授業時間は……あと五分。

「欠片に刻まれた術式以外の補填《ほてん》方法は一体？　使い手の空想と修正力が生み出す情報処理？　それとも自らの記録による仮想構築？　精神への影響は？　使い手の術式基盤は一体どう記録されて

いるのか？　気付けばあなたへの興味で一杯で、気付けばこう思うようになりました！」

ブリーナの口から出てくる言葉は激流のように止まらない。

カナタはその意味を半分も理解できていない。恐らくは魔術学院に入学すれば理解できるのかもしれないが。

「ああ、あなたの脳髄に好き放題、未完成の術式を書き込んでみたい……！」

最悪な事に、その目的だけはしっかりと意味を理解できてしまった。

カナタの頭蓋を開く妄想をするブリーナは恍惚《こうこつ》の表情を浮かべている。

代わり映えのない人生の中、突然現れた異質《カナタ》への執着が彼女にそうさせていた。

「ですがあなたはまだ子供。あなたを育ててみたい心もあり、魔術師として今すぐ摘み取って実験してみたい心のどちらもありました。将来の楽しみと今の楽しみ、どちらかを選べるはずがありません。ですから両方とも少しずつやる事にしたのです。あなたに基礎を教える先生としての顔と研究欲を満たしたい魔術師としての顔……どちらも捨てずに徐々に追い詰めてみようと」

「それで、兄上に俺を襲わせたと？」

「ええ、私からのプレゼントは気に入ってくれました？　精神干渉系統の魔術は対象に術式を植え付ける特性上、魔術滓《ラビッシュ》が残ってしまうのです。部屋に闇属性の魔術滓《ラビッシュ》が残っていたのでは？」

「……」

カナタはあの日握り締めていた魔術滓《ラビッシュ》を思い出す。

熱でうなされる中、カナタは犯人の手掛かりになるかもとずっと離さず、寝込んでいる間ずっと見ていた黒の魔術滓《ラビッシュ》。

魔術滓《ラビッシュ》を集めるのが趣味でどんな魔術滓《ラビッシュ》を貰《もら》っても喜べると思っていたが、カナタの中には嬉《うれ》しいと思う心は微塵《みじん》も湧いてこない。

「こんなにも早く露見してしまって残念です。もっと育ってからと決めていましたのに」

「早くわかってよかったです。兄上に襲われるよりも恐ろしい事をされそうだったので」

「最後に一つ私からよろしいですか？　何故二人のタイミングでこのお話を？　私が犯人だと気付いていたのなら恐ろしい気持ちはなかったのですか？」

「何を思っていたかはともかく、ブリーナ先生は今日まで俺に魔術を教えてくれました。その恩を義理立てただけです」

「なるほど、あなたはどこまでも真っ直ぐな子なのですね。若いというのはなんと素晴らしい事でしょう」

こうして、二人の答え合わせは終わった。

互いにやるべき事は一つだけ。

「それでは、今までありがとうございましたブリーナ先生」

「いえいえ、あなたのような素直な生徒を教えるのは私も楽しかったです。こちらこそありがとうございましたカナタ様」

二人は互いに礼をして、授業の時間は終わった。

先生と生徒であった最後の時間が。

「好き勝手言えるのもここまでだ糞《くそ》魔術師。牢屋《ろうや》に化けの皮はいらないだろ？」

「あらあら、淑女《レディ》には優しく接しなければいけないとお教えしましたのに……まだまだ教える事が多くありそうですね実験台様《カナタ》？」

カナタの口調は荒々しく、ブリーナはそのまま、しかし確実に。

同じソファに座り、手を伸ばせば触れ合える距離で互いが互いに牙を剝《む》く。

先生と生徒ではなく敵として。


「〝選択《セレクト》〟」

「私に勝てるとお思いですか？　それとも……第三域の魔術を使える事と、第三域の魔術師と認められている事を同等とお思いで？」

「ふっ！」

先生の時間が終わり、じろりと冷たい魔術師の眼《め》がカナタを捉えた。

カナタは魔力を体全体に走らせる。

何かを唱えるよりも先に、テーブルの花瓶を摑《つか》みブリーナの頭目掛けて振り抜く。

「ほほ、野蛮ですわね」

対して、ブリーナも体全体に魔力を走らせてソファから跳ぶ。

花瓶に入った花と水は床にぶちまけられ、散った花をブリーナはぐしゃりと潰した。

すでに五十近い初老の女性とは思えない身体能力は魔力が全身に行き渡っている証拠。前線から長く離れているというのに、息を吸うように魔力を操る生粋の魔術師としての姿をブリーナは見せる。

目尻に刻まれている皺《しわ》すらも、経験が顔に出た脅威にすら思えた。

「そんな事思ってないけど……ダンレスと一緒だろ？」

「あら……私は凡才ではありますが、ダンレスのような下等魔術師と一緒だと思われるのは心外ですわね……。これだから悪名でも質の低い魔術師の名前が広まるのは嫌なのです」

カナタとて、ダンレスと同程度などとは思っていない。

戦闘経験が少ないとはいえ、これでも戦場漁りとして兵士や傭兵《ようへい》、在野の魔術師達の戦いを見てきたカナタにはわかる。

目の前の初老の女性が、ダンレスとは違うという事くらいは。

「ふふ、では私がカナタ様の頭を実験に使うに値する魔術師だとわかっていただくための提案《プレゼン》を兼ねて、これが第三域だとお見せしましょう――〝起動《アクティベイト》〟」

「!?」

バン、と扉が大きな音を立てて開く。

カナタは肩越しに首だけ振り返って後方の扉を見た。

そこには、カナタが見掛けた事だけあるディーラスコ家の使用人がいる。

これから戦いが始まるという時に何て間の悪いタイミングか。

カナタが逃げろと叫ぼうとする前に、最初の一人に続いて次々と使用人がカナタの部屋に駆け付けた。

「まぁ、案外慕われていたようですねカナタ様」

カナタの部屋に集まった使用人は七人。ブリーナは意外そうにくすりと笑う。

――違う！

偶然七人も使用人が部屋に訪れるわけがない。声を聞いて助けに来たなどもっと有り得ない。

カナタはこの状況が一ヶ月前と同じだという事に気付く。

「二ヶ月もカナタ様の家庭教師として通わせていただいていたんですもの……無防備で耐性のない使用人全員に精神干渉の魔術をかけるくらい、できて当然でしょう？」

「っ――!!」

「ですが、あなたを疎んでいる使用人が七人しかいないのは意外でした。よかったですねカナタ様……この七人以外には多少なりとも好感を持たれているようですよ？」

一ヶ月前のエイダンと同じように、七人の使用人がカナタ目掛けて襲い掛かる。

傷付けるわけにはいかない。いくらこの七人がカナタを嫌っていたとしても、自分の意思で襲ってきている者は誰もいないのだから。

「糞魔術師……！　『水球《ボーロ》』！」

「エイダン様を脅かす……！　ごぼぼっ！」

「あああああああああ！」

「奥様に迷惑をかける害虫！　害虫害虫!!」

「ひっ……！　ひっ……！　こわいこわいこわいこわいこわいいいい!!」

カナタは巨大な水の球を押し付けるようにして使用人達を押し流す。あまりに巨大すぎるのがカナタにとっての課題だったが、今はその巨大さに救われた。

頭から水を浴びてもまだうわ言のように何かを叫び続ける使用人達はやはり正気ではない。

今のうちに外に出なければとカナタは扉に向かって駆け出す。

「外に助けを求めても無駄ですわよ……すでにこの屋敷全体にはあの夜、カナタ様の部屋にかけたものと同じ固定術式を刻んでおります。どれだけ叫んだところでシャトラン様まで聞こえませんとも」

ブリーナの得意気な忠告を無視して部屋の外へと飛び出す。言われなくてもそのくらいは想定している。使用人全員を操るなんて大胆なやり方、それくらいの備えがなければやらないだろう。

今は騎士団の訓練の時間。訓練場までは走って三分ほどだが……すんなり行かせてもらえるはずはないし、辿《たど》り着《つ》くまでに何らかの術式が仕込まれていると考えたほうがいい。

廊下に出るとその場でうずくまっている使用人が二人いた。ブリーナの精神干渉を受けながらもカナタを襲いに来なかった人達だ。心の中で感謝しながら走る。

「私は使用人達がどうなろうと構いませんが、あなたはお優しいですものね？」

「『石礫《グラベル》』！」

「『氷魔の爪痕《マリシャスタロン》』」

背後に聞こえるカナタを弄ぶような声。カナタは振り返って、追いかけてきたブリーナに第一域の魔術を飛ばす。

しかしカナタが生成した拳ほどの石は、ブリーナの両手から伸びる氷の爪によってバターのように切り裂かれた。

「この二ヶ月の成果ですね！　ですが、第一域は第一域に過ぎませんよ！」

「『炎精への祈り《フランメベーテン》』!!」

「それは――」

怯《ひる》む事なく、突如としてカナタが放つは第三域の攻撃魔術。

ブリーナは咄嗟《とっさ》にカナタの部屋に戻って廊下を呑《の》み込《こ》む豪炎を躱《かわ》す。

無傷でやり過ごしたはいいが、両手に生成した氷の爪は溶けていく。

「まさか廊下に倒れる使用人ごと……いえ、これは……」

この二ヶ月、カナタと直《じか》に接して人となりを把握したブリーナは驚愕《きょうがく》を隠せない。

彼の性格を考えればそこらにいる正気を失った使用人を無視できるはずがない。

ブリーナは即座に外に出て廊下の使用人達を確認する。

予想通り、廊下にはやけど一つ負っていない無傷の使用人が二人ほど倒れていた。

そう、カナタの使った『炎精への祈り《フランメベーテン》』は精霊系統の魔術。

使い手の意思によって規模や対象を細かく選ぶ事ができる、第三域の中でも高等とされるもの。

カナタの魔術は見事、ブリーナ以外を燃やさないように放たれていた。

「素晴らしい！　素晴らしい！　おほほ……ですが、そのせいで使用人達は振り切れないみたいですわね……？」

ブリーナが廊下の先を見れば七人の使用人達を怪我《けが》なく制圧しようと『水球《ポーロ》』を連発しているカナタの姿。

魔術のコントロールを完璧にできたのは喜ばしい事であり成長だが……完璧だったがゆえにブリーナに操られている使用人達の事は一切止められていなかった。

一人がカナタの足を掴み、カナタはそれを蹴るように振り払う。そんな事すらもカナタは申し訳なさそうにして顔を歪《ゆが》めていた。

「くっ……！」

「どうですかカナタ様！　あなたも魔術師らしく自分のためだけに動いてみては!?」

「何が魔術師らしくだ！　あんたのように、の間違いだろうが！」

カナタは声を荒らげて叫び、ブリーナの高らかな声を否定する。

「『水球《ボーロ》』!!」

「ごぼっ……」

「がぼぼぼ……」

ブリーナに追い付かれる前に、カナタは巨大な水球を使用人二人にぶつける。

乱暴な手段だが使用人に追われているという現状が最も厄介。せめてブリーナと一対一の状況をつくらなければ。

文字通り、廊下で溺れさせられた使用人二人はその場に倒れて、ころん、と黒の魔術滓《ラビッシュ》が廊下に転がった。

これもまたエイダンの時の同じ現象。気絶させれば精神干渉は解ける。

カナタは魔術滓《ラビッシュ》を拾って、ブリーナとの距離を空けるべく再び走り出した。

「あと五人……！」

「汚い汚い汚い汚いいいいい!!」

「違うんです……。違うんです……。私は悪くない……」

「『白き霜林への招き《ブランシュエギーユ》』」

使用人達のうわ言に混じって唱えられるブリーナの魔術。

一瞬でカナタが走る廊下の壁や床が白く凍り付き、カナタは氷に足を取られる。

同時に、その凍り付いた壁や床から針のようなものが飛び出した。

「う、ぐっ――！」

氷の針は足に、手に突き刺さり、そして頬《ほお》を掠《かす》める。白くなった廊下に赤い血が落ちた。

廊下全体を範囲としたカナタの『炎精への祈り《フランメベーテン》』とほぼ同規模。

遠隔でありながら拘束と殺傷力の高い攻撃力を両立できるのは間違いなく、第三域の魔術の証。

だがその魔術の規模や自分の傷よりも、カナタは見てしまう。

ブリーナに操られてカナタに付き纏《まと》っていた使用人までもが、その氷の針に巻き込まれて傷つき、倒れるところを。

「足手纏いを抱えて私から逃げようだなんて甘いですねカナタ様？」

「……ああ、甘かった」

凍り付いた床から足を外している間にブリーナに追い付かれる。

周りにはまだ操られてもがく使用人もいて、カナタと同じように氷に体を取られて動けなくなっていた。

使用人達の中には壁に肌がくっついている者などもいたが、肌を引きちぎるようにして動き、血を流しながら再びカナタに向かってきている。

「先生だった時期があったから、少しはましだなんて思ってたよ……。でもようやく気付けた。あんたはダンレスと変わらないクズなんだってな……！」

怒りで声は強く、血は沸騰する。

使える魔術の数も経験もブリーナには負けている。

だからどうしたとカナタは背を向けるのをやめた。


ブリーナは決して油断してなどいない。

自分の方が格上だと明言してはいるものの、相手は〝領域外の事象《オーバーファイブ》〟の可能性がある異質な子供。

なにより、いくら下等魔術師とはいえ曲がりなりにも第三域に達しているダンレスをも降している経歴は、一ヶ月前に操ったエイダンのうわ言から聞き出している。

カナタがダンレスをどうやって倒したかは当然わからない。

ブリーナの使える精神干渉魔術は他者の持つ全ての情報を引き出せる都合のいい魔術ではなく、他者の劣等感や嫌悪感などを増幅させて思考や行動を単純化させる事で命令を利かせやすくするものでしかないからだ。

相手は未知。だからこそ油断はしていない。

油断していたのなら、使用人全員を掌握するなどというカナタの足枷《あしかせ》を用意する備えもしなかった。

「ふふ、うふふ……！」

それでも、心が躍るのは止まらない。

久しぶりに感じる魔術師としての高揚、結婚生活では得られなかった探究の欲。

枯れたと思っていた自分の感情に火が灯《とも》って、地位や倫理感も投げ捨てるつもりでいた。

――あの子供《のうみそ》を手に入れて、好きな風にいじくれたなら。

魔術滓《ラビッシュ》から術式を獲得するのは異質なのか、それとも無駄に遠回りな技術なのか。

それを解明するだけでも自分は魔術の歴史に名を刻めるに違いない。水のベッドを作る魔道具など子供の玩具《おもちゃ》にしか思えないほど偉大な名を。

凡人だった自分が、凡才でしかなかった自分が――非凡の名として刻まれる。

その未来を想像して、ブリーナは笑顔が止まらない。魔力も、止まらない。

「お優しくて涙が出ますねカナタ様！　私以外の淑女《レディ》にはお優しい！」

「『炎精への祈り《フランメベーテン》』!!」

「『魔性人魚の盾渦《マエルシレーヌ》』!!」

カナタからは豪炎が、ブリーナからは濁流が放たれる。

第三域の攻撃魔術と同じく第三域の防御魔術がただの廊下でぶつかり合う。

衝突した魔術は消火と蒸発を繰り返し、互いを呑み込むその威力にみしみしと屋敷を包む固定術式が軋《きし》んだ音を立てた。

廊下は蒸気に包まれて、壁や床は燃えて濡《ぬ》れる。衝撃に巻き込まれた使用人が二人ほど倒れていた。

その蒸気の中をカナタは姿勢を低くしながら突っ込む。

子供の体格ならではの突貫。大人の視線では蒸気の先の影が消えたように見える。

蒸気の中にはカナタに襲い掛かろうとうろつく使用人達の影もあって、余計に気が付きにくい。

「があああ!!」

「野蛮ですこと！」

ブリーナの足を払うようにカナタは飛び掛かるが、その攻撃すら予見していたかのようにブリーナはカナタを蹴り上げる。

いかに初老の女性の蹴りとはいえ、身体強化によって威力は十分。カナタの頬に突き刺さるつま先の威力は下手《へた》な鈍器よりも鋭く、そして重い。

蹴り上げられたカナタは怯まず、廊下を転がって体勢を立て直す。

「ぶっ！　『水球《ポーロ》』！」

「ごぼっぁ……」

口の中の血を吐き出して、まだ立っている使用人に水の球をぶつける。

すでにさっきの衝撃で意識がなくなりかけていたのか、呆気《あっけ》なくその場に倒れた。

カナタは廊下に落ちる魔術滓《ラビッシュ》を拾って、ブリーナから離れるように下がる。

背は向けない。だが離れなければ。自分の狙いを気付かせないように。

「まだか……まだか……！」

「また逃げるのですか？」

飛んでくるのは先程と同じ氷の針。

さっき廊下を凍らせた魔術はまだ生きているのか、とカナタは舌打ちする。

溶けたと思っていた霜は水からも再び生まれて、カナタを狙う。

廊下の水たまりから生えてくる氷の針を躱しながら、カナタは階段の踊り場まで。

踊り場でしゃがみ込んでいる使用人もついでに『水球《ボーロ》』をぶつけて、転がる魔術滓《ラピッシュ》を拾った。

「これも駄目か……！　形はもうわかる……後は……」

「何をお探しですの？　それとも、ご趣味がそんなにお大事ですか？」

「っ……！　『炎精への祈り《フランメベーテン》』!!」

ブリーナは廊下に逃げ込み、飛んでくる豪炎をやり過ごす。

「……飽きましたわね」

カナタが同じ魔術を同じ使い方しかしないのを見て気だるげに呟《つぶや》いた。

先程までは第一域の魔術も交えてきたというのに、だんだんと第三域の魔術一辺倒の戦い方になっていた。

こんなのものかとブリーナは多少の落胆を見せるが、考えてみれば仕方がない。

カナタの使える魔術でブリーナの有効打になりそうなのは『炎精への祈り《フランメベーテン》』のみ。

確かに高等な魔術ではあるが、だからといって攻略できない魔術でもない。

他は自分が教えた第一域の魔術がいくつか。

カナタは異質ではあるが魔術師としては未熟も未熟なのだ。

「まぁ……戦闘能力に期待したわけではありませんしね……。子供ならこんなものですか……」

ブリーナは階段を飛び降りて、その先にある玄関の広間へと。

カナタを襲う使用人はもういない。

ブリーナは無傷のまま、カナタは手足と頬、そして口から血を流している。

どちらが優位かなど言うまでもない。カナタは廊下から抜け出すだけでも満身創痍《まんしんそうい》だ。

「広い場所なら勝てると思いましたか？　むしろ、水属性が得意な私が優位だと思いますが」

『炎精への祈り《フランメベーテン》』!!」

「……一つ覚えですわね」

カナタを中心に炎が舞う。

精霊系統ゆえに自由自在。燃やすも燃やさぬも自由。

しかしその自在さゆえに魔力消費は膨大だ。すでに相当の回数を使っている。

子供の体力でどこまで耐え切れるやらと、ブリーナはふわりと向かってくる炎をあっさり躱した。

廊下と違って、これだけ広ければ魔術で対抗する必要もない。

すでに限界が近いのか、炎の速度も遅くなっているのにブリーナは気付いていた。

「はっ……！　はっ……！」

広がる炎の隙間から、肩で呼吸をするカナタが見える。

所詮は子供か、とブリーナはカナタ本人への興味を失《な》くした。

元より用があるのはカナタの頭蓋の中だけだ。

後は精神干渉でカナタの抵抗を完全になくして、カナタの体を安全に回収できればブリーナはそれでよかった。

『凍える乙女の椅子《フィアーメイデン》』」

ブリーナが足を強く踏み付けると、その部分から氷が床を走る。

床を走る氷は炎を目くらましにカナタの足下まで這《は》って、そこから徐々にカナタに纏わりついた。

「しまっ――！」

「言ったでしょう？　第三域が使える事と、第三域の魔術師と認められている事は同等ではないと」

わかってはいた事だが、カナタから見たブリーナは格上。

ダンレスのように自分の使える魔術をただ放つだけでなく、状況や相手、魔術に対して効果的に運用してくる本物の魔術師。

威力だけならばカナタも負けていなかったが、他の搦《から》め手《て》を使われては敵《かな》う道理はない。

「う、くっ……！」

「どうぞ溶かしてみてくださいませ。あなたにそれだけの余力が残っているのなら、ね」

足下から纏わりついた氷はあっという間にカナタの胸元まで凍り付いてカナタを拘束する。

カナタは咄嗟に自分を守るように手を自分の胸元に置いたが、その腕ごと凍ってしまっていた。

カナタを拘束したのは第二域の拘束魔術。第三域の『炎精への祈り《フランメベーテン》』を使えば溶かせるだろう。

しかし、魔力も体力も少なくなってきた今、その後の未来は……。

「こちらとしても、あまり暴れないでほしいのですよ。私はあなたの脳髄を綺麗《きれい》な状態で保存して持って帰りたいのです。ああ、安心してください。このブリーナ、固定術式には絶対の自信がございます。あなたの脳髄は最善の注意を払って運ぶ事を誓いますとも」

「俺が死んだ後の事を誓われてもね……」

「死んだ後とはいえぞんざいに扱われるのは不満でしょう？　あなたの敗因は二つ」

ブリーナはゆっくりと歩き出す。敗因をわざわざ教えるのは先生だった名残か。

それとも、勝者の余裕からか。

「一つは同じ魔術ばかり使いすぎた事。あなたのイメージできる魔術の限界がすぐにわかりました。

それではどんなに強い魔術が使えてもすぐに対処されてしまいます。魔術師は様々な魔術を駆使しなければいけませんよ。もう一つは、一人で戦いに赴いてしまった事……日々成長する自分を見て勘違いしてしまいましたか？　そういった油断は魔術師の敵です」

「やけに優しいですね。殺す前にこれからの事をアドバイスしてくれるなんて」

「ふふ、あなたの元先生ですから――『虚ろならざる魔腕《ラモールセジール》』」

変わらぬ笑顔を浮かべながらブリーナは上機嫌で魔術を唱える。

ブリーナの背中からは黒い霧のようなものが生えてきた。

霞《かす》んでいた実体が、徐々に明確な腕の形へと固まっていく。

「予定より早まってしまいましたが……ふふ、これでようやく私は目的を達成できますね」

ブリーナが唱えたのはエイダンとこの屋敷の使用人全員を掌握した精神干渉魔術。

物体を透過するその腕が相手の精神に触れ、劣等感や嫌悪感などを増幅させる。

魔力が多い者や普段から対抗魔術を持つ者には効きにくいが、もちろんカナタはどちらにも当てはまらない。

ここまでの戦いで魔力は減り、対抗魔術など知る由もない。

勝負はついた。背中に生える黒い腕がカナタの頭に入り込めば抵抗もなくなる。ここに来る前に見掛けた無防備な使用人達と同じ状態になるというわけだ。

「さあカナタ様……身も心もこのブリーナにお委ねください。苦痛などありません。黙って、眠っている間に全てが終わっていますよ」

ブリーナは精神干渉の魔術《あくまのうで》をカナタへ向けて伸ばす。

他の使用人のように劣等感や嫌悪感を増幅させる必要すらない。

少し意識をいじってしまえばそれだけでしばらくは人形のようになる。

その間に首と体を綺麗に離し、固定術式をかけたらこの屋敷を去ればいいだけだ。


「油断は魔術師の敵、か。その通りみたいですね」


しかし勝利を確信したブリーナが見るカナタの表情に絶望などない。

この状況にもかかわらずカナタは不敵な笑みを浮かべていて、ブリーナは一瞬呆気にとられた。

「その名前が聞きたかったんだ……ありがとう、先生」

「――」

じゃらりとカナタの手の中から石がぶつかるような音が鳴る。

そこには使用人を精神干渉から解放して、カナタが拾い続けた複数の黒の魔術滓《ラピッシュ》。

ブリーナはようやく気付く。

カナタの……カナタの狙いは――！

「――『虚ろならざる《うつろならざる》魔腕《かいな》』」


欠けていた名を手に入れて、頭に浮び上がった瞬間カナタの中の魔力が弾《はじ》ける。

手の中の魔術滓《ラピッシュ》は導かれるようにカナタの中へと溶けて一つに。

魔術の痕跡をなぞり、既存の術式を書き換え、ここに魔術は新生する。

覚悟はできているか、興味本位で子犬に餌を与えていたつもりの愚か者。

子供だと侮るなかれ。目の前の少年は魔術師を一人喰《く》らった猛犬だ。


この一ヶ月間、カナタはただ無意味に過ごしていたわけではなかった。

自分が貴族の養子となったのは、魔術滓《ラビッシュ》に刻まれた術式の欠片から魔術を習得する事ができるという特異さゆえ。

ならば、エイダンから出たであろう黒い魔術滓《ラビッシュ》の術式を解読するのが自分のできる事なのだと毎日毎日部屋に戻ると奮闘していたのだが……。

「名前がわからない……！」

熱が引いた後も最初に覚えた『炎精への祈り《フランメベーテン》』の時とは違い、カナタの頭に魔術の名前が浮かび上がる事はなかった。

そう、カナタの魔術滓《ラビッシュ》から読み取った術式から魔術を習得する方法は、カナタ自身もまだよくわかっていない部分が大きい。

今回の一件はそれをカナタ自身が思い知らされた。

黒の魔術滓《ラビッシュ》の中に見た術式はわかる。だが名前が思い浮かばない。名前を唱えなければ術式の欠片を記録していようが魔術は使えないのだ。

「なんでだ……最初は出したいと思ってないのに出た癖に……」

テーブルで頭を抱えながら悩むカナタ。

前と何が違うのかがわからない。魔術滓《ラビッシュ》が少ないのだろうか？

「腕だって事は何故かわかるのに、名前がわからないから腕で何するのか全くわからない……精神を操るのに腕って何するんだ……？」

名前はわからないのだが、高熱の中でも握り締めていた術式の欠片から腕を作る魔術なのはわかっていた。何故わかったのかはカナタ自身もわかっていない。

うんうんと悩んでいると、ふと思い出した。

「待てよ？　そういえば『水球《ポーロ》』の時も……名前を教本で見たからわかっただけで魔術滓《ラビッシュ》を見ても名前はわからなかったな……」

少し前、訓練場で拾った魔術滓《ラビッシュ》から『水球《ポーロ》』を覚えた時の事を思い出す。

あの時も魔術滓《ラビッシュ》から術式の欠片を読み取ったが、最初の時のように名前が頭に思い浮かぶ事はなかった。

「もしかして……術式には魔術の名前がわかる部分があるって事……？　最初はそれを読み取ったから唱えられた……？」

思い出してみれば、『炎精への祈り《フランメペーテン》』の時は魔術の内容が少しでもわかるような事はなかった。

魔術の名前だけが浮かんでそれをつい唱えてしまっただけだ。

カナタは今までの事を思い出しながら、自分の力についてわかった事を整理する。

その一、術式の欠片から魔術の全てを理解する事はできない。ただし数によって補える。

その二、魔術滓《ラビッシュ》に描かれている術式の欠片は魔術を構成するどの部分かはランダムなので、都合よく名前の部分を手に入れて使えるわけではない。だが魔術の内容を多少知れる。

その三、唱える事で術式を恐らく無茶《むちゃ》な方法で補填しているので不安定になりがち。『炎精への祈り《フランメベーテン》』で燃やすつもりのない寝袋を燃やしたり、『水球《ボーロ》』がやけに巨大になってコントロールが利かなかったりと……初めて使った時はどれもろくにコントロールできなかったのはこのせいだろう。

やはり自分の方法は不安定というか何というか。

わかってはいたが、万能からは程遠い事をカナタは嘆く。

……なお魔術滓《ラビッシュ》から魔術の情報を得られる事にどれほどの価値があるのかカナタはまだ知らない。

「これほんとに養子にするほど凄《すご》いのか……？　結局名前わかんなきゃ唱える事もできないんじゃただの教本もどきじゃないのか……？」

ベッドにダイブしながら、カナタはため息をつく。

少し天井を見つめて……がばっ、と勢いよく起き上がった。

「待てよ……？」

名前がわからないだけ。それは逆を言えば名前がわかれば習得できる可能性が高いという事。

「何を難しく考えてるんだ俺、今回は簡単じゃないか。名前なんて教えてもらえばいいんだ、他人を操ろうっていう悪趣味な犯人様に……狙いは俺なんだから」

操られたエイダンに襲われて、狙いが自分だという事がわかっている事に改めてカナタは安堵《あんど》する。

どうせ狙いが自分なら周りを心配する必要もほとんどない。

自分で犯人を解明するか、次の襲撃が来るか……どちらにせよそれまでに、自分は魔術のイメージを固めておけばいい。

唱えた時に失敗しないよう、黒の魔術滓《ラビッシュ》から得た魔術の情報を改変して、付け足してみて、より自分らしく。

これが術式の改造ってやつなんじゃ？　とカナタのテンションは寝る前なのに上がっていた。


「同じ、魔術を……！」

カナタの背中からはブリーナと同じように黒い腕。

ブリーナの表情には歓喜が満ちた。実際に魔術滓《ラビッシュ》から得た術式を基に魔術を習得するカナタの姿を初めて見て、笑みが零《こぼ》れる。

必ず魔術滓《ラビッシュ》が出る精神干渉魔術を使った甲斐《かい》があった。

ある意味、これがブリーナにとってカナタを使った初めての実験と言えるかもしれない。

「なるほど、同じ魔術ばかり使っていたのはもう手がないと私に誤認させるため……私から魔術を引き出すためというわけですか」

しかし今更、この精神干渉魔術を習得されたからといって勝利は揺るがない。

自分が使える精神干渉魔術に対する耐性などブリーナには当たり前にある。

何故、この魔術の魔術滓《ラビッシュ》がカナタに手に入るように動いたか……それは習得されてもブリーナにとって全く問題のない魔術だったから。

「素晴らしい！　カナタ様が実例をわざわざ見せてくれたのなら後は私が研究するだけ――」

「ちげえよ」

「はい？」

黒い腕を背中から生やしてもカナタは氷に拘束されたまま。窮地には変わりない。

だがカナタは慌てる様子を見せる事なく、ブリーナに唾を吐く。

「同じ魔術じゃないって言ったんだ」

「!?」

突如、カナタの背中から生えた黒い腕がブリーナに向かって伸びる。

ブリーナは動じる事はない。理由は単純。自分と同じ魔術なら効かないから。

この魔術は相手の精神に触れる腕。物理的な接触はできない。耐性のある者にとってはそれこそただの影に過ぎない。

だがブリーナはこの選択を次の瞬間、後悔する事となる。

「なっ——!?　ば、馬鹿な!?」

黒い腕はブリーナの予想に反して、その体を鷲掴《わしづか》みにする。

流石《さすが》のブリーナもこれには動揺を隠せない。この魔術は精神干渉魔術……本来ならこのような魔術では断じてないのだから。

「これでお互いに捕まったわけだ」

「!!」

「どっちが先に倒れるかな？」

カナタの魔力が加速する。

ブリーナの体を掴む黒い腕はさらに巨大に。まるで巨人の手の如《ごと》く。

その力はカナタの怒りに応じて強まっているかのように。

「淑女《レディ》に優しく、だったか……悪いけど、あんたを淑女《レディ》扱いはできないな!!」

「こ、の――!?」

ブリーナを掴んだまま黒い腕が動く。その勢いに、呻《うめ》き声《ごえ》に近い声がブリーナから漏れた。

だが次の言葉を紡ぐ前に、ブリーナの体は屋敷の床に思い切り叩《たた》きつけられる。

力任せの暴力が発する鈍い轟音《ごうおん》。身体強化をしてもなお全身に響く衝撃にブリーナは苦痛で顔を歪めた。

何故?　何故!?　何故!?

全身に走る痛みの中、何故この魔術で自分が攻撃されているのかを魔術師らしく思考する。

(まさか――術式の精神干渉の部分を物理干渉に書き換えて――!?)

ブリーナの思考を超えるかのような速度で黒い腕は容赦なく動く。

掴んだまま逃がさない。掴んだまま離さない。カナタの怒りがそのままに。

今度は壁にその体が叩きつけられる。美しい屋敷の壁は衝撃でひび割れ、歪む。

終わりではない。そのまま壁を削るかのように黒い腕は動く。

削る。削る削る削る――!

ブリーナの張った固定術式ごと屋敷を破壊するかのように壁をブリーナで削っていく!

「が、はっ……!　ごほっ……ごぶっ……」

……精神干渉系統の魔術は第三域以降にしか存在しない。

他者の精神に干渉するというのは難易度が高く、術式の情報量が膨大になるためである。

平面で表現できる第一域や第一域に重ねる程度の難易度である第二域では、術式を成立すらできないのだ。

術式の半分以上を構成するのは精神干渉に関するもので特化されている。並の魔術師では習得は困難なほど複雑な術式になる事が多い。

つまり、その精神干渉にあたる部分を物理干渉に書き換えたという事は……第三域の中でも物理攻撃に特化した魔術に変化したという事——！

「この……こんな、こんな……滅茶苦茶《めちゃくちゃ》な、事が……！」

全身に走る痛みが、次に来るであろう痛みを予想して恐怖させる。

持ち上げられたブリーナは頭から血を流し、黒い腕から逃れられない。

使用人達全員を、エイダンを掌握した自分の自慢の精神干渉魔術が、自分の背中にも生えている黒い腕が……あまりに頼りない偽物にしか見えなかった。

こちらの魔術こそが本物のはずなのに。

「滅茶苦茶にしたのは誰だ？」

「っ——！」

カナタの声にブリーナは声にならない悲鳴を上げる。

……もう先程まであったブリーナの優位は微塵もない。

ブリーナは自分でも気付かず、この少年を侮ってしまっていた。

研究するためにと教え導き、餌を与えて、やってはいけない方法で少年を追い詰めた。

普段見せる笑顔の奥に、牙がある事など見ようともせずに。

「兄上を巻き込まなければ」

少年は許さない。聖人ではなく、ただ善性を持った人間ゆえに。

「使用人の人達を巻き込まなければ」

少年は許さない。弱者に対する理不尽を。

「俺だけを狙っていれば、許せただろうに」

それこそが彼が彼である証。

短くも積み重ねてきた一人の少年の生き方。

貴族と魔術の世界に入り込んだ猛犬は牙を剝く。

未《いま》だカナタを知らぬ貴族達への宣戦布告と共に。

「……最後に、質問しても？」

カナタの瞳の中に自分への怒りを見て、ブリーナは敗北を悟る。

自分の魔術では自分を摑むこの黒い腕は破れない。何かを唱えようとしても叩きつけられて終わるだろう。

だから最後に、ブリーナはどうしてもわからなかった事を質問する事にした。

「何故……私と二人きりになった時に、わざわざ犯人は私だとお伝えしたのです？　シャトラン様に話せば、あなたはそんなボロボロにならなかったでしょうに」

そう、どれだけ考えてもカナタにとってあまりに危険でメリットがない。

他者を巻き込みたくない性格だとしても限度がある。

格上の魔術師を、たった一人で追及するなどあまりにも馬鹿げている行為だ。

今ボロボロなのはどちらだと言いたげなカナタはブリーナと目を合わせて、次の瞬間そんな事もわからないのかと悲しそうに眉を下げた。

「俺が、あなたの生徒だったから」

「……え？」

「あなたに教えてもらっておいて、疑ってるからとただ告げ口するのは……不義理だと思ったから。この二ヶ月、あなたは、そうは思ってなかったかもしれないけど……俺にとって、あなたは確かに先生だったから。俺は貴方《あなた》に魔術を教えて、教えてもらったんだよ……あなたに。あなたは俺を狙っていた。だから、俺が……俺一人が向き合わなきゃって思ったんだ」

たどたどしい口調で、カナタは必死に言葉を紡ぐ。

それは危険な追及に臨むにはあまりに馬鹿馬鹿しくて、単純な理由。

ブリーナにとって都合のいい状況になった要因は、ブリーナが無視していたカナタという少年の思いだった。

泣きそうな声で真っ直ぐな少年は最後にその思いを零す。

「犯人が、先生じゃなければよかった」

「……ああ」

互いにボロボロで血塗《ちまみ》れで、あまりにどうしようもなく対立してしまった。

けれどこの二ヶ月間、確かにカナタにとってブリーナは先生だった。

ブリーナはそんなカナタを呆《あき》れるように笑った。全身を叩きつけられた激痛などないかのような朗らかな笑顔で。

カナタは怒りと悲しみが混じり合った瞳をブリーナへと向ける。

その怒りにはきっと裏切られたという気持ちもこもっていた。

「ありがとうカナタ様。最後に、素敵な生徒に出会えました」

「さようなら、ブリーナ先生」

別れを済ませて、カナタの黒い腕は容赦なくブリーナを床に叩きつける。

ごしゃあ、と音を立てて床が割れる。屋敷の固定術式はとっくに崩壊していて屋敷中にその音は響き渡った。

すでに限界だったブリーナはその衝撃に耐えられるはずもなく、そのまま意識を失った。

それは他者にとっては狂気の魔術師の暴走。事実そうだった。

けれどカナタにとってはあまりに早すぎる卒業試験として刻まれる。

「はぁ……はぁ……」

ブリーナが意識を失って、カナタを拘束していた氷が溶けていく。

同時に多くの人達が走ってくる音と、甲冑《かっちゅう》がぶつかり合う金属音がこちらに向かってきていた。

「カナタ！　こ、これは……一体！」

「父、上……」

広間から届いた轟音を聞きつけて、シャトランと騎士団が訓練場から駆け付ける。

壁や床が破壊されて優雅さの欠片もなくなった広間には、血塗《ちまみ》れで立つカナタと倒れるブリーナ。

シャトランも騎士団も一体何が起こったのかわからない。

カナタは霞む視界の中、倒れるブリーナを指差す。

「兄上や、使用人の人達を……操っていた犯人です……。まだ、生きて……」

「カナタ!!」

「カナタ様!!」

伝えきる前にカナタの意識が暗転する。

あまりに多くの血と魔力を失って、カナタはその場に倒れてしまう。

心配そうに名前を呼ぶシャトランや騎士達の声を聞きながら。

エピローグ

「お前は自分がどれだけ危険な事をしたのかわかっているのか!!」

「はい……」

「出会った時といい、お前は一人で突っ走る傾向がある! 聞いてるのか!?」

「はい……ごめんなさい……」

数日後、カナタは自分の部屋で目を覚ました。

エイダンを操った犯人ブリーナを捕まえて褒《ほ》め称《たた》えられた……なんて事は当然なく。

目を覚ましたカナタを待っていたのはシャトランからのお説教だった。

自分のこだわりのために誰にも相談しなかったのだから当たり前である。

ベッドに横たわるカナタと視線を合わせて、シャトランは今回の一件についてカナタの行動がどれだけ無謀だったのかを説教していた。

「シャ、シャトラン様、お体に障る可能性がございますので説教はその辺で……」

「今だけは障らせとけ！　こいつには今大事なことを教えてやらねばならん！」

カナタが目覚めるまで常駐していたらしい医者が制止するも、シャトランは止まらない。

普段温厚なシャトランがこうして本気で怒っているのを見るのは、ルイの時に続いて二回目だ。

「カナタ、お前はもうディーラスコ家の人間なんだぞ！　わかっているのか!?」

「はい……」

「いやわかっていない!!」

シャトランはカナタの手を握る。

怒りに任せて乱暴に、ではなく……ごつごつとした手が精一杯の気遣いと優しさでカナタの手を包んだ。

「今理解しろ。ここはお前の家だ。そして私はお前の親だ。頼れ」

「父、上……」

「今回、お前にも何か思うところはあったのかもしれない。大方、巻き込みたくないとか自分が狙われているから自分で解決しなければ、とでも思ったのだろう」

シャトランの予想は当たらずも遠からずといったところか。

一人で立ち向かったのはこの二ヶ月、先生をしてくれたブリーナに対するカナタなりのけじめというのが第一ではあったが、誰かを巻き込まないのは都合がいいと考えていたのも事実だった。

しかし、シャトランには深く理由を追及する気はない。

「お前はまだ子供だ！　大人に、親に頼ることを覚えろ！　わかるまでは治っても外には出さんからな!!」

飛んでくるのは厳しい言葉かと思えば、よく聞いてみれば何て甘い罰か。

孤児で戦場漁《あさ》りだったからか、一人で何かしなければという意識が育っていた。

カナタをまだ庇護《ひご》が必要な子供だと念押し、意識を一旦リセットしてくれるような言葉だった。

怒られるのではなく、叱られているのだとわかってカナタはつい頬《ほお》を緩ませる。

「はい、ごめんなさい……父上」

「何だそのだらしない顔は！　まだ説教が必要なようだな!!」

その後もシャトランのカナタへの説教は続いた。

凄《すさ》まじい剣幕《けんまく》でまくし立ててくるが、その説教の中にはどこか愛があるのがわかる。

自分のためを思って言ってくれる大人の言葉は傭兵《ようへい》団にいた時も貰《もら》っていたから。

「聞いているのかカナタ!!」

「はい、父上。ちゃんと聞いてます」

「お前は貴族としての自覚どうこうの前にまず子供だという事をだな……」

ずっとずっと聞いていたくて、カナタはつい甘えるように微笑《ほほえ》んでいた。


「ブリーナ夫人は内密に処刑される事が決まりました」

「……そうですか」

「まぁ、当然だよな」

後日、怪我《けが》が治り切った頃。ロザリンドとエイダンがカナタの部屋に訪れた。

ロザリンドは防音の魔道具をテーブルに置くと二人にブリーナの処遇を聞かせる。

罪を償うためにとカナタは気絶で済ませていたのだが、やはりそう甘くはない。

「領主一族の腹心である我々ディーラスコ家への裏切りとも言える今回の行いはパレント家全体に罰を下すところでしたが……このような事件ゆえに周囲に広めるわけにはいかないとラジェストラ様は判断なされました。なので、あなた達《たち》を狙った他領からの刺客にブリーナ夫人が立ち向かい、戦死されたという事にして今回の事件を処理するそうです」

「俺の時みたいな、設定ってやつですね」

「ええ、そうです。ブリーナ夫人の命一つでパレント家の名誉も守れますからね。パレント家当主もこれに同意したので、わたくし達も事実がそうであるように口裏を合わせられるようにとのお達しです。望むなら魔術契約を結ぶとの事ですがどうしますか？」

「俺はそもそもあんまり覚えてないですし、大丈夫ですけど……」

エイダンは隣のカナタをちらっと見る。カナタの横顔は少し寂しそうだった。

カナタはソファの隣に座るエイダンのほうに顔を向けた。

流石《さすが》のエイダンもカナタが自分ではなく、前にソファに座っていた誰かを見ているのだという事がわかった。

カナタはしばらくすると、ゆっくりと首を横に振る。

「いりません母上」

「そうですか、カナタは強い子ですね」

自分とブリーナの会話は二人だけのものだとカナタは頷《うなず》く。

契約などなくてもカナタはあの時の事を言いふらすつもりはない。

ただ、ブリーナから二ヶ月間教えてもらった知識と技術をこれからも育んでいくだけ。

もう伝えるべき事はブリーナに伝えたからこそ、あの時訣別《けつべつ》したのだから。

「それではカナタもエイダンも魔術契約はなしとします。こんな話を聞かされて多少なりともショックでしょうが、必要な事です。ですが……念のためカナタは今日ゆっくり休みなさい」

「はい、心配してくれてありがとうございます母上」

「後日、わたくしから改めて説教がありますから楽しみにしていなさいな」

「あ、ですよね……」

「あーあ……母上の説教は長いぞぉ……」

ロザリンドはくすりと笑って、そんな恐ろしい言葉を残していく。

その笑顔がカナタの全快を喜んでいたからという事にカナタは気付けるわけもなく。

いつの間にかエイダンともなんだか自然に、カナタは一緒に笑えていた。

二年後——あと数ヶ月で魔術学院入学が迫る時期。
カナタは定期的にラジェストラに招待されるようになっており、今日も領主の子等《ら》三人と共に森と言うべき広大さを持つアンドレイス家の庭に来ていた。

カナタが招かれた時は日中ここで過ごすのがもうお決まりになっている。

セルドラは毎度振り回すように馬を走らせ、残された三人はいつものように東屋《ガゼボ》で過ごす。

一番下のロノスティコは変わらず本に視線を落とし、カナタと同年代のルミナは使用人に用意してもらったお茶を嗜《たしな》みながら雑談に興じている。今ではカナタが東屋《ガゼボ》に入ってもルミナは恐《こわ》がらなくなっていた。

「カナタ、少し背が伸びましたね」

「そうですか？　自分ではよくわからなくて……」

「はい、最初に会った時より逞《たくま》しくなりました」

カナタは十二歳に。背が伸びて、体格もほんの少しだけ大きくなった。

とはいえ子供の範疇《はんちゅう》を出ないので、使用人達からすれば可愛《かわい》いものだが日々の訓練の賜物《たまもの》ではあるだろう。

最近では魔術の訓練のために騎士団の訓練にも参加するくらいだった。

「ルミナ様も以前よりずっと俺を恐がらなくなりましたね」

「カナタったらまたルミナ様と……ひどい人ですね、様はいらないとずっと言っていますのに」

「すいません、口調が少し砕けてるだけでも許してください」

拗《す》ねるようにルミナはそっぽを向いた。

話せる異性がカナタと肉親しかいないのもあってか、ルミナはカナタを友人として信頼しているようだった。

側近候補が領主の子等にろくに気に入られていないのでは話にならない。

そういう意味で、カナタは側近候補としてこの二年しっかりと及第点を取っている。

「そういえば、魔術学院の入学まであと一年もありませんが……入学までのカナタの課題というのはクリアできたんですか？」

「それが自分のやった事が新規魔術の開拓なのか術式の改造なのか意見が割れているらしくて……。もしかしたらまた何かしないといけないかもしれません。それに母上にダンスの披露も課題として出されているので、今年は何とかパーティーに出席しないと……」

「まぁ、大変……カナタと一緒に通えないのは寂しいので頑張ってほしいですね……」

「大丈夫です。ダンスのほうは母上次第ですし、魔術の勉強は好きなので……もし認められなくても頑張りますよ」

カナタがやる気を見せると、二人の話を聞いていたロノスティコがゆっくりと顔を上げた。

ロノスティコは本を読むだけで会話に参加しない日も多いが、興味がある話題になるとたまにこうして話してくれる。

「カナタさんは……魔術の授業が好きですよね……昔から。ここで、最初に話していたのも魔術の話でしたし……」

「…………」

ロノスティコに言われて、カナタは言葉を少し詰まらせる。

少し俯《うつむ》いて、けれどすぐにカナタは顔を上げた。

「うん、先生がね……よかったんだ」

カナタは二年前の事を思い出しながら小さく笑う。

決して善人ではなかった。けれど教えてもらった事は今でもカナタの中に。

あの二ヶ月の授業は基礎となって確かに今のカナタを支えている。

受けた仕打ちと受けた恩、どちらも忘れず記憶に秘めて。

カナタはずっと忘れない。自分が倒したあの先生の生徒であった事を。

心細い中、初めて受ける魔術の授業にわくわくしながら臨んだ日々を。

どれだけ遠くへ歩いても――きっとまた思い出す。

幕間

―私の主君―

私はランセア男爵家という小さな家に生まれた。

領地もなく、金もない、ただ名前だけが残っているだけの名ばかりの貴族。

両親は名ばかり貴族をいい事にギャンブルにのめり込み、借金だけを残してそのままどこかへ逃げてしまった。

当然爵位は剝奪《はくだつ》され、家に残った僅かな家具なども没収されて私は貴族の贅沢《ぜいたく》など全く知らずに平民となった。

そのままでは生きていけないので仕方なく仕事を探していると、たまたまディーラスコ家が使用人を募集していたので転がり込んだ。

採用されたのは元貴族で文字が読めたかららしい。

…………あ、そう。

私は要領がよかったのかすぐに仕事を覚えた。元々名ばかりの貴族だったのでプライドなんてない。

誰かに仕えるというのがどういう事かもわかっていなかったし、ただ生きるためだけにこの仕事を選んだから正直ディーラスコ家の方々を尊敬もしていない。

シャトラン様とはあまりお会いしないし、ロザリンド様は綺麗《きれい》だけど恐《こわ》くて近付けない、エイダン様は甘やかされた子供といった感じだ。

忠誠だなんて、一介の使用人がするには重すぎるとも思っている。

なにより、私には縁が無い事だろうと思っていた。

そんな風に数年、使用人としての仕事を続けていると同僚が噂話《うわさばなし》を持ってきた。

「ルイ、聞いた？」

「ん？　何を？」

「シャトラン様がね、子供を引き取るんですって。なんでもどっかの領地でやらかした貴族の子供らしいわ」

…………は？　なにそれ？

私の時はそんな事してくれなかったのに。そう思った。

「へぇ、そうなんだ」

「あなたは興味がない？」

「別に、私達《たち》の仕事が何か変わるわけじゃないでしょ？」

「まぁ、そうかもしれないけれど」

その場は興味ない振りをしてきとうに返事した。

この時うまく声を出せていたか自信がなかった。

最悪な事に私は要領だけはよかったせいで、その子の世話係になってしまった。

名前はカナタ。エイダン様より一つ年下の男の子らしい。

長年抱いていなかった不満。意味の無い嫉妬。

それらが積み重なって、私はどうしようもなくいらついていた。

「洗顔用の水とタオルなんですよね……？　支度するので、ください」

「え……？」

だから、この子が何も知らないとわかった時に意地の悪さが顔を覗《のぞ》かせた。

養子に来たカナタは世話係が何をするのかも、朝支度を使用人にさせる事すら知らない子供だった。

きっと、この時の私の笑顔は今までで一番醜かっただろう。

貴族様をぞんざいに扱っても、無知を嘲笑《あざわら》ってもこの子は気付く事はなかった。

「ええどうぞカナタ様。せっかく持ってきたのですから、零《こぼ》したりはしないでくださいね」

「うん、ありがとう」

嫌味《いやみ》混じりの言葉にすらお礼を言ってくる無知があまりにもおかしかった。

い。

世話係なんて最悪だけど、少しは面白いからいいかと思えた。

それから朝の支度はやらず、風呂の湯を準備するのも面倒だったからやめて、着替えも手伝わな

毎日毎日、そんな風に嫌がらせまがいのサボりを続けていたが、カナタは私がそんな事をしてい

るとすら気付いていないようだった。

毎日八つ当たりをしても、それにすら気付かないなんて……最高だと思った。

「その使用人を殺せ」

そんな事が長く続くわけないのに。

副騎士団長にほとんど引きずられている状態で、私はシャトラン様にそう宣言された。

ばれた。ばれたばれたばれた。

ほんのお遊びのつもりだったのに。

ばれた原因はカナタが領主家に招待され、そこの使用人に色々と世話をされたかららしい。

……何で、すぐばれるってわからなかったのだろう。

シャトラン様の怒り、ロザリンド様の無関心、エイダン様の呆《あき》れた顔、そして私を処刑するのに

何の躊躇《ためら》いもないであろう副団長の無表情。

誰もが私如《ごと》きの命なんかどうでもよさそうだった。

嫌だ。死にたくない。だって、こんな事で。ただ仕事をサボっただけなのに。

わかってる。私だって元貴族だから。サボったから殺されるんじゃないってわかってる。

私如きが、貴族を舐《な》めたから殺されるんだ。

そう気付いた時には涙が止まらなくなって、死にたくないと声を上げる事すらできなかった。

「ルイを許してください……とまでは言いませんが、罰を軽くしてあげてもらえないでしょうか」

そんな救いの声が聞こえてくるまでは。

あろう事か、私を救ってくれたのは嫌がらせをされていたカナタだった。

カナタはあれこれシャトラン様を説得して、私を解放してくれた。

「さ、行こうルイ」

「カ、カナタ、様……！」

「歩ける？」

「は、はい……」

何故《なぜ》、この子は私を助けたんだろう？

私に嫌がらせをされていたというのがわかったはずなのに。

恐怖から解放されて、泣きじゃくりながら私はそんな事を考えていた。

どこまでも私は嫌な女だと思う。すぐにありがとうと感謝する事さえなかった。

「うん、こうして冷やしておけば大丈夫そうだね」

「…………」

カナタは私を部屋に連れていって、痛めた肩を冷やしてくれた。

私のために医者など呼んでくれるはずがないので、魔術で出した水の球でずっと。

……何か水の球がでかすぎるのは気になるけど、痛みは確かに引いてきた。

「……何故、私を助けたのですか」

安心したからか、私は気付けばこんな質問をしていた。

カナタはそんな事を聞かれると思っていなかったのか、きょとんとしていた。

養子だからと見下して、扱いを雑にした相手に今こうして助けられた様はどれほど滑稽だろうか。

助けられてほっとしている自分の浅ましさまで恨めしい。

自分がどれだけちっぽけな人間かを思い知らされたようで。

そうだ……私はまた八つ当たりをしようとしていたのだと思う。

憐《あわ》れみか、と性懲りもなく嫌味を言いたくて。自分より年下の子供に。


「寂しい、から」

「……は？」


返ってきた答えは想像もしていないものだった。

カナタは少し照れくさそうにしていた。

「ルイは嫌だったかも、だけど……ここに来て、なんだかんだルイと俺はずっと顔を合わせてきたでしょ？」

当たり前だ。世話係なんだから。

「俺は、前にいたとこで好きだった人達と別れて……一人だから。だから、少しの間だけどずっと顔を合わせてたルイがいなくなったら寂しいなって思っただけなんだ。ごめん、もっとかっこいい理由だったらよかったんだけど」

恵まれているると思っていたはずの子供には、ここに来る前に別れがたい誰かがいたらしい。

寂しい、と弱音を吐く姿はどこまでも普通だった。

「ただ……ルイに、ここにいてほしかったんだ」

「――――」

初めて……誰かにそう言われた。

両親でさえ、私を置いて逃げていった。

この職場も、私を欲しがってなんかいなかった。

生まれてから誰にもそんな言葉を貰《もら》った事なかったから、

「え、え、え!? ル、ルイ!? 痛い!?」

「ぁ……」

私はボロボロとまた泣いてしまった。

死が迫る恐怖ではなく、喜びから。そして後悔から。

私は一体何をしていたのか。

勝手に嫉妬して、勝手に不満を抱いて八つ当たりをして。

そんな私に、いてほしかった、と言ってくれる子に。


――この人のために生きよう。

私がここにいる理由を、この人から貰った言葉にしたい。

寂しいと子供らしい弱音を吐く心と、嫌がらせをしていた私なんかを救う器が同居しているカナタ様に私は未来を見た。

仕えるというのがどういう事なのかわかった気がした。

誰かに忠誠を誓う人の気持ちが、ほんの少しだけわかった気がした。


「こうして！　カナタ様が寂しくないように私はお姉ちゃんになるのを決めたってわけ！」

「一体どういうわけなのよ!?」

休憩時間、私はあの日死んでいたはずの昔話を同僚にした。

当時何があってあんなに変わったのかと驚かれていた私の思い出を、あんな事があっても私と変わらずに接してくれた子だけに。

「あ、カナタ様の昼食が終わっちゃう！　迎えに行かないと！　じゃあまた後でねセーユイ！」

「ちょっと！　何でお姉ちゃんなのよ!?　最大の謎を残していかないで！」

眼鏡《めがね》の似合う同僚の制止を無視して私は足早にカナタ様の下へと向かう。

それだけは言えないなぁ、と聞こえない振りをして。

……あんな子に寂しいだなんて言われたら、恭しくただ使用人に徹するなんてできなかった。

カナタ様が求めていらっしゃるのはきっと近い距離の誰かだったから。

だから、私は使用人としてのラインを守りながら、なるべく近い存在になろうと決めた。

不敬だと処刑されるとしても、主君のために私はお姉ちゃんとして振る舞い続けよう。

同年代のお友達がいっぱいできて、カナタ様が寂しいなんて言わないようになるまで。

「カナタ様！」

「あ、ルイ。毎回迎えに来てくれなくてもいいんだよ？」

「何を仰《おっしゃ》るんですか！　カナタ様も私に会いたかったでしょう？　何せ朝ぶりの私ですから！」

「え？　えっと……うん？　そうだね？」

「カナタ様？」

きっとその時には私のほうが寂しがる事になるんだろうけど……それまで、ね。

幕間　―同じ空の下で―

「魔力の移動が遅い」

「はい！」

次の仕事場であるシャーメリアン商業連合国へと向かう途中。

魔剣士見習いとして、グリアーレさんから魔力操作と剣を指導してもらっていた。

カレジャス傭兵《ようへい》団の副団長直々に、というのは何とも贅沢《ぜいたく》な話だなといつも思う。

「受け止めるのではなく受け流すように動くんだ。私達《たち》は女だ。普通に打ち合っては男の魔剣士には勝てない」

「はい！」

「しかし、軽いからこそ男共より速度を出せる。小柄だからこそ懐に入る優位が大きくなる。全身の魔力を踏み込みの瞬間に足に込め、そして攻撃の瞬間腕と剣に移動させて打ち込む。この魔力操作を無意識にできるようになるんだ」

「はぁ……！　はぁ……！　ありがとうございます！」

「緩急を付けられるとなおいい」

そうやって教えてもらいながら十分ほどグリアーレさんと打ち合うと、私の魔力に限界が来る。

今の私が全力で動けるのはこれくらいだ。せっかくグリアーレさんが相手してくれているのにこれだけしかできないのが少しもどかしい。

けど、グリアーレさんはいつも焦るなと言ってくれている。

この歳《とし》でこれだけできれば優秀なんだそうだ。その言葉を素直に受け止めて浮かれられない自分の性格が少し嫌になる時もあるけど。

「はっ……はっ……」

「体力づくりの成果が出ているな。魔力抜きでも本気で動けていたぞロア」

「あ、ありがと、ございます……」

こうして、疲れ切って地面に寝転びながら聞くグリアーレさんの言葉はとても心地よく、耳に届くようにはなってきた。

でもグリアーレさんは息を切らしてなくて、私だけばてばてなのはちょっと悔しい。

「魔剣士になりたいと言ってきた時は驚いたが……思ったよりも筋がいい。教える側としても教え甲斐《がい》があるというのは嬉《うれ》しいものだ」

「ほ、ほんとですか……？」

「ああ、カナタはそういう意味では私の教えなどほぼ無意味だったからな」

グリアーレさんはカナタの名前を出す時、少し寂しそうにする。

そんな私もカナタの名前を聞くと二年前のことを思い出してしまう。

初めてカナタと出会った時、あの子は無気力で人形のようだった。

ほとんど同い年だという話だったけれど、そのせいもあって私よりも一回り小さく見えて、私はもう会えない弟とカナタを重ねた。住んでた村を襲われた時に死んじゃって、もう二度と助けられなくなった弟と。

カナタは放っておいたら、弟と同じところに行ってしまいそうな危うさがあった。

だから、私が助けてあげなきゃと思った。

戦場漁《あさ》りの仕事のやり方を教えて、カナタをいつでも引っ張り戻せるように近くにいて、孤立しがちなカナタと一緒にいてあげた。

……いてあげたんじゃない。今思えば私が一緒にいたかったんだって気付いた。弟を助けられなかった後悔がそうさせたんだと思う。

けど、カナタは私に助けられるだけの子供なんかじゃなかった。

誰に何を言われても魔術滓《ラビッシュ》を集めるっていう自分のやりたい事を貫いて、いつもは大人しいのに間違ったことに対して声を出せて、いざとなったら自分の意思でみんなのためにと踏み出せる子だった。

二年前、カレジャス傭兵団を助けるために前に出たカナタの背中はきっと忘れることはない。

結局カナタは、私達を助けた後……別の場所へと旅立ってしまった。

ウヴァル団長曰《いわ》く、ここに収まるような器じゃない、だって。

寂しくて悲しかったけど、納得している自分もいた。

ずっと手を握っていなきゃと思っていたけど、それは私の勘違いだったみたい。

「貴族の家で粗相をしてなければいいが」

「あはは、カナタなら大丈夫ですよ。きっとマイペースにやってます」

遠く離れているけれど、それだけはわかる。

きっと誰に好かれようと嫌われようとカナタはカナタらしく過ごしているんだって。

貴族の養子って色々やらなきゃいけないことも多いだろうけど、カナタはきっと投げ出さない。

「……今頃、何をしているんだろうな」

グリアーレさんが遠くを見つめながら呟《つぶや》く。

その姿はまるで遠くに置いてきた我が子を思う母親のようで少し安心した。

「カナタはどこ行ったって頑張る子ですもん。今頃頑張ってるに決まってます」

「ああ、そうだな」

カナタは言った。またね、って。

その時になったらきっとカナタは昔より何倍も逞《たくま》しくなっていて、比べ物にならないくらい凄《すご》い人になっているに違いない。

カナタは一歩一歩、どんな小さな歩幅でもゆっくりと確実に前に進む子だから。

なら、私達だって止まっていられない。また会えた時に助けられるだけのままじゃ嫌だから。

カナタより遅くったって一歩一歩、私だって進みたい。

もしカナタが困ったり辛《つら》かったりする時に、今度は私が手を差し伸べられるように。

独りよがりに寄り添うんじゃなくて、今度こそ胸を張って。

「カナタ！　私も頑張ってるよ‼」

雲一つない青空を仰ぎながら私はできる限りの大声で名前を呼ぶ。

遥《はる》か彼方《かなた》にいる、大切な仲間に向けて。

魔術漁りは選び取る

MFブックス

魔《ま》術《じゅつ》漁《あさ》りは選《えら》び取《と》る 1

2025年4月25日　初版発行

著者　らむなべ
発行者　山下直久
発行　株式会社KADOKAWA
〒102-8177　東京都千代田区富士見2-13-3
0570-002-301（ナビダイヤル）
印刷　株式会社広済堂ネクスト
製本　株式会社広済堂ネクスト
ISBN 978-4-04-684713-3 C0093　Printed in JAPAN

企画　株式会社フロンティアワークス
担当編集　吉田響介／久保田雄大（株式会社フロンティアワークス）
ブックデザイン　世古口敦志（coil）
デザインフォーマット　AFTERGLOW
イラスト　EEJU

本書は、カクヨムに掲載された「魔術漁りは選び取る」を加筆修正したものです。

この作品はフィクションです。実在の人物・団体・事件・地名・名称等とは一切関係ありません。

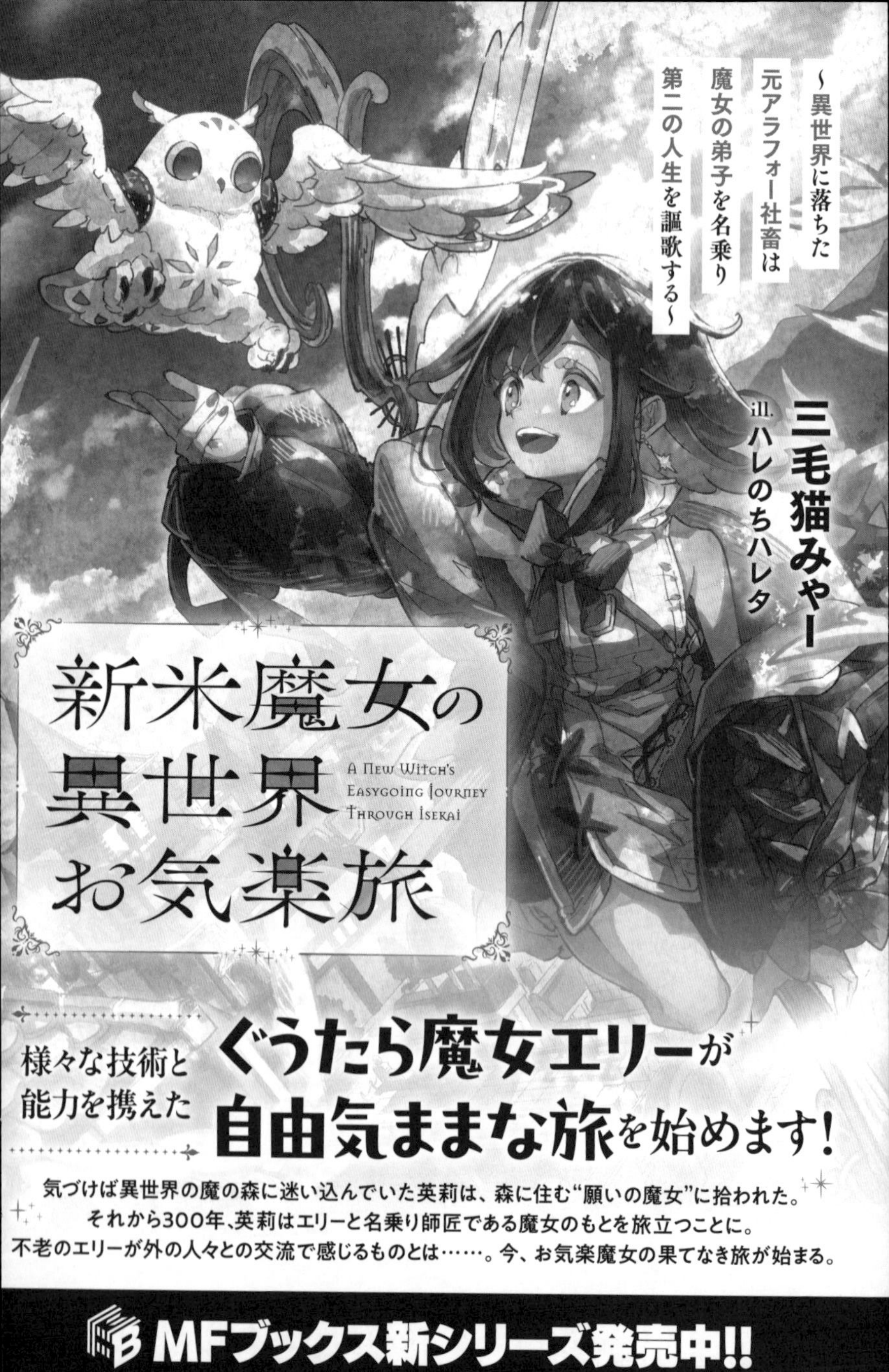

～異世界に落ちた
元アラフォー社畜は
魔女の弟子を名乗り
第二の人生を謳歌する～
三毛猫みゃー
ill. ハレのちハレタ
新米魔女の異世界お気楽旅
A New Witch's Easygoing Journey Through Isekai
様々な技術と能力を携えた
ぐうたら魔女エリーが
自由気ままな旅を始めます！
気づけば異世界の魔の森に迷い込んでいた英莉は、森に住む“願いの魔女”に拾われた。
それから300年、英莉はエリーと名乗り師匠である魔女のもとを旅立つことに。
不老のエリーが外の人々との交流で感じるものとは……。今、お気楽魔女の果てなき旅が始まる。
MFブックス新シリーズ発売中!!

【収納無双】
～勇者にチュートリアルで倒される
悪役デブモブに転生したオレ、
元の体のポテンシャルとゲーム知識で無双する～
前世の知識で楽々ダンジョン攻略！
くーねるでぶる（戒め）
illustration ぺんぐぅ
貴族少年・ジルベールは「主人公に必殺技を教えてから序盤で死ぬ」という役回りの悪役デブモブキャラ。未来を変えるため、【収納】をバトルで活用＆身分を隠して最強冒険者としてサクッとダンジョン攻略へ！
MFブックス新シリーズ発売中!!
MFブックス

少年アウルのほんわか異世界ライフ
Zakku・Ri presents
Shonen Auru No
Honwaka Isekai Life
～新しいご主人と巡り合い
最強パーティーと
ゆったり生活します～
ザック・リ
Zakku・Ri
イラスト：京一
STORY
目が覚めると奴隷の少年に!? 冒険者のハルクに雇われ、
アウルと名付けられた俺は毎日家事にご主人のお世話に大忙し！
みんなに見守られながら、優しい世界で成長していく、
人が巡り合うほんわかファンタジー！
MFブックス新シリーズ発売中!!
MFブックス

元オッサン、チープな魔法でしぶとく生き残る
~大人の知恵で異世界を謳歌する~
頼北佳史
Raiho Yoshifumi
イラスト：へいろー
俺の能力、
しょっぱすぎ？
――元オッサン、魔法戦士として異世界へ！
Story
死に際しとある呪文を唱えたことで、
魔法戦士として異世界転移した元オッサン、ライホー。
だが手にした魔法はチートならぬチープなものだった！
それでも得意の話術や知恵を駆使して冒険者としての一歩を踏み出す。
MFブックス新シリーズ発売中!!
MFブックス

異世界で
貸倉庫屋
はじめました
凰百花
Ootori Momo
イラスト：
さかもと侑
OOTORI MOMO presents
Iseki De Kashisoukoya
Hajimemashita.
Story
異世界転移に巻き込まれたサラリーマン・太郎の
スキルは「トランクルーム」だった。
日本の貸倉庫と繋がるスキルはレベルUPで
移動手段や設備が充実するほか、
優秀なアシスタントの白金までついてくる！
スキルを駆使して貸倉庫屋の開店を目指す、
ほのぼのスローライフ！
MFブックス
10周年記念小説コンテスト
特別賞
10th
Anniversary
MFブックス新シリーズ発売中!!
MFブックス

辺境の村の英雄、42歳にして初めて村を出る
岡本剛也
illust.桧野ひなこ
story
魔王領と王国の間に位置するフーロ村。
グレアムはフーロ村で生まれてからずっと、人知れず国を救ってきた。
彼は怪我のせいで42歳にして初めて村を出る。
冒険者として第二の人生を歩み始めたグレアムは、尋常ではない強さで周囲を驚かせていく!
MFブックス新シリーズ発売中!!
MFブックス

転生薬師は
昼まで寝たい
クガ
[ill.] ヨシモト
異世界転生し「薬師の加護」を授かったトール。理想のスローライフのため安息の地を目指し旅に出るが、道中様々なトラブルに巻き込まれ、終いにはラグドールに似た喋る猫(?)が旅についてくることになって……。
追い求めるは、
スローライフ!
やってくるは、
厄介事!?
薬を一瞬で調合!?
戦闘でも大活躍!?
薬師の加護で、異世界のんびりスローライフ!(願望)
MFブックス新シリーズ発売中!!
MFブックス

忘れられ令嬢は気ままに暮らしたい
Wasurerare Reijou ha Kimamani Kurashitai
はぐれうさぎ
イラスト：potg
転生少女、謎の屋敷で初めての一人暮らし。
侯爵家の令嬢、七歳のフェリシアは、父の再婚に伴い家を出る。与えられたのは、領地の辺境の、森の中の屋敷。しかしそこに侍女たちはやってこず、彼女は図らずも、謎の屋敷で気ままな一人暮らしをすることになる。
MFブックス新シリーズ発売中!!
MFブックス

初歩魔法しか使わない
謎の老魔法使いが
旅をする
やまだのぼる
ill. にじまあるく
謎の老魔法使いが
かっこよすぎる!!!
ある冒険者パーティに臨時で加入したのは、飄々《ひょうひょう》として妙に雰囲気のある老魔法使い、
ヘルートだった。使うのは初歩魔法ばかり、身のこなしは魔法使い離れしており、
そしてローブの袖には、永久氷壁の欠片。
この老魔法使いは何者なのか——ヘルートの秘密と、彼の旅の物語!
MFブックス新シリーズ発売中!!
MFブックス

MFブックス既刊

MFブックス

永年雇用は可能でしょうか　～無愛想無口な魔法使いと始める再就職ライフ～　①～⑤
著：yoku／イラスト：烏羽雨
新しい雇い主は（推定）300歳の偏屈オジサマ魔法使い!?

アラフォー賢者の異世界生活日記　①～⑳
著：寿安清／イラスト：ジョンディー
40歳おっさん、ゲームの能力を引き継いで異世界に転生す！

アラフォー賢者の異世界生活日記 ZERO －ソード・アンド・ソーサリス・ワールド－　①～②
著：寿安清／イラスト：ジョンディー
アラフォーおっさん、VRRPG《ソード・アンド・ソーサリス》で大冒険！

転生少女はまず一歩からはじめたい　①～⑨
著：カヤ／イラスト：那流
家の周りが魔物だらけ……。転生した少女は家から出たい！

ニートだけどハロワにいったら異世界につれてかれた　①～⑬
著：桂かすが／イラスト：さめだ小判
目指せ異世界ハーレムライフ。就活は戦いだ！

赤ん坊の異世界ハイハイ奮闘録　①～④
著：そえだ信／イラスト：フェルネモ
不作による飢餓、害獣の大繁殖。大ピンチの領地を救うのは、赤ちゃん!?

忘れられ令嬢は気ままに暮らしたい　①～②
著：はぐれうさぎ／イラスト：potg
転生少女、謎の屋敷で初めての一人暮らし。

新米魔女の異世界お気楽旅　～異世界に落ちた元アラフォー社畜は魔女の弟子を名乗り第二の人生を謳歌する～　①
著：三毛猫みゃー／イラスト：ハレのちハレタ
魔女の弟子、自由気ままな旅をはじめます！

異世界旅はニワトリスと共に　①
著：浅葱／イラスト：くろでこ
自由で気ままな旅は、かわいくて最強な子たちと！

【収納無双】～勇者にチュートリアルで倒される悪役デブモブに転生したオレ、元の体のポテンシャルとゲーム知識で無双する～　①
著：くーねるでぶる（戒め）／イラスト：ぺんぐぅ
前世の知識で楽々ダンジョン攻略！

転生冒険者、ボッチ女神を救う　～もふもふ達とのんびり旅をしていたら、魔法を極めてた～　①
著：黄昏／イラスト：π猫R
女神の神力回復のカギは『いただきます』と『ごちそうさま』!?

魔術漁りは選び取る　①
著：らむなべ／イラスト：EEJU
選び取れ。自分の道を。

盗賊少女に転生したけど、周回ボーナスで楽勝です！　100％盗む＆逃げるでラクラク冒険者生活　①
著：遠藤だいず／イラスト：ファルまろ
ゲーム知識で楽しく異世界満喫します！

MFブックス